FANTASY

Der Shannara-Zyklus besteht aus den folgenden Bänden:

Das Schwert von Shannara · 23828
Der Sohn von Shannara · 23829
Der Erbe von Shannara · 23830

Die Elfensteine von Shannara · 23831
Der Druide von Shannara · 23832
Die Dämonen von Shannara · 23833

Das Zauberlied von Shannara · 23893
Der König von Shannara · 23894
Die Erlösung von Shannara · 23895

Die Trilogien sind in sich abgeschlossen, wenn möglich sollten die Einzelbände aber in der oben angegebenen Reihenfolge gelesen werden.

Die zweite (23831, 23832, 23833) und dritte (23893, 23894, 23895) Trilogie sind fortlaufend, können also nur in dieser Reihenfolge gelesen werden.

FANTASY-ROMAN

TERRY BROOKS

DIE ERLÖSUNG VON SHANNARA

WISHSONG OF SHANNARA 3

Deutsche Erstveröffentlichung

GOLDMANN VERLAG

Aus dem Amerikanischen übertragen von
Sylvia Brecht-Pukallus

Die Landkarten zeichnete Darrell K. Sweet und die
Gebrüder Hildebrandt © 1977 by Random House, Inc.

Made in Germany · 11/86 · 2. Auflage

Umschlagentwurf: Design Team München
Umschlagillustration: Klaus Holitzka, Mossautal
Satz: Fotosatz Glücker, Würzburg
Druck: Elsnerdruck, Berlin
Verlagsnummer: 23895
Lektorat: Theodor Singer/Peter Wilfert/CG
Herstellung: Peter Papenbrok/Voi
ISBN 3-442-23895-1

NORTHLAND
SKULL KINGDOM
SKULL MT.
KIERLAK DESERT
MALG SWAMP
CHARNAL MTS.
KNIFE EDGE MTS.
RIVER LETHE
STRELEHEIM PLAINS
JANNISON PASS
VALLEY OF RHENN
WESTLAND
PARANOR
DRUID'S KEEP
RABB PLAINS
RABB RIVER
EASTLAND
UPPER ANAR
DRAGONS TEETH
HALL OF KINGS
KENNON PASS
VALLEY OF SHALE
KERN
STORLOCK
WOLFSKTAAG MTS
PASS OF JADE
CALLAHORN
TYRSIS
VARFLEET
MOUNTAINS OF RUNNE
RAINBOW LAKE
SILVER RIVER
ANAR FOREST
CULHAVEN
SOUTHLAND
MIST MARSH
DULN FORESTS
SHADY VALE
LEAH
LOWLANDS OF CLETE
BATTLE MOUND LOWLANDS
LOWER ANAR

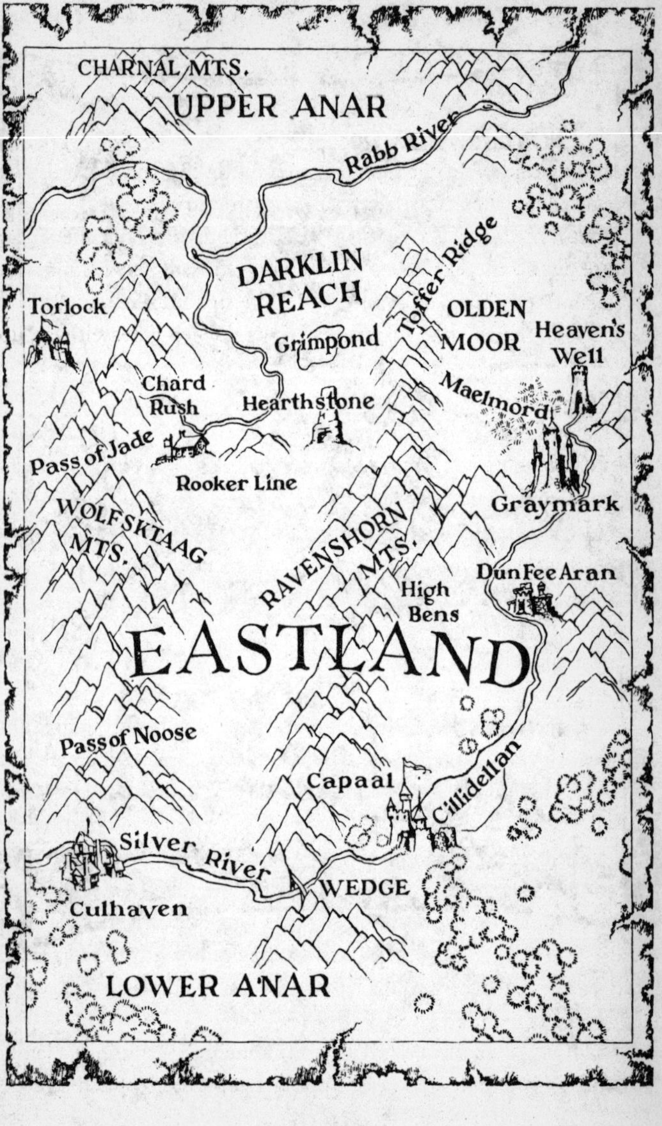

CHARNAL MTS.
UPPER ANAR
Rabb River
DARKLIN REACH
Toffer Ridge
OLDEN MOOR
Heaven's Well
Torlock
Grimpond
Chard Rush
Hearthstone
Maelmord
Pass of Jade
Rooker Line
Graymark
WOLFSKTAAG MTS.
RAVENSHORN MTS.
Dun Fee Aran
High Bens
EASTLAND
Pass of Noose
Capaal
Cillidellan
Silver River
WEDGE
Culhaven
LOWER ANAR

1

Unheilvoll und bedrohlich kam der Mwellret Stythys in der Düsternis der Zelle näher, und Jair wich langsam zurück.

»Gib mir diesse Zauberkünsste«, zischte das Ungeheuer und winkte dann mit gekrümmtem Finger. »Gib ssie her, Elfling!«

Der Talbewohner flüchtete weiter in die Dunkelheit, daß die Ketten, mit denen er an Hand- und Fußgelenken gefesselt war, über den Boden klirrten. Dann stieß er mit dem Rücken gegen die Zellenwand und konnte nirgendwohin weiter ausweichen.

Ich kann nicht einmal vor ihm davonlaufen! dachte er verzweifelt.

Vom Zelleneingang ertönte das leise Schlurfen von Lederstiefeln auf Stein, und dahinter tauchte der Gnomenwärter aus dem Korridor auf. Mit tief ins Dunkel gesenktem Kopf trat die verhüllte Gestalt in den Raum. Stythys drehte sich um, als der andere näher kam, und seine kalten Augen funkelten mißbilligend.

»Habe dasss kleine Kerlchen nicht gerufen«, knurrte der Mwellret bedrohlich, und die schuppigen Hände scheuchten den Gnom fort.

Doch der Gefängniswärter schenkte ihm keine Beachtung. Stumm und reaktionslos schlurfte er an dem Echsenwesen vorüber, als hätte er es nicht gesehen, und kam geradewegs auf Jair zu. Der Gnom hielt immer noch den Kopf gesenkt und die Hände tief in die Falten seines zerfetzten Umhangs vergraben und schwebte wie ein Gespenst durch die Dunkelheit. Jair beobachtete sein Näherkommen mit einem Gemisch von Überraschung und Ungewißheit. Als der kleine Mann sich näherte, schreckte der Talbewohner angewidert an die Steinmauer zurück, und das Eisen seiner Ketten rasselte, als er abwehrend die Hände hob.

»Bleib draußen, kleiness Kerlchen!« keuchte Stythys nun ziemlich wütend und richtete den geschuppten Körper bedrohlich auf.

Doch der Gnomenwärter war bereits bei Jair angelangt und stand gebückt und stumm vor dem Talbewohner. Langsam hob sich der von der Kapuze verhüllte Kopf.

Jair machte große Augen. Der Gnom in dem zerfetzten Umhang und der Kapuze war nicht der Wärter!

»Brauchst du eine kleine Hilfe, Junge?« flüsterte Spinkser.

Dann sprang eine schwarzgekleidete Gestalt aus dem finsteren Korridor draußen, die schlanke Klinge eines langen Schwerts drückte sich an die Kehle eines erstaunten Stythys und drängte ihn an die Zellenwand zurück.

»Keinen Laut!« warnte Garet Jax. »Und nicht die kleinste Bewegung. Eins von beidem, und du bist tot, ehe du damit fertig bist.«

»Garet, Ihr seid am Leben!« rief Jair ungläubig aus.

»Am Leben und wohlauf«, erwiderte der andere, doch die harten, grauen Augen ließen keinen Blick von dem Mwellret. »Schnell, lös die Fesseln des Talbewohners, Gnom!«

»Nun habt mal einen Augenblick Geduld!« Spinkser hatte einen großen Bund eiserner Schlüssel unter dem Umhang hervorgezogen und probierte sie nacheinander an den Fesseln aus, die den Talbewohner gefangenhielten. »Die verdammten Dinger passen nicht in das Schloß ... ah, da haben wir ihn ja!«

Die Schließen an Hand- und Fußfesseln klickten laut, und die Ketten fielen zu Boden. »Spinkser!« Jair faßte nach dem Arm des Gnomen, als der den zerfetzten Umhang des Wärters auszog und von sich warf. »Wie um alles in der Welt hast du es geschafft, mich zu finden?«

»Das ist doch wahrhaftig keine Kunst, Junge«, schnaubte der Gnom und rieb die Gelenke des anderen, um die Durchblutung wieder anzuregen. »Ich sagte dir doch, daß ich der beste Fährtensucher bin, der dir jemals über den Weg laufen würde! Das Wetter war natürlich nicht gerade eine Hilfe – hat die Hälfte aller Spuren verwischt und das ganze Waldland in Schlamm verwandelt. Aber direkt vor den unterirdischen Gängen stießen wir auf die Spuren der Echse und wußten, daß sie dich hierher bringen würde, in welcher Absicht auch immer. Zellen in Dun Fee Aran sind zum rechten Preis für jedermann zu haben, ohne daß einer große Fragen stellt. Und die inhaftierten Menschen sind ebenfalls zu kaufen. Die sperren dich hier ein, bis nur noch Knochen von dir übrig sind, wenn nicht ...«

»Erzähl das später, Gnom!« schnitt Garet Jax ihm das Wort ab. »Du!« Er deutete mit spitzem Finger auf den Mwellret. »Du gehst voran und hältst uns alle vom Leib. Niemand darf uns aufhalten, niemand soll uns Fragen stellen. Wenn aber doch ...«

»Lassst mich hier, kleine Leutchen!« zischte das Geschöpf.

»Ja, laßt ihn hier«, unterstützte ihn Spinkser mit vor Abscheu verzogenem Gesicht. »Den Echsen kann man nicht trauen.«

Aber Garet Jax schüttelte den Kopf. »Er kommt mit. Foraker glaubt, wir könnten ihn noch brauchen.«

Jair fuhr hoch. »Foraker ist auch hier?«

Aber Spinkser schob ihn bereits zur Zellentür und spie demonstrativ aus, als er an dem Mwellret vorüberkam. »Er wird uns nur Ärger bringen, Waffenmeister«, erklärte er hartnäckig. »Vergeßt nicht, ich habe Euch gewarnt.«

Dann standen sie im Gang hinter der Tür, duckten sich in Schatten und Stille, und Spinkser hielt sich dicht neben dem Talbewohner, als Garet Jax Stythys hindurchschob. Der Waffenmeister blieb einen Augenblick stehen, lauschte und stieß dann Stythys vor sich her, um den Rückweg über den verdunkelten Korridor einzuschlagen. In einer Wandhalterung vor ihnen brannte eine Fackel; als sie daran vorüberkamen, fischte Spinkser sie heraus und übernahm die Führung.

»Das ist vielleicht ein dunkles Loch!« knurrte er leise, als er sich den Weg durch die Finsternis bahnte.

»Spinkser!« murmelte Jair drängend. »Ist Elb Foraker auch hier?«

Der Gnom warf ihm einen raschen Blick zu und nickte. »Der Zwerg und der Elf und der Grenzländer ebenfalls. Sagten, wir hätten diese Reise gemeinsam angetreten und würden sie so auch zu Ende bringen.« Er schüttelte wehmütig den Kopf. »Wahrscheinlich haben wir alle den Verstand verloren.«

Sie huschten zurück durch das Labyrinth der Gefängnisgänge; der Gnom und der Talbewohner gingen vorweg, der Waffenmeister folgte ihnen mit einem Schritt Abstand und drückte dem Mwellret das Schwert ins Kreuz. Sie hasteten durch Dunkelheit, Stille und den Gestank von Tod und Fäulnis, kamen an den geschlossenen, verrosteten Zellentüren vorüber und nahmen ihren Weg zurück nach draußen. Allmählich ließ die Finsternis nach, als graue, verwaschene Streifen Tageslicht die Gänge vor ihnen erhellten. Das Plätschern von Regen drang an ihre Ohren, und ein zarter, süßer Hauch frischer Luft wehte ihnen entgegen.

Dann tauchten wieder die riesenhaften, eisenbeschlagenen Tore des Gebäudeeingangs verschlossen und verriegelt vor ihnen auf. Wind und Regen peitschten in heftigen Böen dagegen und trommelten aufs Holz. Spinkser warf die Fackel von sich und huschte voraus, um durch den Beobachtungsschlitz zu prüfen, was sie draußen erwartete. Jair trat neben ihn und atmete dankbar die frische Luft, die hereinwehte.

»Ich hätte nie gedacht, daß ich dich noch einmal wiedersehen würde«, flüsterte er dem Gnomen zu. »Keinen von euch.«

Spinkser hielt sein Auge an den Schlitz gepreßt. »Du hast eben Glück.«

»Ich dachte nicht, daß noch einer da wäre, der mich hier herausholen könnte. Ich glaubte, Ihr wärt alle tot.«

»Wohl kaum«, knurrte der Gnom. »Nachdem ich dich in den Tunnels verloren hatte und nicht herausfinden konnte, was aus dir geworden war, stieg ich weiter in die Felswände nördlich über Capaal. Dort endet der Tunnel. Ich wußte, wenn die anderen überlebt hätten, mußten sie ebenso wie ich dort herauskommen, denn so war es nach dem Plan des Waffenmeisters vorgesehen. Also wartete ich. Und natürlich fanden sie einander wieder und stießen schließlich auch auf mich. Und dann machten wir uns auf die Suche nach dir.«

Jair starrte den Gnomen an. »Spinkser, du hättest mich einfach im Stich lassen können – und die anderen auch. Keiner hätte es jemals erfahren. Du warst frei.«

Der Gnom zuckte mit den Achseln, Unbehagen spiegelte sich auf seinem derben Gesicht. »Tatsächlich?« Er schüttelte verächtlich den Kopf. »Habe mir niemals die Zeit genommen, darüber nachzudenken.«

Inzwischen stand Garet Jax neben ihnen und stieß Stythys vor sich her. »Regnet es noch?« fragte er Spinkser.

Der Gnom nickte. »Es regnet noch.«

Der Waffenmeister steckte mit einer geschmeidigen Bewegung das Schwert wieder in die Scheide und zog statt dessen ein langes Messer. Er drängte Stythys an die Korridorwand; sein mageres Gesicht wirkte hart. War Stythys noch einen Kopf größer als Garet Jax gewesen, als der ihn in Jairs Zelle überwältigt hatte, so war er inzwischen wieder geschrumpft und hatte sich wie eine Schlange in seine Kleider gerollt. Grüne Augen funkelten böse, kalt und ohne Wimpernzucken nach dem Südländer.

»Lassst mich hier, kleine Leutchen!« jammerte er noch einmal.

Garet Jax schüttelte den Kopf. »Halte dich dicht an mich, wenn wir draußen sind, Mwellret. Versuch nicht, zu entwischen. Und keine Tricks! Mit unseren Umhängen und Kapuzen dürfte man uns nicht erkennen. Der Regen wird uns die meisten vom Leibe halten, aber wenn uns doch jemand anspricht, wirst du ihn abwimmeln. Vergiß nicht, es braucht nicht viel Argumente, mich dazu zu bringen, dir die Kehle durchzuschneiden.«

Er sagte es leise, fast freundlich, und eisige Stille trat daraufhin ein. Der Mwellret kniff die Augen zu Schlitzen zusammen.

»Habt doch die Zauberssachen«, zischte er wütend. »Braucht mich doch gar nicht. Lassst mich hier!«

Garet Jax führte die Spitze seines langen Messers dicht an den schuppigen Hals des anderen. »Du kommst mit!«

Mit eng um sich geschlungenen Umhängen zogen sie die schweren Holztüren des finsteren Gefängnisses auf und traten hinaus ins Licht. Regen fiel in dichten Schleiern von einem grauen, wolkenverhangenen Himmel und wurde vom Wind gegen die Mauern der Festung gedrückt. Mit eingezogenen Köpfen liefen die vier über den verschlammten Innenhof auf die Wehrgänge zu, die sich unmittelbar nordwärts erstreckten. Vereinzelte Gruppen von Gnomen-Jägern liefen ihnen über den Weg, ohne ihr Tempo zu verlangsamen; sie hatten es nur eilig, aus dem Wetter herauszukommen. Auf den Wachtürmen kauerten sich die Posten in den Schutz von Winkeln und Nischen im Mauerwerk und litten jämmerlich unter Kälte und Feuchtigkeit. Keiner kümmerte sich nur im geringsten um die kleine Gruppe, die unten den Hof überquerte. Keiner warf ihnen auch nur einen zweiten Blick hinterher.

Als die nördlichen Wehrgänge näherrückten, setzte Spinkser sich an die Spitze und führte sie an riesigen Pfützen und Schlammlöchern vorüber zu einer Stelle, wo hinter zwei schmiedeeisernen Gittertoren ein kleiner Innenhof lag. Sie traten durch die Tore und eilten auf einen überdachten Eingang zu, der in einen gedrungenen Fachwerkwachturm führte. Wortlos entriegelte der Gnom das im Dunkeln liegende Holztor und geleitete sie hinein.

Drinnen dehnte sich ein Vorraum, der von Fackeln in Wandhaltern zu beiden Seiten der Tür erhellt wurde. Sie strichen das Wasser von ihren Mänteln und hielten einen Augenblick lang inne, während Spinkser auf den finsteren Korridor trat, der nach links unter der Brustwehr entlangführte. Der Gnom spähte in die Dunkelheit und winkte ihnen dann, ihm zu folgen. Garet Jax schnappte eine der Fackeln aus ihrem Halter, reichte sie Jair und gab ihm Zeichen, er sollte hinter Spinkser hergehen.

Vor ihnen führte ein schmaler Gang, von dem rechts und links Türen abgingen, in die Finsternis.

»Lagerräume«, informierte Spinkser Jair mit einem Zwinkern.

Sie traten in den Gang. Spinkser huschte vorsichtig weiter; an der dritten Tür blieb er stehen und klopfte leise.

Der Riegel schnappte laut, die Tür schwang weit auf, und Elb Foraker, Helt und Edain Elessedil standen vor ihnen. Breites Grinsen verzog ihre übel zugerichteten Gesichter, als sie Jair umringten und ihm herzlich die Hand schüttelten.

»Bist du wohlauf, Jair?« erkundigte sich sogleich der Elfenprinz, dessen eigenes Gesicht so schlimm von Prellungen und Schnittwunden entstellt war, daß der Talbewohner schier Angst um ihm bekam. Der Elf sah seine Besorgnis und tat sie mit einem Achselzucken ab. »Bloß ein paar Kratzer. Ich fand einen Fluchttunnel, doch der mündete in eine Dornenhecke. Das wird alles schnell verheilen. Aber was ist mit dir – fehlt dir wirklich nichts?«

»Jetzt geht es mir wieder hervorragend, Edain.« Jair drückte ihn spontan an sich.

Helt und Foraker waren an Händen und in den Gesichtern auch böse verschrammt, nach Jairs Vermutungen die Folge davon, daß sie den größeren Teil der herabstürzenden Brustwehrmauern abbekommen hatten. »Ich kann gar nicht glauben, daß ihr alle hier seid!« Der Talbewohner schluckte schwer, um den Knoten zu lösen, der sich in seiner Kehle gebildet hatte.

»Wir konnten dich ja nicht einfach sitzenlassen, Jair, oder?« Der Grenzländer Helt umfaßte Jairs Arm herzlich mit einer seiner riesigen Pranken. »Du hast schließlich die Zauberkraft, die wir brauchen, um den Silberfluß zu retten.«

Jair grinste glücklich, und Foraker trat mit auf den Mwellret geheftetem Blick hinzu. »Wie ich sehe, habt ihr ihn mitbringen können.«

Garet Jax nickte ohne weiteren Kommentar. Während die anderen Jair begrüßt hatten, war er mit auf die Kehle des Mwellrets gerichteter Messerspitze neben Stythys stehengeblieben.

»Kleinen Leutchen wird ess noch leid tun, dass ssie mich mitgenommen haben«, zischte die Kreatur giftig. »Werde einen Weg finden, dass ess ihnen leid tut!«

Spinkser spie verächtlich zu Boden. Foraker wies mit dem Finger auf den Mwellret. »Du allein bist dafür verantwortlich, was von nun an aus dir wird, Stythys. Hättest du nicht den Talbewohner entführt, hätte sich kein Mensch um dich gekümmert. Aber da du ihn mitgeschleppt hast, mußt du auch dafür geradestehen. Du wirst uns sicher aus dieser Festung geleiten und uns von hier den Weg nordwärts ins Rabenhorn weisen. Führ uns ein einziges Mal in die

Irre, und ich werde Spinkser machen lassen, wozu er von Anfang an Lust gehabt hätte.« Er schaute zu dem Gnomen. »Und vergiß nicht, Stythys, er kennt den Weg auch, also überleg es dir gut, ehe du uns zu täuschen versuchst.«

»Machen wir, daß wir fortkommen!« knurrte Spinkser nervös.

Unter Führung des Gnomen schlich die kleine Gruppe den schmalen Gang entlang und durch eine Reihe noch engerer Korridore, und sie gelangten schließlich an den Fuß einer Wendeltreppe. Spinkser legte mahnend einen Finger an die Lippen. Im Gänsemarsch machten sie sich an den Aufstieg. Von irgendwo oben, schwach und noch weit entfernt, klangen die gutturalen Töne von Gnomenstimmen an ihre Ohren. Am Ende der Treppe befand sich eine kleine Holztür. Spinkser blieb kurz stehen, lauschte, öffnete sie einen Spaltbreit und spähte hinein. Sobald er sich überzeugt hatte, winkte er sie hindurch.

Sie standen in einer gut bestückten Waffenkammer, auf deren Boden sich Waffen, Rüstungen und Proviant stapelte. Graues Licht sickerte durch die hohen, vergitterten Fenster. Der Raum war menschenleer, und Spinkser führte sie rasch zu einer Tür an der gegenüberliegenden Wand.

Er hatte sie schon fast erreicht, als sie plötzlich von der anderen Seite aufgestoßen wurde und er sich einer ganzen Schwadron Gnomen-Jäger gegenübersah.

Die Gnomen zögerten, sahen zuerst Spinkser und dann die merkwürdigen Gesichter der Leute, die ihm folgten. Und erst als sie Foraker erblickten, fuhren ihre Hände nach ihren Waffen.

»Diesmal hast du kein Glück, Junge«, heulte Spinkser auf und warf sich schützend vor Jair.

Die Gnomen-Jäger stürmten auf sie zu, doch die dunkle Gestalt von Garet Jax hatte sich bereits in Bewegung gesetzt und das schlanke Schwert gezückt. Der vorderste der Angreifer ging zu Boden, dann befand sich Foraker an der Seite des Waffenmeisters, und seine doppelköpfige Axt schlug die übrigen zurück. Stythys hinter ihm drehte sich um und schoß auf die Tür zu, durch die sie gekommen waren, aber Helt setzte ihm mit einem katzenhaften Sprung nach und riß ihn zu Boden. Sie schlitterten in einen Stapel Lanzen, der mit lautem Poltern von Holz und Eisen über ihnen zusammenbrach.

Die Gnomen-Jäger blieben noch einen Augenblick stehen und kämpften an der offenen Tür weiter, als Garet Jax und Foraker sie massiv bedrängten. Dann wichen sie mit einem wütenden Aufschrei aus und ergriffen die Flucht. Der Waffenmeister und der Zwerg verfolgten sie bis zur Tür; doch da sie sahen, daß eine Verfolgung sinnlos war, machten sie schnell kehrt und halfen dem kämpfenden Helt. Gemeinsam zerrten sie Stythys wieder auf die Beine, wobei der Mwellret unheilvoll zischte und seinen geschuppten Körper anschwellen ließ, bis er sogar den hühnenhaften Grenzbewohner überragte. Sie hielten den Echsenmenschen fest und zerrten ihn dorthin, wo Spinkser und Jair standen und in den Korridor spähten.

Von beiden Seiten des Ganges erklangen Alarmschreie zur Antwort auf das Gebrüll der flüchtenden Gnomen-Jäger.

»Wohin laufen wir?« fuhr Garet Jax Spinkser an.

Wortlos drehte der Gnom sich nach rechts, in Gegenrichtung der flüchtenden Jäger, trabte rasch den Korridor hinab und winkte den anderen, ihm zu folgen. Sie rannten dicht zusammengedrängt hinterher, wobei Stythys durch das lange Messer, das Garet Jax ihm in die Rippen preßte, angetrieben wurde.

»Törichte kleine Kerlchen!« keuchte der Mwellret wütend. »Dass hier ssind die Gefängnisse!«

Der Korridor verzweigte sich vor ihnen. Zu ihrer Linken erblickte sie eine Gnomenschar und kam mit gezückten Waffen angerannt. Spinkser wirbelte herum und führte die kleine Gesellschaft nach rechts. Vor ihnen sprang ein Gnomen-Jäger aus einer Türöffnung, doch Foraker schlug ihn, ohne auch nur den Schritt zu verlangsamen, nieder, indem er den behelmten Kopf des anderen kräftig gegen die Steinquadermauer schmetterte. Rings um sie her erhoben sich Schreie von Verfolgern.

Zu spät. Der Gnom war mitten in eine Schar bewaffneter Jäger gestolpert, die unvermutet aus einem angrenzenden Gang gestürmt kamen. Er ging in einem Gewirr von Armen und Beinen unter und schrie auf. Garet Jax stieß Stythys zu Helt und eilte ihm, dicht gefolgt von Foraker und Edain Elessedil, zu Hilfe. Waffen funkelten grell im grauen Schummerlicht, und Schmerz- und Wutschreie erfüllten die Halle. Die Retter stürzten sich in das Gnomengewimmel und drängten die Angreifer von dem gestürzten Spinkser zurück. Garet Jax glich mit seinen flüssigen, schnellen Bewegungen einer jagenden Katze, wie er mit seinem schlanken Schwert parierte und zustieß. Die Gnomen wichen zurück. Edain Elessedil half Spinkser wieder auf die Beine.

»Spinkser! Führt uns hier heraus!« brüllte Elb Foraker, während er die riesige Doppelaxt vor sich schwenkte.

»Vorwärts!« hustete Spinkser und taumelte weiter.

Die kleine Gruppe zwängte sich durch die Gnomen, die ihnen noch immer den Weg versperren wollten, raste den Korridor entlang und zerrte den widerwilligen Stythys mit sich. Von überall her fielen Gnomen-Jäger sie an, doch sie schlugen die Angreifer in wilder Entschlossenheit zurück. Spinkser fiel noch einmal über den Schaft eines kurzen Speers, der ihm in den Weg gestreckt wurde. Sogleich war Foraker bei ihm, hämmerte mit der Breitaxt auf den Gegner ein und zerrte Spinkser mit einer Hand wieder in die Höhe. Die Schreie hinter ihm wurden zu lautem Gebrüll, als Hunderte von Gnomen sich durch die Tür der Waffenkammer in den Gang ergossen und ihre Verfolgung aufnahmen.

Als der Weg einen Augenblick frei vor ihnen lag, waren sie mit wenigen Sätzen eine Treppenflucht hinabgesprungen und liefen im unteren Stockwerk den Gang zurück. Vor ihnen tat sich ein Rundbau mit Fenstern und Türen ringsum auf, die zum Schutz gegen das Wetter verriegelt und mit Läden verschlossen waren. Ohne zu Zaudern riß Spinkser die nächstbeste Tür auf und führte die kleine Gruppe wieder hinaus in den Regen.

Sie befanden sich in einem weiteren, von Mauern und Toren eingegrenzten Hof. Der Regen peitschte ihnen heftig in die Gesichter, Donner grollte über die Hochwarte hinweg. Spinkser verlangsamte seinen Schritt, als er sie über den Hof führte, die Tore aufstieß und hinaustrat. Draußen zog sich eine Wendeltreppe zu einer Reihe Wehrgänge und Wachtürme hinab. Dahinter schob sich der finstere Schatten des Waldes dicht an die Mauern heran.

Kühn geleitete Spinkser die Gesellschaft die Treppe hinab auf die Brustwehren. Inzwischen drängten sich Gnomen um die Wachtürme, nachdem sie besorgt mitbekommen hatten, daß in der Festung etwas vorgefallen war. Spinkser beachtete sie gar nicht. Mit gesenktem Kopf und dicht um sich geschlungenen Umhang scheuchte er die anderen in den Gang unter den Wehrgängen. Im Schutz der Dunkelheit scharte er die Gruppe um sich.

»Wir werden geradewegs durchs Tor ziehen«, verkündete er, und sein Atem ging noch stoßweise. »Keiner spricht ein Wort außer mir. Behaltet die Kapuzen auf und die Köpfe gesenkt. Was auch geschehen mag, bleibt nicht stehen. Schnell jetzt!«

Es kam kein Widerspruch, nicht einmal von Garet Jax. Mit eng um sich gezogenen Umhängen und tiefgezogenen Kapuzen schlichen sie sich wieder aus dem Halbdunkel. Sie folgten Spinkser an der Brustwehrmauer entlang unter dem Wachturm hindurch zu zwei eisernen Gittertoren. Davor stand eine Schar Gnomen-Jäger, die Köpfe zum Schutz gegen das Wetter geduckt, und unterhielt sich bei einer Flasche Bier. Als sie näher kamen, schauten ein, zwei hoch, worauf Spinkser winkte und ihnen etwas in der Gnomensprache zurief, das Jair nicht verstehen konnte. Einer der Jäger löste sich aus der Gruppe seiner Kameraden und trat ihnen entgegen.

»Geht weiter«, wisperte Spinkser ihnen über die Schulter hinweg zu.

Ein paar vereinzelte Schreie, die hinter ihnen erklangen, drangen an die Ohren der Gnomen-Jäger. Erschreckt drehten sie sich zur Festung um, um herauszufinden, was geschehen war.

Die kleine Gruppe marschierte, ohne zu zaudern, an ihnen vorüber. Instinktiv versuchte Jair, tiefer in seinen Umhang zu kriechen und verkrampfte sich so, daß er stolperte und hingefallen wäre, hätte

Elb Foraker ihn nicht aufgefangen. Als sie an den Wachen vorbeikamen, löste Spinkser sich aus der Gruppe und versperrte somit dem Gnomen, der sie hatte aufhalten wollen, den Blick. Er unterhielt sich in ärgerlichem Ton mit dem Burschen, und Jair schnappte bei dem Gespräch das Wort »Mwellret« auf. Sie waren nun alle bis auf Spinkser an den Jägern vorüber, drängten unter den Wehrgängen weiter und durch das offene Tor. Keiner hielt sie auf. Als sie von Dun Fee Aran in die Finsternis des Waldes flüchteten, ging Jair langsamer und schaute sich besorgt um. Spinkser stand immer noch unter dem Torbogen und stritt mit dem Wachposten.

»Halt deinen Kopf unten!« mahnte ihn Foraker und schob ihn an sich vorbei.

So betrat er den regendurchnäßten Wald, folgte widerwillig den anderen, und hinter ihm verschwanden die Mauern und Türme der Festung. Sie marschierten unter Elb Forakers Führung noch ein paar Minuten weiter ihren Weg zwischen Sträuchern und Bäumen hindurch. Dann hielten sie an und versammelten sich unter einer riesigen Eiche, deren Blätter rings um den Stamm herabgefallen und mit dem Erdreich zu einem Teppich von schlammigem Gelb verfilzt waren. Garet Jax drückte Stythys mit dem Rücken an den knorrigen Stamm und hielt ihn dort fest. Sie warteten schweigend.

Die Minuten verstrichen. Spinkser kam nicht. Jair hockte geduckt am Rande der kleinen Lichtung um die Eiche und spähte ratlos in den Regen. Die anderen unterhielten sich hinter ihm in gedämpften Tönen. Der Regen fiel unablässig und plätscherte kräftig und rhythmisch auf Erde und Waldbäume. Von Spinkser war immer noch nichts zu sehen. Jair preßte entschlossen die Lippen aufeinander. Wenn er in den nächsten fünf Minuten nicht erschien, wollte der Talbewohner umkehren und ihn suchen. Er würde den Gnomen nicht im Stich lassen, nicht nach allem, was Spinkser für ihn getan hatte.

Fünf Minuten vergingen, und Spinkser blieb verschwunden. Jair stand auf und schaute die anderen fragend an, die als verhüllte Gestalten in Umhängen und Kapuzen in Dunkelheit und Regen hockten.

»Ich kehre um«, erklärte er ihnen. Dann ließ ein Rascheln ihn herumfahren, und Spinkser tauchte unter den Bäumen auf.

»Hat doch ein wenig mehr Geschwätz gekostet, als ich erwartet hatte«, verkündete der Gnom. »Sie werden ziemlich bald hinter uns her sein.« Dann sah er den erleichterten Ausdruck auf Jairs Gesicht und hielt inne. »Wolltest du gerade irgendwohin, Junge?« vermutete er richtig.

»Nun, ich ... nein, jetzt wohl nicht mehr ...«, stotterte Jair.

Ein erheiterter Ausdruck zog über das derbe Gesicht des Gnomen. »Nein? Hast wohl immer noch vor, deine Schwester zu suchen, wie?« Jair nickte. »Gut. Dann hast du wenigstens doch ein Ziel. Du begleitest uns nach Norden. Gehen wir!«

Er winkte den anderen und schlug den Weg in den Wald ein. »Wir werden den Fluß sechs Meilen stromaufwärts überqueren, um jede Verfolgung abzuschütteln, die so lange andauern könnte. Der Fluß ist dort tief, aber ich schätze, viel nässer können wir ohnehin nicht mehr werden.«

Jair gestattete sich ein knappes Lächeln und folgte dann den anderen. Vor ihnen erhoben sich zwischen den Bäumen nebelverhangen und grau die Gipfel der Hochwarte. Hinter ihnen, weiter im Norden und ihren Blicken verborgen, lag das Rabenhorn-Gebirge. Es mochte noch ein weiter Weg bis Graumark sein, dachte der Talbewohner, sog die kühle Herbstluft und den Geruch des Regens ein, aber zum ersten Mal seit Capaal fühlte er die Gewißheit in sich, daß sie die Festung erreichen würden.

2

Brin sprach wenig auf dem Rückweg vom Finsterweiher zum Kamin. Sie mußte die Bedeutung von allem, was der Schatten ihr gesagt hatte, trennen und entschlüsseln, denn sie wußte, ihre Verwirrung würde im Lauf der Zeit nur größer. Als ihre Begleiter sie bedrängten, ihnen alles zu berichten, was der Geist geoffenbart hatte, erzählte sie nur, daß das verschwundene Schwert von Leah sich in den Händen der Spinnengnomen befände und daß der einzige Weg, der unbeobachtet in den Maelmord führte, durch die Abwasserkanäle von Graumark verlief. Nachdem sie das berichtet hatte, bat sie, sie möchten sie mit weiteren Fragen verschonen, bis sie ins Tal zurückgekehrt wären, und widmete sich dann der Aufgabe, alles ihr Verkündete noch einmal zu überdenken.

Das seltsame Bild von Jair in einem verdunkelten Raum mit der verhüllten Gestalt, die so bedrohlich auf ihn zuging, stand ihr zuerst vor Augen, als sie sich daran machte, die ihr gestellten Rätsel zusammenzupuzzeln. Der Finsterweiher hatte das Bild aus Boshaftigkeit und Zorn heraufbeschworen, und sie konnte nicht glauben, daß etwas Wahres an dem war, was er ihr vorgeführt hatte. Die verhüllte Gestalt war weder ein Gnom noch ein Mordgeist gewesen, und jene waren die Feinde, die den Ohmsfords nachstellten. Es ärgerte sie, daß sie überhaupt geblieben war, um das Bild vor sich ausbreiten und sich foppen zu lassen, wie es der Absicht des Finsterweihers entsprochen hatte. Wäre sie nur halbwegs vernünftig gewesen, hätte sie ihm sofort den Rücken gekehrt und ihm nicht die Gelegenheit gegeben, sie zu quälen. Jair war bei ihren Eltern und ihren Freunden. Was ihr der Finsterweiher vorgegaukelt hatte, war nichts anderes als eine schmähliche Lüge.

Und doch konnte sie nicht ganz sicher sein.

Da sie mit dieser Sorge nichts weiter anfangen konnte, schob sie sie beiseite und widmete ihre Gedanken den anderen Rätseln, die der Finsterweiher ihr aufgegeben hatte. Es waren viele. Vergangenheit und Gegenwart waren durch irgendwelche Machenschaften der schwarzen Magie eins, hatte der Schatten angedeutet. Die Macht, die der Dämonen-Lord zu Zeiten Shea Ohmsfords ausgeübt hatte, war jene, über die heute die Mordgeister verfügten. Doch hinter den Worten des Finsterweihers steckte noch mehr Bedeutung. Er erwähnte irgendeine Verbindung zwischen dem Krieg der Rassen und dem jüngsten Krieg, den ihr Vater und die Westland-Elfen gegen die

Dämonen der Märchenwelt ausgefochten hatten. Da war diese heimtückische Ahnung, daß der Dämonen-Lord zwar durch die Magie des Schwertes von Shannara vernichtet worden, aber eben doch nicht tot war. »Wer leiht heute der Magie seine Stimme und schickt die Mordgeister aus?« hatte der Finsterweiher gefragt. Am schlimmsten aber war die gehässige Andeutung des Schattens, daß Allanon – der die ganzen Jahre über im Dienste der Vier Länder und ihrer Menschen stets alles vorhergesehen hatte – sich diesmal getäuscht hätte. In der Überzeugung, die Wahrheit zu sehen, hatte er die Augen verschlossen. Was hatte der Finsterweiher gesagt? Daß Allanon nur die Rückkehr des Dämonen-Lords sähe – er sähe nur die Vergangenheit.

Siehst du klar? hatte der Schatten geflüstert. Hältst du die Augen offen?

Enttäuschung wollte in ihr aufsteigen, doch sie brachte sich schnell wieder unter Kontrolle. Die Enttäuschung würde nur dazu beitragen, sie noch blinder zu machen, und sie mußte einen klaren Kopf behalten, wenn sie die Worte des Finsterweihers auch nur annähernd verstehen wollte. Angenommen, überlegte sie, Allanon hätte sich tatsächlich geirrt – eine Mutmaßung, die sie nur schwer akzeptieren konnte, aber die sie nun einmal annehmen mußte, wenn sie herausbekommen wollte, was ihr mitgeteilt worden war. Auf welche Weise hätte diese Fehleinschätzung wirken können. Es war offenkundig, daß der Druide sich in der Überzeugung getäuscht hatte, die Geister würden nicht ahnen, daß sie über den Wolfsktaag den Weg ins Ostland nähmen oder daß sie ihnen nicht folgen könnten, wenn sie das Tal verlassen hätten. Waren diese Irrtümer nur Bruchstücke und Bestandteile eines viel umfänglicheren Trugschlusses?

Hältst du die Augen offen? Siehst du klar?

Wieder flüsterten die Worte in ihrem Kopf eine Mahnung, die sie nicht verstehen konnte. War Allanons Täuschung auf gewisse Weise auch die ihre? Sie schüttelte den Kopf angesichts ihrer Verwirrung. Denk es vernünftig durch, ermahnte sie sich. Sie mußte voraussetzen, Allanon hätte irgendwo in seiner Analyse der Gefahr, die sie im Maelmord erwartete, einen Fehler begangen. Vielleicht war die Macht der Mordgeister größer, als er vermutet hatte. Vielleicht hatte ein Teil des Dämonen-Lords die Zerstörung des Meisters überlebt. Vielleicht hatte der Druide die Stärke ihrer Feinde unter- oder ihre eigene Stärke überschätzt.

Dann dachte sie darüber nach, was der Finsterweiher über sie gesagt hatte. Kind der Finsternis, hatte er sie genannt, die dem sicheren Tod im Maelmord entgegenginge und den Keim ihrer eigenen Zerstörung in sich trüge. Gewiß käme diese Zerstörung von der Magie des Wünschliedes – eine unangemessene und unberechenbare Waffe zur Abwehr der schwarzen Wandler. Die Mordgeister waren Opfer ihrer eigenen Magie. Sie jedoch ebenfalls, hatte der Finsterweiher erklärt. Und als sie erregt geantwortet hatte, daß sie mit ihnen nichts gemein hätte, daß sie keine schwarze Magie gebrauchen würde, hatte der Schatten gelacht und sie belehrt, keiner benutze die schwarze Magie – vielmehr benutze die Magie ihn.

»Darin liegt der Schlüssel zu allem, was du suchst«, hatte er gesagt.

Das stellte ein weiteres Rätsel dar. Es hatte sicher seine Richtigkeit, daß die Magie sie ebenso benutzte wie umgekehrt. Sie mußte an ihren Zorn auf die Männer vom westlichen Bogengrat auf der Rooker-Handelsstation denken, und wie Allanon ihr vorgeführt hatte, was der Zauber mit jenen dicht ineinander verwachsenen Bäumen anstellen konnte. Retterin und Zerstörerin – sie wäre beides, hatte Brims Schatten gewarnt. Und nun hatte der Finsterweiher ebenfalls eine solche Warnung ausgesprochen.

Cogline flüsterte etwas neben ihr und tänzelte dann davon, als Kimber Boh ihn maßregelte, sich zu benehmen. Sogleich zerstreuten sich ihre Gedanken, sie beobachtete, wie der alte Mann unter Gelächter und Gekicher wie einer, der halb dem Wahnsinn verfallen war, in die Wildnis des Waldes davonhuschte. Sie sog tief die kühle Nachmittagsluft ein und sah zu, wie die Schatten des frühen Abends sich über das Land senkten. Sie stellte fest, daß sie Allanon vermißte. Eigentümlich, war doch seine undurchschaubare und überragende Präsenz ihr in den Tagen, da sie zusammen reisten, nur ein geringer

Trost gewesen. Aber da war diese seltsame Seelenverwandtschaft zwischen ihnen gewesen, dieses Gefühl gegenseitigen Verstehens, die Empfindung einer gewissen Ähnlichkeit ...

War es die Magie, die ihnen gemeinsam war – das Wünschlied und die Druidenmacht?

Sie spürte, wie ihr Tränen in die Augen stiegen, als sie wieder seinen zerschundenen, blutigen Körper vor sich sah, wie er in jener Schlucht zusammengesackt war. Wie schrecklich er angesichts des drohenden Todes für sie ausgesehen hatte, als er die Hand hob, um ihre Stirn mit seinem Blut zu zeichnen ... Als einsame, erschöpfte Gestalt erschien er ihr, der weniger von der Druidenmacht als von der Druidenschuld durchdrungen war und sich an das Gelübde seines Vaters gebunden fühlte, daß die Druiden die Verpflichtung einlösten, die sie mit der Entfesselung der schwarzen Magie in der Welt des Menschen auf sich geladen hatten.

Und diese Verpflichtung hatte er nun auf sie übertragen.

Der Nachmittag verblaßte zum Abend, und die kleine Gesellschaft gelangte aus der Wildnis des Anar ins Tal vom Kamin. Brin hörte auf, über die Worte des Finsterweihers nachzudenken, und überlegte statt dessen, was sie ihren Gefährten sagen und was sie mit den kleinen Wissensfragmenten anfangen sollte, die sie gewonnen hatte. Ihr eigenes Los in dieser Sache stand unumstößlich fest, nicht aber das der anderen – nicht einmal Rones. Wenn sie ihm die Weissagung des Finsterweihers erklärte, war er vielleicht zu überzeugen, sie allein weiterziehen zu lassen. Wenn es vorherbestimmt war, daß sie ihrem Tod entgegenging, konnte sie ihn vielleicht wenigstens davon abhalten, das gleiche Schicksal auf sich zu nehmen.

Eine Stunde später saßen sie gemeinsam vor dem Kamin der kleinen Hütte auf mit Decken gepolsterten Stühlen und Bänken: Brin, der alte Mann, das Mädchen und Rone Leah. Die Wärme des Feuers spiegelte sich in ihren Gesichtern, als die Nacht kalt und still herniedersank. Wisper schlief friedlich auf seinem Teppich; er hatte den riesigen Körper der Länge nach vor dem Kamin ausgestreckt. Die Moorkatze, die sich die meiste Zeit des Tages auf ihrer Reise zum Finsterweiher und zurück nicht hatte sehen lassen, war bei ihrer Rückkehr sogleich wieder aufgetaucht und hatte sich sofort auf ihrem Lieblingsplatz niedergelassen.

»Der Finsterweiher erschien mir in meiner eigenen Gestalt«, begann Brin ruhig, als die anderen lauschten. »Er nahm mein Gesicht an und verspottete mich mit dem, wofür ich mich hielt.«

»Solche Spielchen treibt er gern«, bemerkte Kimber voller Mitgefühl. »Davon darfst du dich nicht beeindrucken lassen.«

»Nichts als Lügen und Täuschungen! Er ist ein finsteres, schrulliges Wesen«, flüsterte Cogline, der mit dem stockdürren Körper vornübergebeugt dasaß. »Seit dem Untergang der alten Welt in seinen Teich gebannt, spricht er in Rätseln, die kein Mann jemals zu lösen vermag – und auch keine Frau.«

»Großvater«, tadelte Kimber Boh ihn liebevoll.

»Was wußte der Finsterweiher denn zu berichten?« wollte Rone wissen.

»Was ich euch schon gesagt habe«, erwiderte Brin. »Daß sich das Schwert von Leah in Händen der Spinnengnomen befindet, die es aus den Wassern des Mangold-Stroms zogen. Daß der Weg in den Maelmord, auf dem man vor Blicken geschützt ist, durch die Abwasserkanäle von Graumark führt.«

»Und das war keine Irreführung?« bedrängte er sie.

Sie schüttelte langsam den Kopf und dachte an die geheimnisvolle Art und Weise, wie sie den Zauber des Wünschliedes angewendet hatte.

Cogline schnaubte verächtlich. »Na, und der Rest waren Lügen, möchte ich wetten!«

Brin schaute ihn an. »Der Finsterweiher prophezeite, der Tod erwarte mich im Maelmord – es gäbe kein Entrinnen für mich.«

Es trat erschreckte Stille ein. »Lügen, wie der alte Mann schon festgestellt hat«, murmelte Rone schließlich.

»Der Finsterweiher sagte voraus, du kämst dort ebenfalls ums Leben. Er behauptete, wir trügen beide schon den Keim des Todes in der Zauberkraft, über die wir verfügen: du im Schwert von Leah, ich im Wünschlied.«

»Und du glaubst diesen Unfug?« Der Hochländer schüttelte den Kopf. »Also, ich für meinen Teil nicht. Ich kann auf uns beide aufpassen.«

Brin lächelte traurig. »Und wenn die Worte des Finsterweihers keine Lügen sind? Wenn auch dieser Teil der Wahrheit entspricht? Muß ich unbedingt deinen Tod auf mein Gewissen laden, Rone? Wirst du da darauf bestehen, mit mir zu sterben?«

Rone errötete angesichts ihres Tadels. »Wenn es sein muß. Allanon hat mich zu deinem Beschützer gemacht, als ich etwas werden wollte. Was für ein Beschützer wäre ich denn, wenn ich dich jetzt im Stich und dich allein weitergehen ließe? Wenn es vorherbestimmt ist, daß wir sterben sollen, Brin, dann muß das nicht dein Gewissen belasten. Ich nehme es auf das meine.«

Brin standen wieder die Tränen in den Augen, und sie mußte schwer schlucken, um die Gefühle, die in ihr aufstiegen, zu unterdrücken.

»Mädchen, Mädchen, nun wein doch nicht. Wein bloß nicht!« Cogline war plötzlich auf den Beinen und schlurfte zu ihrem Platz. Zu ihrer Überraschung strich er ihr liebevoll die Tränen fort. »Es sind lauter Spielchen beim Finsterweiher, nichts als Lügen und Halbwahrheiten. Der Schatten sagt jedermann den Tod voraus, als wäre er mit besonderen Einsichten gesegnet. Aber, aber. Was kann ein Geisterwesen schon vom Tod wissen?«

Er tätschelte Brin die Schulter, schaute grimmig zu Rone hinüber, als wäre es irgendwie seine Schuld, und murmelte etwas über verdammte Eindringlinge.

»Großvater, wir müssen ihnen helfen«, erklärte Kimber plötzlich.

Cogline fuhr zornig herum. »Ihnen helfen? Und was haben wir gerade getan, Mädchen? Feuerholz gesammelt?«

»Nein, Großvater, das denke ich nicht, aber ...«

»Aber nichts!« Krumme Arme beschrieben eine ungeduldige Handbewegung. »Natürlich werden wir ihnen helfen!«

Das Talmädchen und der Hochländer schauten einander verblüfft an. Cogline kicherte schrill und trat dann nach dem schlafenden Wisper, daß der Kopf mit den langen Schnurrhaaren ruckartig hochfuhr. »Ich und dieses nichtsnutzige Tier – wir werden euch helfen, so gut wir können! Ich kann solche Tränen nicht sehen! Kann ja meine Gäste nicht durch die ganze Gegend laufen lassen, ohne daß ihnen jemand den Weg zeigt!«

»Großvater«, wollte das Mädchen ihn unterbrechen, aber der alte Mann beachtete sie gar nicht.

»Haben schon lange nicht mehr hinter diesen Spinnengnomen hergejagt, was? Gute Idee, sie mal wissen zu lassen, daß wir noch da sind, falls sie auf den Gedanken kommen, wir könnten fortgezogen sein. Oben auf dem Tofferkamm werden sie sein – nein, nicht um diese Jahreszeit. Nein, jetzt wo der Winter bevorsteht, sind sie vom Kamm ins Moor gezogen. Das ist ihr Zuhause; dorthin würden sie ein Schwert schleppen, wenn sie es aus dem Fluß gefischt haben. Wisper wird es für uns aufstöbern. Dann ziehen wir ostwärts am Rand des Moores entlang und hinüber zum Rabenhorn. Ein oder zwei Tage vielleicht, alles in allem.«

Er wirbelte wieder herum. »Aber du nicht, Kimber. Ich kann nicht zulassen, daß du kreuz und quer durch dieses Land ziehst. Die Wandler und das alles sind viel zu gefährlich. Du bleibst hier und paßt auf das Haus auf.«

Kimber warf ihm einen verzweifelten Blick zu. »Er hält mich immer noch für ein Kind. Ich bin diejenige, die sich Sorgen um ihn machen müßte!«

»Ha! Um mich brauchst du dir keine Sorgen machen!« fauchte Cogline.

Kimber lächelte nachsichtig, ihr Koboldgesicht wirkte gelassen. »Natürlich muß ich mir um dich Sorgen machen. Ich liebe dich doch.« Sie wandte sich an Brin. »Brin, du mußt eines verstehen. Großvater verläßt das Tal ohne mich überhaupt nicht mehr. Hin und wieder ist er auf meine Augen und mein Gedächtnis angewiesen. Großvater, sei nicht ärgerlich über das, was ich sage, aber du weißt selbst, daß du manchmal vergeßlich bist. Und Wisper wird dir auch nicht immer gehorchen. Er wird verschwinden, wenn es dir am wenigsten paßt, falls du allein aufzubrechen versuchst.«

Cogline blickte finster drein. »Na ja, das macht der dumme Kater eben.« Er sah zu Wisper hinab, der ihn seinerseits schläfrig anblinzelte. »Zeitvergeudung, wenn ich versuche, ihn umzuerziehen. Na schön, dann werden wir wohl alle gehen müssen. Aber du hältst dich fern, wenn Schwierigkeiten auftreten, Mädchen. Die überläßt du mir.«

Brin und Rone warfen einander rasche Blicke zu.

Kimber wandte sich an sie. »Dann ist ja alles klar. Wir können bei Tagesanbruch aufbrechen.«

Das Talmädchen und der Hochländer schauten einander ungläubig an. Was ging hier vor? Als wäre es die selbstverständlichste Sache von der Welt, war gerade beschlossen worden, daß ein Mädchen, das kaum älter war als Brin, ein halbverrückter alter Mann und eine Katze, die manchmal verschwand, für sie das vermißte Schwert von Leah von irgendwelchen Kreaturen zurückerobern würden, die sie als Spinnengnomen bezeichnet hatten, um sie dann ins Rabenhorn-Gebirge nach Graumark zu begleiten! Es würde nur so wimmeln von Gnomen, Wandlern und anderen gefährlichen Wesen – Wesen, deren Macht den Druiden Allanon vernichtet hatte –, und der alte Mann und das Mädchen verhielten sich, als ob das alles gar nicht so wichtig wäre.

»Nein, Kimber«, meinte schließlich Brin, weil sie nicht wußte, was sie sagen sollte. »Ihr könnt uns nicht begleiten.«

»Sie hat recht«, bestätigte Rone. »Ihr könnt euch nicht einmal annähernd vorstellen, gegen welche Kräfte wir da antreten müssen.«

Kimber Boh schaute sie abwechselnd an. »Ich kann es mir besser vorstellen, als ihr denkt. Ich erklärte euch schon einmal: Dieses Land ist meine Heimat. Und Großvaters. Wir kennen seine Gefahren und verstehen sie.«

»Ihr versteht doch nicht die schwarzen Wandler!« explodierte Rone. »Was könnt ihr zwei denn gegen sie ausrichten?«

Kimber gab nicht nach. »Ich weiß nicht. Vermutlich das gleiche wie ihr. Ihnen aus dem Weg gehen.«

»Und wenn ihr das nicht könnt?« fuhr Rone hartnäckig fort. »Was dann?«

Cogline schnappte nach dem Lederbeutel, der an seinem Gürtel hing, und hielt ihn von sich. »Ich werde sie meine Zauberkraft spüren lassen, Ausländer! Ich lasse sie das Feuer schmecken, von dem sie keine Ahnung haben!«

Der Hochländer zog voller Zweifel die Stirn kraus und schaute Brin hilfesuchend an. »Das ist Irrsinn!« schnauzte er.

»Sei nicht so schnell bei der Hand, die Magie meines Großvaters abzutun«, riet Kimber und nickte dem alten Mann beruhigend zu. »Er hat sein ganzes Leben in der Wildnis zugebracht und viele große Gefahren überlebt. Er ist zu Dingen imstande, die ihr ihm nicht zutrauen würdet. Er wird euch eine große Hilfe sein. So wie Wisper und ich ebenfalls.«

Brin schüttelte den Kopf. »Ich glaube, daß das eine ganz schlechte Idee ist, Kimber.«

Das Mädchen nickte, um zu bekunden, daß sie verstand. »Du wirst deine Meinung noch ändern, Brin. Jedenfalls hast du ohnehin keine Wahl. Du brauchst Wisper zum Aufspüren. Du brauchst Großvater, damit er euch führt. Und du brauchst mich, um den beiden bei ihren Aufgaben zu helfen.«

Brin wollte noch einmal Einwände erheben, hielt dann aber inne. Was dachte sie sich eigentlich? Sie waren vor allem zum Kamin gekommen, weil sie jemanden brauchten, der sie durch den Dunkelstreif führte. Es gab nur einen Mann, der dazu in der Lage war, und dieser Mann war Cogline. Ohne Cogline zögen sie vielleicht wochenlang durch die Wildnis des Anar – Wochen, die ihnen nicht zur Verfügung standen. Und jetzt, wo sie ihn gefunden hatten und er ihnen die Hilfe anbot, die sie so dringend benötigten, wollte sie ihn abweisen!

Sie zögerte. Vielleicht hatte sie einen guten Grund dafür. Kimber erschien ihr als ein Mädchen, deren Herz größer war als ihre Kraft. Doch es blieb Tatsache, daß Cogline vermutlich ohne sie keinen

Schritt machte. Hatte sie dann überhaupt das Recht, ihre Besorgnis um Kimber über das Vertrauen zu stellen, das Allanon ihr geschenkt hatte?

Das glaubte sie nicht.

»Dann ist wohl alles beschlossene Sache«, sagte Kimber leise.

Brin schaute ein letztes Mal zu Rone. Der Hochländer schüttelte hilflos und schicksalergeben den Kopf.

Brin wandte sich ab und lächelte müde. »Das ist es wohl«, stimmte sie zu und hoffte wider alle Vernunft, daß der Beschluß der richtige sein würde.

3

Sie brachen vom Kamin bei Sonnenaufgang des folgenden Tages auf und zogen nordöstlich durch das Waldland auf die dunkle Anhöhe des Tofferkamms zu. Sie kamen wie schon bei ihrem Marsch nordwärts zum Finsterweiher nur langsam voran. Die ganze Wildnis jenseits des Tales zwischen Rabenhorn und dem Rabb war ein tükkisches Labyrinth schluchtenartiger Hohlwege und Steilhänge, die einem Unvorsichtigen leicht zum Verhängnis werden konnten. Mit fest auf den Rücken geschnürten Bündeln und an den Taillen gesicherten Waffen bahnten Brin, Rone, Kimber Boh und Cogline sich ihren Weg an diesem warmen, süß duftenden Herbsttag voller Geräusche und Farben. Wisper ließ sich nur gelegentlich sehen und begleitete sie zwischen den Bäumen ringsum. Die Mitglieder der kleinen Gruppe fühlten sich ausgeruht und munter, weit mehr, als es normalerweise der Fall hätte sein dürfen, nachdem sich ihre Diskussion vom vorangegangenen Abend bis in den frühen Morgen hingezogen hatte. Sie wußten, daß der fehlende Schlaf sie schließlich einholen würde, doch im Augenblick zumindest erfüllte sie die Spannung und Erregung ihrer Mission, und alle Spuren von Müdigkeit waren rasch verflogen.

Nicht so schnell verdrängen ließ sich dagegen Brins Gefühl von Unsicherheit darüber, Kimber und Cogline mitgenommen zu haben. Der Beschluß war gefaßt, das Versprechen gegeben und die Reise begonnen worden – und noch immer wollte die Ungewißheit, die sie vom ersten Augenblick an empfunden hatte, nicht nachlassen. Irgendwelche Zweifel und Befürchtungen hätte sie in jedem Falle gehegt, vermutete sie, schon aus ihrem Wissen heraus, welche Gefahren sie erwarteten und wegen der quälenden Prophezeiungen des Finsterweihers. Doch jene Zweifel und Ängste hatten ihr und Rone gegolten – Rone, dessen Entschlossenheit, ihr beizustehen, so stark war, daß sie sich schließlich damit abgefunden hatte, ihn niemals überreden zu können, sie allein zu lassen. Die Zweifel und Ängste galten, so wie sie jetzt bestanden, dem alten Mann und dem Mädchen. Ungeachtet aller Versicherungen hielt das Talmädchen keinen der beiden für stark genug, die Macht der schwarzen Magie zu überleben. Wie sollte sie es anders beurteilen? Es spielte keine Rolle, daß sie die ganzen Jahre in der Wildnis des Anar gelebt hatten, denn die Gefahren, denen sie nun begegnen würden, stammten nicht von dieser Welt und aus dieser Zeit. Welche Zauberkräfte oder Lehrsätze hofften sie anzuwenden, um die Mordgeister niederzuringen, wenn sie den Wandlern das nächste Mal über den Weg liefen?

Die Vorstellung, die Macht der Mordgeister gegen das Mädchen und den alten Mann gerichtet zu sehen, erschreckte sie. Sie erschreckte sie mehr als alles, was sie sich ausmalen konnte, das ihr selbst widerführe. Wie könnte sie in dem Bewußtsein weiterleben, daß sie sie mit auf diese Reise genommen hatte, wenn diese ihnen den Tod bringen würde?

Und doch wirkte Kimber sich ihrer selbst und ihres Großvaters so sicher. Sie empfand weder Furcht noch Zweifel. In ihr existierten nur Selbstsicherheit, Entschlossenheit und jenes unerschütterliche Gefühl einer Verpflichtung gegenüber Brin und Rone, das Triebfeder für alles war, was sie bislang unternommen hatte.

»Wir sind Freunde, Brin, und Freunde tun füreinander, was sie als notwendig erachten«, hatte das Mädchen in den vorgerückten

Stunden der vergangenen Nacht gesagt, als ihre Unterhaltung zum Flüstern wurde. »Freundschaft ist ebenso eine innere Empfindung wie ein offenes Versprechen. Man empfindet Freundschaft und fühlt sich durch sie verpflichtet. Das hat Wisper zu mir gezogen und mir seine Treue eingebracht. Ich liebte ihn ebenso, wie er mich liebte, und jeder fühlte das beim anderen. Bei euch habe ich das auch empfunden. Wir werden Freunde werden, wir alle, und wenn wir Freunde werden, dann müssen wir in unserer Freundschaft Gutes und Schlechtes teilen. Deine Bedürfnisse werden zu meinen.«

»Das ist ein wunderschönes Gefühl, Kimber«, hatte sie geantwortet. »Was aber, wenn die Nöte zu groß sind, so wie es jetzt der Fall ist? Was, wenn es zu gefährlich ist, meine Not zu groß wird?«

»Das ist nur ein Grund mehr, sie zu teilen«, hatte Kimber melancholisch gelächelt. »Und sie mit Freunden zu teilen. Wir müssen einander helfen, wenn die Freundschaft überhaupt eine Bedeutung haben soll.«

Darauf ließ sich wirklich nicht viel entgegnen. Brin hätte einwenden können, daß Kimber sie kaum kannte, daß sie ihr nichts schuldig war, daß die Mission, mit der sie betraut worden war, einzig und allein die ihre und nicht die des Mädchens und ihres Großvaters war. Aber derlei Argumente hätten für Kimber, die die Beziehung zwischen ihnen so sehr als eine von Ebenbürtigen betrachtete und deren Engagement so stark war, daß es keinen Kompromiß geben konnte, keine Bedeutung gehabt.

Die Reise ging weiter, und der Tag neigte sich seinem Ende entgegen. Sie durchquerten rauhes Waldland, eine wilde Ansammlung aufragender schwarzer Eichen, Ulmen und knorriger Hickorybäume. Ihre hohen, verschlungenen Äste streckten sich weit wie die Arme von Riesen. Durch das sich wölbende Geflecht der Baumwipfel, das allen Laubs entblößt war und damit skeletthaft wirkte, schimmerte der Himmel in tiefem Kristallblau, und der Sonnenschein ergoß sich in das Waldgebiet und hellte die Schatten durch freundliche Lichtflecken auf. Doch das Sonnenlicht war in dieser Wildnis nur ein kurzer Besucher bei Tag. Hier herrschte nur das schattige Dunkel – alles durchdringend, undurchdringlich, erfüllt mit dem leisen Hauch verborgener Gefahren, unsichtbarer und unhörbarer Dinge und von geisterhaftem Leben, das erst erwachte, wenn alles Licht völlig erloschen und das Waldland in Finsternis gehüllt war. Dieses Leben lag auf der Lauer, hielt sich lautlos verborgen im dunklen Herzen dieser Wälder, eine verschlagene und haßerfüllte Kraft, die das Eindringen jener Geschöpfe in sein geheimes Reich übelnahm und sie auspusten würde wie der Wind ein kleines Kerzenflämmchen. Brin fühlte ihre Präsenz. Sie raunte leise in ihr Denken und schlängelte sich an den schmalen Strang von Zuversicht vorüber, die ihr die Anwesenheit ihrer Mitreisenden vermittelte, und warnte sie, sehr vorsichtig zu sein, wenn erst die Nacht wieder hereinbräche.

Dann sank die Sonne langsam unter die Linie des westlichen Horizonts, und Dämmerung legte sich übers Land. Die dunkle Kette des Tofferkamms ragte als zerklüfteter, unregelmäßiger Schatten vor ihnen in die Höhe, und Cogline geleitete sie durch einen gewundenen Paß, der eine Bresche in seine Mauer schlug. Sie marschierten schweigsam, da sich allmählich die Erschöpfung ihrer bemächtigte. Das Surren und Summen von Insekten erfüllte die Dunkelheit, und hoch über ihnen im Gewirr der großen Bäume stießen Nachtvögel ihre schrillen Schreie aus. Die Bergkette und die Wildnis kesselten sie ein und schlossen sie in den dunklen Paß. Die Luft, die den ganzen Tag über warm gewesen war, wurde heiß und unangenehm, ihr Geruch schal. Das geheime Leben, das in den Schatten des Waldgebiets lauerte, erwachte und erhob sich, Ausschau zu halten ...

Unvermittelt teilte sich der Wald vor ihnen und führte durch die Kammlinie steil abwärts in eine weite, flache Ebene, die von Nebel verhüllt und durch die Sterne und einen eigentümlichen, blaß orangefarbenen Sichelmond, der am Rand des östlichen Horizonts hing, in gespenstisches Licht getaucht war. Der Talgrund, der sich düster und bedrückend vor ihnen ausbreitete, war kaum mehr als eine finstere, schwarze Masse des Schweigens, die sich wie eine bodenlose

Schlucht in die Erde zu öffnen schien, wo der Tofferkamm sich im Nebel verlor.

»Das Altmoor«, flüsterte Kimber leise.

Brin starrte wachsam und schweigend auf das Moor hinab. Sie konnte fühlen, wie es ihren Blick erwiderte.

Mitternacht kam und ging, und die Zeit verstrich immer langsamer, bis sie endgültig stillzustehen schien. Ein Windhauch strich verlokkend über Brins staubverklebtes Gesicht und erstarb. Sie schaute erwartungsvoll hoch, doch es kam nichts nach. Die Hitze kehrte schwer und drückend wieder. Brin hatte das Gefühl, als hätte man sie in einen Ofen gesperrt, wo unsichtbare Flammen ihren schmerzenden Lungen noch alle Luft raubten, die sie zum Überleben benötigte. Im Tiefland erfüllte die Herbstnacht nichts von ihrem Versprechen an Kühle. Schweiß tränkte Brins Kleider, rann in lästigen Rinnsalen an ihrem Körper hinab und überzog ihr ausgezehrtes Gesicht mit silbergrauem Film. Muskeln verspannten und verkrampften sich erschöpft. Obgleich sie sich häufig in dem Bemühen umdrehte, die Unbequemlichkeit zu mildern, stellte sie binnen kurzem fest, daß es keine neue Lage mehr gab, die sie hätte ausprobieren können. Darauf folgte unausweichlich, daß ihr bald alles weh tat. Schwärme von Stechmücken summten aufreizend und stachen sie, angezogen durch ihre Körperfeuchtigkeit, in Gesicht und Hände, und der Versuch, sie zu verscheuchen, erwies sich als völlig zwecklos. Rings um sie her stank die Luft nach faulendem Holz und brackigem Wasser.

Sie hockte mit Rone, Kimber und Cogline im Schutz der Schatten einer Felsengruppe und starrte hinab zum Fuß der Bergkette, wo sich das Lager der Spinnengnomen am Rand des Altmoors befand. Als wildes Durcheinander grob zusammengezimmerter Hütten und höhlenartiger Unterschlüpfe erstreckte es sich vom Fuß des Tofferkamms bis zum dunklen Moor hin. In der Mitte mancher Hütten brannten vereinzelt ein paar Feuer, deren düsteres, flackerndes Licht kaum die Finsternis durchdringen konnte. Die gekrümmten, vornübergebeugten Schatten der Lagerbewohner huschten durch den trüben Schein. Die Spinnengnomen, deren eigentümliche, groteske Körper mit grauem Pelz bewachsen waren, jagten auf allen vieren, gebückt und gesichtslos durch das dürre, hohe Gras. Sie versammelten sich in großen Gruppen am Rand des Moors, und die Flammen schützten sie vor dem Nebel, als sie ihren eintönigen Gesang in die Nacht aufsteigen ließen.

»Sie rufen die Mächte der Finsternis an«, hatte Cogline vor Stunden seinen Gefährten erklärt, nachdem er sie zu diesem Versteck geführt hatte. »Wenn die Gnomen schon ein Stammesvolk sind, so gilt das für die Spinnengnomen um so mehr. Sie glauben, daß mit dem Wechsel der Jahreszeiten Geister und unheilvolle Wesen aus anderen Welten auferstehen. Sie flehen sie an, ihnen von ihrer eigenen Kraft abzugeben – und hoffen gleichzeitig, daß diese Kraft sich nicht gegen sie selbst kehrt. Ha, abergläubischer Unfug!«

Doch manchmal existierten diese Wesen wirklich, erklärte ihnen Cogline. Im Altmoor gab es Dinge, die ebenso finster und schrecklich waren wie jene, welche in den Wäldern am Wolfsktaag hausten – Wesen, die aus anderen Welten und vergessenen Zauberkräften stammten. Man nannte sie Werbestien. Sie lebten im Nebel, Geschöpfe von scheußlichem Antlitz und Körper, die es auf Leib und Seele abgesehen hatten und schwächeren Lebewesen auflauerten, um ihnen ihre Lebenskraft auszusaugen. Die Werbestien wären keine Phantasiegeschöpfe, gab Cogline finster zu. Gegen ihre Überfälle suchten die Spinnengnomen sich zu schützen – denn die Spinnengnomen stellten die bevorzugte Nahrung der Werbestien dar.

»Und jetzt, wo der Herbst in den Winter übergeht, kommen die Gnomen ans Moor herunter und beten, daß die Nebel nicht aufsteigen sollen.« Die Stimme des alten Mannes war ein heiseres Flüstern gewesen. »Die Gnomen glauben, der Winter käme nicht oder die Nebel würden tief unten bleiben, wenn sie das nicht tun. Ein abergläubisches Volk. Sie kommen jeden Herbst für etwa einen Monat zu diesem Zweck hierher. Sie bauen hier regelrechte Lager auf, ganze Stämme von ihnen, die vom Gebirge herunterziehen. Rufen Tag und

Nacht die Mächte der Finsternis an, damit der Winter sie schützt und die Bestien fernhält.« Er grinste geheimtuerisch und zwinkerte. »Und es funktioniert auch. Die Werbestien verspeisen im Laufe dieses einen Monats so viele von ihnen, daß sie damit durch den ganzen Winter kommen. Danach brauchen sie erst gar nicht ins Gebirge hinauf!«

Cogline hatte gewußt, wo das Spinnenvolk zu finden war. Bei Einbruch der Nacht war die kleine Gruppe am Fuß der Bergkette nordwärts gewandert, bis sie das Gnomenlager sichteten. Dann, während sie sich in den Schutz der Felsgruppe duckten, hatte Kimber Boh erklärt, was als nächstes zu geschehen hätte.

»Sie werden dein Schwert bei sich haben, Rone. Ein Schwert wie jenes, das sie aus den Fluten des Mangold-Stroms geborgen haben, werden sie als Talismann betrachten, den dunkle Mächte ihnen geschickt haben. Sie werden es vor sich aufbauen in der Hoffnung, daß es sie vor den Werbestien beschützt. Wir müssen herausfinden, wo sie es aufbewahren, und es uns dann von ihnen zurückholen.«

»Wie sollen wir das machen?« erkundigte Rone sich schnell. Er hatte während ihrer ganzen Wanderung hierher kaum von etwas anderem gesprochen. Die Verlockung der Macht des Schwertes hatte ihn wieder völlig in ihren Bann geschlagen.

»Wisper wird es suchen«, hatte sie erwidert. »Wenn er deine Witterung aufnimmt, kann er sie zum Schwert verfolgen, wie gut versteckt es auch sein mag. Und sobald er es gefunden hat, wird er zurückkommen und uns holen.«

Also hatten sie Wisper den Geruch des Hochländers aufnehmen lassen und ihn in die Nacht geschickt. Er war lautlos verschwunden, in die Schatten eingetaucht und fast auf der Stelle nicht mehr zu sehen gewesen. Seither hatten die vier vom Kamin zusammengekauert im feuchten Dunkel und der fauligen Schwüle des Tieflandes gewartet, gelauscht und sich immer wieder umgeschaut. Die Moorkatze war nun schon sehr lange fort.

Brin schloß die Augen vor Müdigkeit, die sie durchströmte, und versuchte, den Klang des Gnomengesangs aus ihren Sinnen zu verdrängen. Der dumpfe, sinnlose, monotone Singsang ging unvermindert weiter.

Mehrmals, während sie lauschte, waren ganz in der Nähe der Nebel Schreie zu hören gewesen: schrille, kurze, entsetzte Schreie. Doch sie waren fast sofort wieder verhallt. Nur der Gesang hielt weiter an ...

Ein riesenhafter Schatten löste sich aus der Dunkelheit direkt vor ihr, und sie sprang mit einem leisen Aufschrei in die Höhe.

»Pst, Mädchen!« Cogline zerrte sie wieder hinunter und drückte ihr eine knochige Hand fest auf den Mund. »Es ist nur die Katze!«

Dann erschien Wispers gewaltiger Kopf, und die leuchtenden blauen Augen blinzelten schläfrig, als er zu Kimber tappte. Das Mädchen beugte sich hinab, schlang die Arme um ihn, streichelte ihn liebevoll und flüsterte ihm etwas ins Ohr. Ein paar Augenblicke sprach sie auf die Moorkatze ein, und Wisper stupste nach ihr und rieb sich an ihr. Dann drehte Kimber sich wieder zu den anderen um, und ihre Augen leuchteten vor Aufregung.

»Er hat das Schwert gefunden, Rone!«

Sofort stand Rone neben ihr. »Führ mich zu der Stelle, wo es zu finden ist, Kimber!« bat er. »Dann haben wir eine Waffe, mit der wir den Wandlern und allen anderen Wesen der Finsternis, die ihnen dienen mögen, entgegentreten können.« Brin kämpfte die Verbitterung nieder, die plötzlich in ihr aufwallte. Rone hat schon vergessen, wie wenig ihm das Schwert bei Allanons Verteidigung genützt hat, dachte sie. Sein Verlangen danach verzehrte ihn.

Cogline winkte sie dicht heran, während Kimber Wisper schnell etwas zuflüsterte. Dann machten sie sich an den Abstieg ins Lager der Gnomen. Sie kletterten den Hang hinab, an dem sie sich, tief in den Schatten der Kammlinie geduckt, versteckt gehalten hatten. Hier streifte sie kaum der Schein der fernen Feuer, und sie schlichen rasch weiter. Mahnungen gaben in Brins Kopf keine Ruhe und raunten ihr zu, daß sie umkehren müßte, daß sie auf diesem Weg nichts Gutes erwartete. Zu spät, flüsterte sie zurück. Zu spät.

Das Lager rückte näher. Im allmählich heller werdenden Feuerschein waren die Gnomen deutlicher zu erkennen, wie sie als gebückte Gestalten wie die Insekten, nach denen sie benannt waren, über Hütten und Unterschlüpfe krabbelten. Sie boten einen scheußlichen Anblick mit ihrer Behaarung, den scharfen, hektisch suchenden Augen und den gebeugten, krummen Leibern, die einem Alptraum entsprungen schienen. Sie huschten zu Dutzenden umher, tauchten aus dem schummrigen Licht und verschwanden wieder und fiepten einander in einer Sprache zu, der kaum noch etwas Menschliches anhaftete. Und die ganze Zeit über versammelten sie sich unablässig vor der Nebelwand und sangen in dumpfen, melodischen Rhythmen.

Die Moorkatze und ihre vier Begleiter schlichen lautlos am Rand des Lagers entlang und gelangten so im Bogen auf die andere Seite. Der Nebel zog in Schwaden an ihnen vorüber, die sich fetzenartig aus der Wand gelöst hatten, die reglos über der weiten Fläche des Moors hing. Er war feucht und klebrig und unangenehm warm, wo er ihre Haut streifte. Brin wischte ihn angeekelt fort.

Wisper vor ihnen blieb stehen, und seine Kulleraugen schwenkten herum, um seine Herrin zu suchen. Brin, der nun der Schweiß in Strömen über ihren Körper floß, ließ den Blick umherschweifen und gab sich alle Mühe, nicht die Beherrschung zu verlieren. Die Dunkelheit lebte von Schatten und Bewegung, war erfüllt von der Hitze der Herbstnacht und dem Summen der Spinnengnomen, die am Moor sangen.

»Wir müssen ins Lager hinunter«, sagte Kimber, deren Stimme nur ein leises, erregtes Flüstern war.

»Jetzt könnt ihr sie mal laufen sehen!« gackerte Cogline frohlokkend. »Aber gebt acht, daß ihr ihnen dabei nicht in die Quere kommt!«

Ein Wort von dem Mädchen, und Wisper wandte sich hinab zum Gnomenlager. Der riesenhafte Kater schlich lautlos durch den Nebel auf die nächste Ansammlung von Hütten und Unterschlüpfen zu. Kimber, Cogline und Rone folgten ihm tief geduckt. Brin blieb etwas hinter ihnen zurück, und ihre Augen versuchten, die Nacht zu durchdringen.

Zu ihrer Linken bewegte sich etwas am Rand des Feuerscheins, kroch zwischen Steinen hindurch und verschwand im hohen Gras. Andere Wesen tauchten weiter entfernt rechts von ihnen auf und wankten auf die Töne des Gesangs und auf die Nebelwand zu. Rauch von den Feuern wurde Brin in die Augen getrieben und vermischte sich scharf und beißend mit den Nebelschwaden.

Und auf einmal konnte sie nichts mehr sehen. Wut und Angst stiegen in ihr auf. Ihre Augen tränten, und sie rieb sie mit den Händen ...

Plötzlich brach ein schriller Schrei aus der Finsternis, übertönte den leiernden Gesang und ließ die Nacht ringsum erstarren. Vor ihnen sprang ein Spinnengnom zwischen den Schatten hervor und versuchte verzweifelt, der riesigen Moorkatze zu entkommen, die plötzlich auf seinem Weg auftauchte. Wisper sprang mit lautem Gebrüll auf ihn zu, schleuderte den fuchtelnden Gnomen beiseite, als wäre er ein Stückchen Reisig und verscheuchte ein Dutzend weitere, die ihnen den Weg versperrten. Kimber, dicht neben der Riesenkatze, war nur als schlanke, behende Gestalt in der Dunkelheit zu erkennen. Cogline und Rone, unmittelbar hinter den beiden, brüllten wie von Sinnen. Verzweifelt lief Brin hinter ihnen allen her und mußte sich alle Mühe geben, mit ihnen Schritt zu halten.

Unter der Führung der Moorkatze stürmten sie geradewegs ins Zentrum des Lagers. Spinnengnomen flüchteten als pelzige, geduckte, zwitschernde Schatten an ihnen vorüber, heulten auf und suchten sich zu verkriechen. Die Gruppe raste auf die nächste Feuerstelle zu. Cogline machte langsamer und faßte nach dem Inhalt des Lederbeutels an seinem Gürtel. Er zog eine Handvoll schwarzen Pulvers heraus und warf es direkt in die Flammen. Sogleich erschütterte eine Explosion das Tiefland, als das Feuer wie ein Geysir mit einem Schauer von Funken und brennenden Holzstückchen himmelwärts schoß. Der Singsang an der Nebelwand erstarb, als das Geschrei der Gnomen im Lager anschwoll. Die Vier stürzten an einem weiteren Feuerplatz vorüber, und wieder schleuderte Cogline das schwarze Pulver in die Flammen. Ein zweites Mal erbebte die Erde und erfüllte die Nacht mit grellem Lichtschein, so daß die Spinnengnomen in alle Richtungen davonstiebten.

Weit vorn setzte Wisper wie ein riesiges Gespenst durch den Feuerschein und sprang auf eine hohe, grob gezimmerte Plattform, die sich in der Nähe der Nebelwand erhob. Die Plattform splitterte und brach unter dem Gewicht des Tiers mit lautem Krachen zusammen, und eine Sammlung von Gefäßen, geschnitzten Holzgegenständen und blitzender Waffen übersäte den Boden.

»Das Schwert!« schrie Rone über das Getöse der kreischenden Gnomen hinweg. Er stieß die pelzigen Gestalten, die sich ihm in den Weg stellen wollten, beiseite und stürmte nach vorn. Einen Augenblick später stand er neben Wisper und fischte aus den herabgefallenen Schätzen eine schlanke, ebenholzschwarze Klinge.

»Leah! Leah!« brüllte er, schwenkte triumphierend das Schwert von Leah über seinen Kopf und drängte eine Handvoll Gnomen zurück, die auf ihn zustürzten.

Rund um sie her brachen nun Explosionen aus, wo Cogline das Schwarzpulver in die Gnomenfeuer warf. Das ganze Tiefland war in gelben Schein getaucht, der von der geschwärzten, verkohlten Erde himmelwärts schoß. Überall hatte das Gras Feuer gefangen. Rauch und Nebel verdichteten sich und zogen über das Lager, so daß allmählich alles darin verschwand. Brin lief weiter hinter den anderen her, die sie im Eifer des Gefechts völlig vergessen hatten, und der Abstand zwischen ihnen wurde immer größer. Sie hatten nun die umgestürzte Plattform hinter sich gelassen und wandten sich der Bergkette zu. Sie waren kaum mehr als verschwommene Gestalten im Dunst von Rauch und Nebel und nur noch ganz undeutlich zu sehen.

»Rone, warte!« rief Brin verzweifelt.

Spinnengnomen liefen von überall her an ihr vorüber und schnatterten besessen. Ein paar wollten mit ihren behaarten Gliedmaßen nach ihr greifen, hakten ihre verwachsenen Finger in ihre Kleider und zerrten daran. Sie schlug heftig nach ihnen, riß sich los und lief weiter, um die anderen einzuholen. Aber es waren zu viele. Sie bedrängten sie von allen Seiten. In ihrer Verzweiflung setzte sie das Wünschlied ein; der seltsame, betäubende Schrei schleuderte sie unter entsetztem Aufheulen von ihr fort.

Dann stürzte sie mit dem Gesicht nach unten ins hohe Gras, daß ihr Schmutz in Augen und Mund drang. Etwas Schweres hatte sie angesprungen, und eine Masse von Sehnen und Haar schlang sich dicht um sie. In diesem Augenblick verlor sie die Beherrschung über sich, und Angst und Ekel bemächtigten sich ihrer so stark, daß sie nicht mehr vernünftig denken konnte. Sie taumelte auf Hände und Knie hoch, doch das Ding, das sie nicht sehen konnte, hielt sie immer noch umklammert. Sie setzte das Wünschlied mit aller Raserei ein, die sie aufbieten konnte. Es brach wie eine Explosion von ihren Lippen, und das Wesen auf ihrem Rücken wurde in Stücke gerissen, zerfetzt von der Macht des Zaubers.

Dann fuhr Brin herum und sah, was sie getan hatte. Ein Spinnengnom lag zerschlagen und tot auf den Felsen hinter ihr, und wirkte im Tode eigentümlich klein und zerbrechlich. Sie starrte die zerschmetterte Gestalt an und empfand für einen kurzen Augenblick ein seltsames, furchterregendes Gefühl von Triumph.

Dann verwarf sie diese Anwandlung sogleich. Ohne einen Laut hervorbringen zu können und vom Entsetzen übermannt, drehte sie sich um und lief blindlings ohne jeden Orientierungssinn in den Rauch. »Rone!« schrie sie.

Sie flüchtete in die Nebelwand, die sich vor ihr erhob, und verschwand außer Sicht.

4

Es war, als wäre die Welt untergegangen.

Ringsum herrschte nur Nebel. Mond, Sterne und der Himmel waren verschwunden. Die Bäume des Waldes, Berggipfel, Kammlinien, Täler, Felsen und Bäche waren fort. Selbst der Boden, über den Brin lief, war ein verschwommenes, gestaltloses Ding, dessen Gräser ein Teil des wogenden, grauen Schleiers waren.

Sie war allein in der weiten, verlassenen Einöde, in die sie sich geflüchtet hatte.

Sie kam erschöpft und wankend zum Stehen und schlang die Arme eng um ihren Körper; ihr Atem klang ihr heiser und stoßweise in den Ohren. Lange Zeit stand sie im Nebel, rührte sich nicht und war sich selbst jetzt nur vage bewußt, daß sie bei ihrer Flucht aus dem Tiefland die Orientierung verloren hatte und ins Altmoor gelaufen war. Ihre Gedanken zerstreuten sich wie windgepeitschte Blätter, und obgleich sie sie verzweifelt zu fassen suchte, um sie zu halten und zusammenzufügen, entwischten sie ihr fast augenblicklich. Ein einziges klares, schwer zu ertragendes Bild blieb vor ihrem geistigen Auge haften: ein verkrümmter, zerschmetterter, lebloser Spinnengnom.

Ihre Augen schlossen sich zum Schutz gegen das Licht, und ihre Hände ballten sich zornig zu Fäusten. Sie hatte genau das getan, was sie behauptet hatte, niemals zu tun. Sie hatte ein Menschenleben vernichtet, es zerstört in einer Raserei aus Angst und Wut und dazu das Wünschlied benutzt. Allanon hatte sie gewarnt, daß dieser Fall eintreten könnte. Sie hörte seine geflüsterte Mahnung: »Talmädchen, das Wünschlied bedeutet Macht, wie ich sie niemals zuvor erlebt habe. Der Zauber kann Leben schenken und Leben zerstören.«

»Aber ich würde die Magie niemals benutzen ...«

»Die Magie benutzt alle, Kind der Finsternis – selbst dich!«

Es war Finsterweihers Warnung und nicht die Allanons, die sie nun verhöhnte, und sie verdrängte sie aus ihren Gedanken.

Sie richtete sich auf. Es war nicht so, daß sie nicht irgendwo tief in ihrem Innern gewußt hätte, daß sie eines Tages gezwungen sein könnte, den Zauber des Wünschliedes einzusetzen, wie Allanon sie gewarnt hatte. Sie hatte die Möglichkeit von dem Augenblick an erkannt, da er ihr das Ausmaß seiner Macht bei jener simplen Demonstration mit den verwachsenen Bäumen im Runne-Gebirge vorgeführt hatte. Es war nicht so, daß der Tod des Spinnengnomen sie als erschreckende und unerwartete Entdeckung traf.

Das Schlimme war vielmehr, daß ein Teil ihres Ichs ihr Tun genossen hatte; daß ein Teil ihrer selbst Spaß am Töten gefunden hatte, das entsetzte sie.

Ihre Kehle schnürte sich zu. Sie mußte sich an das plötzliche, flüchtige Triumphgefühl beim Anblick der zerschmetterten Gestalt des Gnomen erinnern, als sie begriffen hatte, daß er durch das Wünschlied vernichtet worden war. Sie hatte sich diesen einen Augenblick lang der Macht der Magie hingegeben ...

Zu welchem Ungeheuer entwickelte sie sich nur?

Sie riß die Augen auf. Sie hatte sich zu nichts entwickelt. Der Finsterweiher hatte recht: Nicht du hast die Magie gebraucht, sondern sie dich. Die Magie stellt mit dir an, was sie will. Brin beherrschte sie nicht vollständig. Das hatte sie bereits auf der Rooker-Handelsstation bei der Begegnung mit den Männern vom westlichen Bogengrat festgestellt und sich damals geschworen, daß sie nie wieder derartig die Gewalt über die Zauberkunst verlieren würde. Doch als der Spinnengnom bei ihrer Flucht durch das Lager über sie hergefallen war, hatte sich die Kontrolle, die sie hatte ausüben wollen, schnell in der Flut ihrer Gefühle, in ihrer Verwirrung und der Dringlichkeit des Augenblicks verflüchtigt. Sie hatte in Wirklichkeit die Magie ohne alle Geistesgegenwart benutzt, hatte nur reagiert und die Macht eingesetzt wie Rone Leah sein Schwert, als schreckliche, vernichtende Waffe.

Und sie hatte es genossen.

Tränen sammelten sich in ihren Augenwinkeln. Sie konnte anführen, daß der Genuß nur eine Sache des Augenblicks und von Schuldgefühl begleitet war und ihr Entsetzen darüber verhindern würde, daß es wieder vorkäme. Doch sie konnte sich nicht an der Wahrheit vorbeimogeln. Die Magie hatte sich als gefährlich unberechenbar erwiesen. Sie hatte ihr Verhalten auf eine Weise beeinflußt, wie sie es nicht für möglich gehalten hätte. Somit wurde sie zu einer Bedrohung nicht nur für sich selbst, sondern auch für jene, die ihr nahestanden, und sie mußte sich sorgsam davor hüten.

Sie wußte, daß sie ihre Reise ostwärts in den Maelmord nicht abbrechen konnte. Allanon hatte ihr Vertrauen geschenkt, und ihr war klar, daß sie trotz allem, was geschehen war, und allem, was dagegen sprach, diesem Vertrauen Rechnung tragen mußte. Selbst in diesem Augenblick war sie davon überzeugt. War sie auch durch die Einsicht in die Notwendigkeit gebunden, so konnte sie doch über ihren persönlichen Stil entscheiden. Allanon hatte beabsichtigt, daß sie das Wünschlied nur zu einem einzigen Zweck singen sollte – nämlich, um sich Zutritt zu der Grube zu verschaffen. Also mußte sie eine Möglichkeit finden, die Zauberkraft bei sich zu behalten, bis die Zeit gekommen war, sich ihrer zu diesem bestimmten Zweck zu bedienen. Nur noch einmal wollte sie es wagen, die Magie einzusetzen. Fest entschlossen wischte sie die Tränen aus ihren Augen. Es sollte sein, wie sie es sich gelobt hatte. Die Zauberkraft sollte nicht mehr sie benutzen.

Sie richtete sich auf. Nun mußte sie den Weg zurück zu den anderen suchen. Sie stolperte weiter, tastete sich durchs Dunkel und war sich nicht sicher, welche Richtung sie einschlagen mußte. Nebelfetzen zogen an ihr vorüber, und sie war überrascht, in deren kreisenden Bewegungen Konturen zu erkennen. Sie scharten sich um sie, drängten aus dem Schleier in ihr Denken und verflüchtigten sich wieder. Die Bilder begannen Gestalten und Formen von Erinnerungen aus ihrer Kindheit anzunehmen. Ihre Mutter und ihr Vater zogen an ihr vorüber und wirkten in der Erinnerung größer als im wirklichen Leben mit der Wärme und Sicherheit, die sie vermittelten, und den sanften Händen, die Schutz und Liebe gaben. Jair war da. Schatten schlüpften durchs seltsame, menschenleere Zwielicht, Geister aus der Vergangenheit. Allanon konnte einer jener Geister sein, die da vom Tod zu den Lebenden kamen. Sie schaute sich erwartungsvoll um ...

Und plötzlich war er erschreckenderweise tatsächlich da. Er kam als der Schatten, der er nun war, aus dem Dunst und stand keine zehn Meter von ihr entfernt, dicht umhüllt von Nebel, der wie der zu Leben erwachte Hadeshorn Kreise zog.

»Allanon?« flüsterte sie.

Doch sie zögerte noch. Das war wohl Allanons Gestalt, aber es war der Nebel – nur der Nebel.

Der Schatten, der Allanon war, glitt zurück in die Dunkelheit – fort, als hätte er niemals existiert. Dahin ...

Und doch war da etwas gewesen. Nicht Allanon, aber etwas anderes.

Schnell schaute sie sich um auf der Suche nach dem Ding, fühlte sie doch, daß es irgendwie da draußen war und sie beobachtete. Bilder tanzten erneut vor ihren Augen, die aus den Nebelfetzen entstanden und Widerspiegelungen ihrer Erinnerungen darstellten. Der Nebel verlieh ihnen Leben, einen berauschenden und verlockenden Zauber. Sie stand wie versteinert, schaute ihnen hinterher und fragte sich einen Augenblick lang, ob sie tatsächlich den Verstand verlor. Visionen, wie sie sie erlebte, waren ganz gewiß Anzeichen für Wahnsinn, und doch fühlte sie sich klar und sicher in ihren Gedanken. Es war der Nebel, der sie verführen wollte, der sie mit seinen Träumereien quälte und mit ihren Erinnerungen spielte, als wären es seine eigenen. Es war der Nebel – oder aber etwas im Nebel!

Werbestie! Das Wort erklang leise von irgendwo weit hinten in ihrem Bewußtsein. Cogline hatte vor den Nebelwesen gewarnt, als die kleine Gruppe sich zwischen die Felsen am Kamm mit Blick über das Gnomenlager niedergekauert hielt. Verstreut im ganzen Altmoor lauerten sie schwächeren Lebewesen auf, stellten ihnen Fallen und saugten ihnen ihre Lebenskraft aus.

Sie straffte die Schultern, zögerte und begann dann weiterzugehen. Etwas begleitete sie im Nebel – ein Schatten, düster und nicht voll ausgeformt, ein Stück Nacht. Eine Werbestie. Sie hastete vorwärts und ließ sich von ihren Füßen in die Richtung tragen, die sie von sich aus einschlugen. Sie war hoffnungslos verloren, aber sie konnte auch nicht bleiben, wo sie war. Sie mußte weitergehen. Sie dachte an jene, die sie im Stich gelassen hatten. Ob sie nach ihr suchen würden? Ob sie in der Lage wären, sie in dieser Nebelwand zu finden? Sie schüttelte voller Zweifel den Kopf. Sie konnte sich nicht darauf verlassen. Sie mußte selbst einen Ausweg finden. Irgendwo vorne müßte der Nebel sich auflösen und das Moor zu Ende sein. Sie mußte einfach so lange gehen, bis sie wieder draußen war, frei von dem betäubenden Dunst.

Was aber, wenn er sie nicht freigäbe?

Ihre Erinnerungen erwachten wieder in den Nebelschwaden, die sie verlockend und verführerisch umkreisten. Sie ging schneller und versuchte, sie zu ignorieren, wohl wissend, daß der Schatten irgendwo just außerhalb ihres Gesichtskreises Schritt hielt. Bei dem Bewußtsein dieser Gegenwart eines anderen machte sich eine eisige Kälte in ihr breit.

Sie versuchte, sich das Ding vorzustellen, das ihr da folgte. Was für ein Geschöpf war eine Werbestie? Es hatte sich ihr als Allanon genähert – oder war das nur eine Täuschung durch den Nebel und ihre Einbildung gewesen? Sie schüttelte in sprachloser Verwirrung den Kopf.

Etwas Kleines, Feuchtes huschte vor ihren Füßen davon und flitzte in die Dunkelheit. Sie wendete sich davon ab und schritt einen breiten Hang in eine weite, sumpfige Senke hinab. Schlamm und Morast saugten an ihren Stiefeln, winterdürre Gräser peitschten an ihre Beine und blieben kleben. Sie verlangsamte ihren Schritt, als sie spürte, wie unangenehm der Boden nachgab, und wich dann wieder an den Rand zurück. Am Grund jener Senke lag Treibsand, der sie hinabziehen und verschlingen würde. Sie mußte sich davon fernhalten und auf härterer, trockenerer Erde ihren Weg fortsetzen. Nebel zog überall in dicken Schwaden dahin und verdunkelte ihr Blickfeld, als sie ihren Weg zu erkennen suchte. Noch immer ging ihr jegliches Orientierungsgefühl ab. Nach allem, was sie erkannte, war sie im Kreis gelaufen.

Sie stapfte weiter. Die Nebel des Altmoors kreisten und verdichteten sich in der tiefen Nacht um sie her, und Schatten huschten durch ihre feuchten Schleier – Werbestien. Inzwischen waren ihr mehr als eine auf der Spur. Brin beobachtete sie und verfolgte ihre quecksilberhaften Bewegungen, wenn sie wie Fische durch schummrige Gewässer schwammen. Grimmig beschleunigte sie ihren Schritt, schlitterte durch die Sumpfgräser und hielt sich auf dem höher gelegenen Gelände. Sie verfolgten sie unablässig. Doch sie schwor sich insgeheim, sie sollten sie nicht bekommen. Ihr war ein anderes Schicksal bestimmt.

Sie hastete weiter, rannte nun, und Herzschlag und Blut dröhnten ihr dumpf in den Ohren. Wut, Angst und Entschlossenheit mischten sich zu einem einzigen Gefühl und trieben sie weiter. Vor ihr dehnte sich das Moor, und sie erklomm eine kleine Anhöhe, die mit langen Gräsern und Sträuchern bewachsen war. Sie ging langsamer und schaute sich ungläubig um.

Die Schatten waren überall.

Dann tauchte aus dem Nebel vor ihr eine hohe, schlanke Gestalt im Umhang des Hochländers mit einem gigantischen Breitschwert auf dem Rücken auf. Brin blieb vor Überraschung stocksteif stehen. Es war Rone! Aus den Gewändern reckten sich ihr Arme entgegen, griffen nach ihr, winkten sie zu sich. Bereitwillig begann sie auf den Hochländer zuzulaufen und streckte ihre Hand aus, um die seine zu ergreifen.

Und dann ließ etwas sie innehalten.

Sie blinzelte. Rone? Nein!

Ein roter Schleier fiel über ihren Blick, und Zorn durchflutete sie, als sie die Täuschung erkannte. Was sie da sah, war nicht Rone Leah. Es war wieder die Werbestie, die sie verfolgte.

Sie kam als schillernde, geschmeidige Erscheinung auf sie zu. Gewänder und Breitschwert fielen als Nebelfetzen herab, die sie einfach durchschritt. Nun hatte sie nichts mehr von dem Hochländer an sich, sondern war nur noch ein Schatten, ein riesenhafter Schatten, der auf sie zustürzte. Schnell zog er sich zusammen und formte sich zu einem kräftigen Körper auf dicken, krallenbewehrten Hinterläufen und mächtigen, angewinkelten Vorderbeinen; die Bestie war dicht bedeckt mit zottigem Fell, und ein runzliger Kopf umrahmte die aufgerissenen Kiefer, die verwitterte Zähne entblößten.

Das Ungeheuer richtete sich eingehüllt in den Dunst des Moors durch den Nebel zur doppelten Körpergröße von ihr auf. Lautlos beugte es den Kopf herab und schnappte nach ihr; es war nur eine Masse von Fell und Schuppen, Muskeln, spitzen Knochen, Zähnen und Schlitzaugen. Es war eine Ausgeburt entsetzlichster Alpträume, wie Brin in der Qual ihrer Verzweiflung sie selbst hätte ersinnen können.

War es Wirklichkeit? Oder entstammte es nur dem Nebel und ihrer ausschweifenden Phantasie?

Es spielte keine Rolle. Sie verwarf das Gelübde, das sie erst vor wenigen Minuten abgelegt hatte, und wendete das Wünschlied an. In ihrer Entschlossenheit bestärkt und fast wahnsinnig durch das Bild, das sich ihr bot, ließ sie es erklingen. Es war ihr nicht bestimmt, hier im Altmoor unter den Händen dieses Monsters zu sterben. Dieses eine Mal noch würde sie den Zauber anwenden – gegen ein Wesen, dessen Vernichtung von keinerlei Bedeutung war.

Sie sang, und das Lied gefror ihr in der Kehle.

Es war ihr Vater, der nun vor ihr stand.

Die Werbestie schlurfte auf sie zu, während seine Gestalt sich in dem Nebelschleier ständig wandelte, und Geifer lief ihr vor Vorfreude darauf aus dem Maul, wie das Leben des Talmädchens seine Bedürfnisse befriedigen würde. Brin taumelte zurück und sah nun das dunkle, sanfte Gesicht ihrer Mutter. Verzweifelt stieß sie einen wilden, qualvollen Schrei aus, der in der Stille ihres Denkens zu erstarren schien.

Und da erscholl ein Antwortschrei, der ihren Namen rief. »Brin!« Verwirrung bemächtigte sich ihrer, der Schrei klang wirklich, aber wer ...?

»Brin!«

Das Monster zeichnete sich über ihr ab, und sie konnte das Böse in ihm riechen. Doch das Wünschlied blieb ihr weiterhin in der Kehle stecken, gefangen durch das Bild, das sie von seiner Macht im Gedächtnis behalten hatte, wie sie in die zarte Gestalt ihrer

Mutter raste und sie zerbrochen und leblos zurückließ.

»Brin!«

Dann zerriß ein furchterregendes Brüllen die Stille der Nacht, ein geschmeidiger Schatten flog aus dem Nebel, und fünfhundert Pfund Moorkatze prallten fauchend gegen die Werbestie und schleuderten sie zurück von Brin. Mit wilden Hieben von Zähnen und Klauen schlug die Katze sich in die monströse Erscheinung, und beide wälzten sich kopfüber durchs hohe Gras.

»Brin! Wo bist du?«

Brin stolperte zurück und konnte über dem Getöse des Kampfes kaum die Stimmen hören. Verzweifelt erwiderte sie ihre Rufe. Einen Augenblick später tauchte Kimber auf und schoß durch den Dunstschleier auf sie zu, wobei ihr langes Haar hinter ihr herflatterte. Cogline folgte mit wildem Geschrei und versuchte mühsam mit dem Mädchen Schritt zu halten.

Wisper und die Werbestie kamen wieder in Sicht, wie sie mit Bissen und Scheinangriffen ihren Kampf weiter austrugen. Die Moorkatze war das kräftigere von beiden Tieren; obgleich das Nebelwesen ständig auszubrechen versuchte, wurde ihm jedesmal der Weg versperrt. Doch nun sammelten andere Schatten sich in der Dunkelheit auf der anderen Seite und schoben sich riesenhaft und gestaltlos rund um sie her näher. Zu viele Schatten!

»Leah! Leah!«

Dann tauchte Rone auf; seine schlanke Gestalt stürmte mit erhobenem Schwert durch die Masse von Schatten. Gespenstische, grüne Glut zischte um die ebenholzschwarze Klinge. Die von Wisper in die Enge getriebene Werbestie wirbelte sogleich herum, als sie die größere Gefahr spürte, die von der Magie des Schwertes ausging. Das Ungeheuer entfernte sich mit einem Satz von der Moorkatze und sprang Rone an. Doch der Prinz von Leah war darauf gefaßt. Sein Schwert sauste im Bogen herab und schnitt durch den Nebel in die Werbestie ein. Grünes Feuer flackerte grell durch die Nacht, und das Nebelwesen zerbarst in einem Flammenmeer.

Dann erlosch das Licht, und Nacht und Nebel kehrten zurück.

Die Schatten, die sich in der Dunkelheit dahinter versammelt hatten, lösten sich wieder ins Nichts auf.

Der Hochländer drehte sich um, das Schwert sank unbeachtet neben ihm herab. Er trat mit niedergeschlagenem Gesicht rasch auf Brin zu.

»Es tut mir leid, es tut mir so entsetzlich leid«, flüsterte er. »Die Magie ...« Er schüttelte hilflos den Kopf. »Als ich das Schwert wiederfand, sobald ich es nur berührte ... Es war, als könnte ich an nichts anderes mehr denken. Ich hob es auf und rannte damit los. Ich vergaß alles – sogar dich. Es war die Schuld des Zaubers, Brin ...«

Ihm versagte die Stimme, und sie nickte an seiner Brust, als sie ihn fest an sich drückte. »Ich weiß.«

»Ich werde dich nie wieder allein lassen«, versprach er. »Nie wieder.«

»Auch das weiß ich«, erwiderte sie leise.

Doch sie sagte nichts von ihrem Entschluß, ihn alleinzulassen.

5

Erst am dritten Tag, nachdem sie die Gefängnisse von Dun Fee Aran hinter sich gelassen hatten, erreichten Jair und die kleine Gruppe aus Culhaven die hoch aufragende Bergkette mit Namen Rabenhorn. Da sie aus Furcht, gesehen zu werden, nicht die offenen Straßen benutzen konnten, die nahe an den Ufern des Silberflusses verliefen, wo dieser sich südwärts aus den Bergen schlängelte, waren sie gezwungen, die tiefen Wälder oberhalb zu durchqueren und den beschwerlicheren Weg durch die Wildnis zu nehmen. Mit Beginn des zweiten Tages ließ endlich der Regen nach, schwächte sich im Laufe des Morgens zu feinem Nieseln ab und verwandelte sich um die Mittagszeit in Nebel. Sobald der Himmel sich aufklärte, wurde die Luft wärmer, und die Wolken trieben ostwärts. Als Dunkelheit sich über das Land breitete, blinkten zwischen den Bäumen Mond und

Sterne hindurch. Die Gruppe kam, selbst nachdem der Regen nachgelassen hatte, nur langsam voran, denn die vollgesogene Erde konnte nicht alles Wasser aufnehmen, das sich an der Oberfläche gesammelt hatte, und der Boden war schlammig und schlüpfrig. Sie legten nur kurze Essens- und Ruhepausen ein, gaben sich alle Mühe, die widrigen Marschbedingungen nicht zu beachten, und stapften entschlossen weiter.

Am dritten Tag zeigte sich strahlend und warm die Sonne, schien freundlich durch die Schatten des Waldes und schenkte dem triefenden, nassen Land wieder vereinzelte Farbtupfer und -fleckchen. Das dunkle Massiv des Rabenhorns kam in Sicht, wo sich kahle Felsen über die Baumwipfel schoben. Den ganzen Morgen hielten sie darauf zu, marschierten über Mittag weiter und erreichten schließlich im Lauf des Nachmittags die unteren Hänge, von wo sie sich an den Aufstieg machten.

Dann hieß Spinkser sie stehenbleiben.

»Wir haben ein Problem«, erklärte er unumwunden. »Wenn wir versuchen, dieses Gebirge zu überqueren, wird uns das Tage kosten – wenn nicht gar Wochen. Der einzige andere Weg führt am Silberfluß entlang zu dessen Quelle, dem Himmelsbrunnen. Diesen Weg können wir nehmen – wenn wir vorsichtig sind –, aber früher oder später werden wir direkt unterhalb Graumark hindurchziehen müssen. Und dort sehen uns die Wandler mit Sicherheit kommen.«

Foraker zog die Stirn kraus. »Es muß irgendeine Möglichkeit geben, an ihnen vorbeizuschleichen.«

»Es gibt keine«, knurrte Spinkser. »Sonst müßte ich sie kennen.«

»Können wir nicht dem Fluß folgen, bis wir in die Nähe von Graumark kommen, und uns dann ins Gebirge schlagen?« schlug Helt vor, der seinen riesigen Rumpf auf einem Findling niedergelassen hatte. »Können wir uns aus einer anderen Richtung annähern?«

Der Gnom schüttelte den Kopf. »Nicht von unserem Standort aus. Graumark liegt auf einer Felsplatte, von der man das ganze Land ringsum überschauen kann – das Rabenhorn, den Silberfluß, alles. Das Gestein ist kahl und glatt – bietet nicht die geringste

Deckung.« Er blickte zu Stythys, der mürrisch neben ihm saß. »Deswegen fühlen die Echsen sich dort auch so wohl. Nichts konnte sich jemals dort hinaufschleichen.«

»Dann werden wir uns nachts Zutritt verschaffen müssen«, meinte Garet Jax leise.

Wieder schüttelte Spinkser den Kopf. »Ihr würdet Euch das Genick brechen, wenn Ihr es versuchtet. Die Felsen fallen ringsum senkrecht ab, und die Wege sind schmal und gut bewacht. Das ist nicht zu schaffen.«

Es trat langes Schweigen ein. »Also. Was schlagt Ihr vor?« erkundigte Foraker sich schließlich.

Spinkser zuckte mit den Schultern. »Ich schlage gar nichts vor. Ich habe euch hierher geführt, der Rest ist eure Sache. Vielleicht kann der Junge euch wieder mit seiner Zauberei verbergen.« Er sah Jair mit hochgezogenen Brauen an. »Wie sieht es aus – kannst du die halbe Nacht singen?«

Jair errötete. »Spinkser, es muß doch einen Weg geben, sich an den Wachen vorbeizumogeln!«

»Oh, für mich ist das kein Problem. Aber ihr übrigen werdet Schwierigkeiten haben.«

»Helt verfügt doch nachts über ein besonders gutes Sehvermögen ...«, hob Foraker nachdenklich an.

Aber Garet Jax fiel ihm ins Wort und nickte zu Stythys. »Welchen Vorschlag könntest du denn machen, Mwellret? Du bist hier zu Hause. Was würdest du tun?«

Stythys kniff die lidverhüllten Augen zusammen. »Ssucht sselbst euren Weg, kleine Leutchen. Ssucht einen anderen Dummen, der euch hilft. Lassst mich in Ruhe!«

Garet Jax musterte ihn einen Augenblick und trat dann wortlos zu ihm; seine grauen Augen wirkten so kalt, daß Jair unwillkürlich zurückwich. Der Waffenmeister hob den Finger und stieß damit nach dem Mwellret in seinem Umhang.

»Du willst mir offenbar sagen, daß du nicht länger von irgendwelchem Nutzen für uns bist«, drohte er leise.

Darauf schien der Mwellret in seinen Gewändern zusammenzuschrumpfen, und seine Schlitzaugen funkelten haßerfüllt. Doch gegen Garet Jax kam er nicht an. Der Waffenmeister blieb, wo er stand, und wartete.

Dann entwich dem Mund der Echse ein verhaltenes Zischen, und ihre gespaltene Zunge fuhr langsam heraus. »Helfe euch, wenn ihr mich freilasst«, wisperte er. »Bringe euch dorthin, wo keiner euch ssieht.«

Es trat lange Stille ein, als die Mitglieder der kleinen Gruppe mißtrauische Blicke tauschten. »Traut ihm nicht«, meinte Spinkser.

»Dummer, kleiner Gnom kann euch nicht helfen«, spottete Stythys. »Braucht meine Hilfe, kleine Freunde. Kenne Weg, die kein anderer passieren kann.«

»Was für Wege kennst du?« wollte Garet Jax wissen, und seine Stimme klang immer noch milde.

Doch der Mwellret schüttelte bockig den Kopf. »Verssprecht mir erst, mich freizulassen, kleine Leutchen. Verssprecht ess!«

Das magere Gesicht des Waffenmeisters verriet nichts von seinen Gedanken. »Wenn du uns nach Graumark hineinführst, bist du frei.«

Spinkser verzog mißbilligend das Gesicht und spie auf den Boden. Jair blieb bei den übrigen Gruppenmitgliedern stehen und wartete, daß Stythys noch etwas erwiderte. Doch der Mwellret schien nachzudenken.

»Du hast unser Versprechen«, warf Foraker mit einer Spur Ungeduld in der Stimme ein. »Nun sag uns, welchen Weg wir nehmen müssen.«

Stythys verzog den Mund zu einem bösen, unangenehmen Grinsen, das fast wie eine Grimasse wirkte. »Kleine Leutchen müsssen die Höhlen der Nacht durchqueren!«

»He, du ekelhafter ...!« explodierte Spinkser wütend und stürzte auf den Mwellret zu. Helt packte ihn um die Taille, als er an ihm vorüberstürmen wollte, und zerrte ihn zurück. Der Gnom brüllte und schlug um sich, als hätte er den Verstand verloren. Stythys' Gelächter war ein leises Zischen, als die anderen der Gruppe sich um Spinkser drängten, um ihn zurückzuhalten.

»Was hat es damit auf sich, Gnom?« fragte Garet Jax, während sich seine Hand um Spinksers Arm schloß. »Wißt Ihr von diesen Höhlen?«

Spinkser wand sich aus dem Griff des Waffenmeisters, nur Helt ließ nicht los. »Todesfallen für die Berggnomen seit der Zeit, da sie unter die Herrschaft der Echsen fielen. Tausende von meinem Volk wurden in die Höhlen geworfen und nie mehr gesehen! Und nun will es dieses ... Ungeheuer mit uns ebenso machen!«

Garet Jax drehte sich rasch wieder zu Stythys um. Das lange Messer lag wie durch Zauberei plötzlich in seiner Hand. »Sei vorsichtig, wenn du diesmal antwortest, Mwellret«, riet er ihm leise.

Der Mwellret schien unbeeindruckt. »Lügen dess kleinen Gnomen. Höhlen ssind Geheimgänge in Graumark. Führen unter die Berge, vorbei an den Wandlern. Ohne dass einer ssieht.«

»Führt wirklich ein Weg hinein?« wollte Foraker von Spinkser wissen.

Der Gnom erstarrte plötzlich und verharrte stocksteif in Helts festem Griff. »Das spielt keine Rolle. Die Höhlen sind kein Ort für die Lebenden. Meilen von Tunnels durchs Rabenhorn, schwarz wie die Nacht und voller Procks! Habt Ihr von den Procks gehört? Es sind Lebewesen, die einer Magie entstammen, die weiter zurückreicht als die Vier Länder – Magie aus der alten Welt, so heißt es. Lebende Felsschlünde, überall in den Höhlen. Wohin man auch geht, lauern die Procks im Höhlenboden. Ein Fehltritt, und sie tun sich auf, verschlingen dich, schließen sich über dir und zermalmen dich zu ...« Er bebte vor Zorn. »So haben die Echsen sich die Berggnomen vom Hals geschafft – indem sie sie in die Höhlen stießen!«

»Aber die Höhlen bieten einen Zugang zur Festung.« Garet Jax machte aus Forakers Frage eine Feststellung.

»Einen Zugang, der uns nichts nützt!« explodierte Spinkser von neuem. »Wir sehen nichts, und können unseren Weg nicht finden! Zehn Schritte hinein, und schon hätten uns die Procks!«

»Mich nicht!« fiel Stythys ihm zischend ins Wort. »Ich bessitze die Geheimnisse der Höhlen der Nacht! Kleine Leutchen kommen nicht durch, aber mein Volk kennt den Weg. Unss können die Procksss nichtss anhaben!«

Daraufhin schwiegen alle. Garet Jax trat zurück und blieb vor dem Mwellret stehen. »Die Höhlen der Nacht führten unter dem Rabenhorn hindurch nach Graumark – und sind vor den Blicken der Wandler geschützt? Und du kannst uns hindurchführen?«

»Ja, kleine Freunde«, krächzte Stythys leise. »Kann euch durchführen.«

Garet Jax drehte sich zu den anderen um. Einen Augenblick lang sprach niemand ein Wort. Dann nickte Helt knapp. »Wir sind nur zu sechst. Wenn wir überhaupt eine Chance haben wollen, müssen wir uns ungesehen zur Festung durchschlagen.«

Foraker und Edain Elessedil nickten ebenfalls. Jair schaute Spinkser an. »Ihr seid Narren!« rief der Gnom bitter. »Blinde, törichte Narren! Ihr dürft den Echsen nicht trauen!«

Es trat verlegene Stille ein. »Du mußt ja nicht weitergehen, wenn du nicht möchtest, Spinkser«, versuchte Jair zu vermitteln.

Der Gnom versteifte sich. »Ich kann schon auf mich selbst aufpassen, Junge!«

»Ich weiß. Ich dachte nur . . .«

»Behalt deine Gedanken für dich!« schnitt der andere ihm das Wort ab. »Und was das Nicht-Weitergehen betrifft, solltest du diesen Rat lieber selbst beherzigen. Aber ich bin sicher, daß du das nicht tun wirst. Also werden alle Narren wieder zusammensein.« Er warf Stythys einen finsteren Blick zu. »Aber dieser Narr hier wird genau aufpassen, und wenn irgend etwas unterwegs schiefgeht, werde ich dafür sorgen, daß diese Echse das Ende der Reise nicht mehr erlebt!«

Garet Jax wandte sich wieder an Stythys. »Du wirst uns also führen, Mwellret. Und vergiß nicht – es bleibt dabei, was der Gnom gesagt hat. Was uns zustößt, wird dir ebenfalls zustoßen. Veranstalte keine Spielchen mit uns. Falls du es versuchst . . .«

Stythys lächelte ein knappes, hartes Lächeln. »Keine Sspielchen mit euch, kleine Freunde!«

Sie warteten bis zum Einbruch der Dunkelheit, ehe sie ihre Reise fortsetzten, und schlichen sich dann aus den Felsen über dem Silberfluß, um den Weg nach Norden in die Berge einzuschlagen. Licht von der Mondsichel und den Sternen erhellte das düstere Massiv des Rabenhorns, das sich um sie her erhob und seine großen, kahlen Gipfel in den tiefblauen Himmel schob. Ein ausgetretener Pfad verlief parallel zum Flußufer durch eine Gruppe von Bäumen und Sträuchern, und die kleine Schar von Culhaven folgte ihm, bis das Waldgebiet im Süden nicht mehr zu sehen war.

Sie marschierten die ganze Nacht. Helt und Spinkser hatten die Führung übernommen, die übrigen folgten ihnen in wachsamem Schweigen. Die finsteren Gipfel drängten sich immer näher an das Flußbett des Silberflusses heran, bis sie ihn seitlich umschlossen. Außer dem anhaltenden Rauschen des Flusses herrschte in diesen Bergen eine eigentümliche Stille, eine tiefe, alles durchdringende Stille, die sich um das kahle Gestein hüllte, als wiegte Mutter Natur ihr schlafendes Kind. Als die Stunden vergingen, spürte Jair, wie er immer unruhiger wurde angesichts dieser Lautlosigkeit, wie er die massiven Felswände begaffte, in die Finsternis spähte und nach etwas suchte, das er nicht sehen konnte, von dem er jedoch fühlte, daß es präsent war und ihn beobachtete. In dieser Nacht stieß die Gruppe auf kein anderes Lebewesen als große Gebirgsvögel, die weit droben geräuschlos über ihren Futterplätzen segelten, doch noch immer hatte der Talbewohner das Empfinden, daß sie nicht allein waren.

Ein Teil dieses Gefühls, das war ihm klar, stammte von der beständigen Gegenwart des Stythys'. Wenn er sich hinterherschleppte, sah er immer die schwarze Gestalt des Mwellret direkt vor sich. Er spürte, wie die grünen Augen des Wesens ständig umherschweiften, um ihn zu suchen, zu beobachten, um abzuwarten. Er traute dem Mwellret ebensowenig wie Spinkser. Welche Versprechen Stythys auch gegeben hatte, ihnen zu helfen, Jair war überzeugt, daß dahinter die rücksichtslose Entschlossenheit lag, den Elfenzauber des Talbewohners in seine Gewalt zu bringen. Was immer sonst geschehen mochte, die Kreatur legte alles darauf an, diese Macht an sich zu reißen. Diese Gewißheit war furchterregend. Die Tage, die er eingesperrt in den Kerkern von Dun Fee Aran zugebracht hatte, verfolgten ihn als so schreckliches Gespenst, daß nichts es jemals ganz vertreiben konnte. Stythys war es, der für diesen Alptraum verantwortlich war, und er würde dafür sorgen, daß der wieder Realität würde. Wenn Jair auch nicht mehr unter der Knute des Mwellrets stand, konnte er doch nicht das Gefühl abschütteln, daß das Geschöpf auf irgendeine hinterhältige Weise noch Macht über ihn ausübte.

Doch als die Nacht sich in den frühen Morgen dehnte und die Erschöpfung seinen Zweifeln und Ängsten die Schärfe nahm, mußte Jair statt dessen an Brin denken. Vor seinem geistigen Auge sah er wieder ihr Gesicht, wie er es kürzlich zweimal im Sehkristall vor sich hatte: einmal gramzerfurcht, als sie unaussprechliche Trauer empfand, einmal voller Furcht beim Anblick ihres verzerrten Abbildes in der Gestalt jenes Geistes. Schlaglichter nur, zwei kurze Visionen, und keine vermochte dem Talbewohner zu erklären, was wirklich vorgefallen war. Er ahnte, daß seine Schwester viel hatte erleiden müssen – und einiges davon war schrecklich. Ein Gefühl der Leere breitete sich in ihm aus, als er an sie dachte, die nun schon so lange vom Tal und von ihm weggegangen war, unterwegs in einer Mission, die nach Aussagen des Königs vom Silberfluß zu ihrem Verlust führen würde. Es war eigentümlich, aber in gewissem Sinn schien sie ihm schon verloren, denn Zeit und Raum, die sie trennten, schienen so seltsam vergrößert durch die Ereignisse die eingetreten waren, seit er sie das letzte Mal gesehen hatte. So vieles war geschehen, und er war so weitab von dem, was er und wer er einmal gewesen war.

Die Leere wurde plötzlich schmerzlich. Und wenn der König vom Silberfluß ihn nun überschätzt hatte? Wenn er es nicht schaffte und Brin verlöre? Was, wenn er sie zu spät erreichte? Er biß sich auf die Lippen, um gegen solche Gedanken anzukämpfen, und schwor sich inbrünstig, daß es nicht so kommen sollte. Enge Bande fesselten ihn an sie, den Bruder an die Schwester: Bande der Verwandtschaft, des gemeinsamen Lebens, des Wissens, des Verständnisses, der Fürsorglichkeit und vor allem Bande der Liebe.

Sie marschierten weiter durchs Dunkel des frühen Morgens. Beim ersten Schein der Dämmerung führte Stythys die Gesellschaft hinauf in die Felsen. Sie entfernten sich vom Silberfluß, wo er trübe und träge durch sein Bett quoll, kletterten hoch in die Klippen. Bäume und Sträucher verschwanden, und kahles Gestein erstreckte sich nach allen Seiten. Sonnenlicht brach im Osten in strahlendem, gleißendem Gold über den Bergrand und loderte wie Flammen durch die Spalten und Risse im Fels. Sie stiegen dem Feuer entgegen, bis sie ihr Weg plötzlich und unerwartet in den dunklen Schatten einer Klippe führte und sie am Eingang einer riesigen Grotte standen.

»Die Höhlen der Nacht!« zischte Stythys leise.

Die Höhle gähnte der kleinen Gruppe wie ein geöffneter Rachen entgegen, und gezackte und verformte Felssplitter versperrten ihnen den Zugang wie Zähne. Wind fegte von den Berghöhen herab, und es kam ihnen vor, als pfiffe er ihnen aus den Höhlen entgegen. Stücke stumpfen, weißlichen Holzes lagen um den Eingang verstreut, als hätten Zeit und Wetter die Rinden abgelöst. Jair schaute genauer hin und erstarrte. Die Holzstücke waren geborstene, gesplitterte, gebleichte Knochen.

Garet Jax baute sich vor Stythys auf. »Wie sollen wir da drinnen etwas sehen, Mwellret? Hast du Fackeln?«

Stythys lachte leise und böse. »Fackeln brennen nicht in den Höhlen, kleine Freunde. Brauchen Zauberkraft!«

Der Waffenmeister blickte kurz wieder zum Höhleneingang. »Und du verfügst über diese Zauberkraft?«

»Verfüge tatssächlich darüber«, antwortete der andere mit verschränkten Armen und ließ seinen Körper ein wenig anschwellen. »Bessitze den Feuersstrudel. Liegt drinnen bereit!«

»Wie lange wird das dauern?« fragte Foraker voller Unbehagen. Zwerge mochten keine geschlossenen Räume, und sich in diesen zu wagen, war ihm besonders unsympathisch.

»Werden die Höhlen rasch durchquert haben, kleiner Freund«, bestätigte Stythys allzu eilfertig. »Führe euch in drei Sstunden durch. Graumark erwartet unss!«

Die Mitglieder der kleinen Gesellschaft warfen einander und dann dem Höhleneingang unsichere Blicke zu. »Ich sage euch, ihm ist nicht zu trauen!« warnte Spinkser sie noch einmal.

Garet Jax förderte ein langes Seil zutage und schlang das eine Ende um sich, das andere um Stythys. Er prüfte die Knoten, die es banden, und zog dann das lange Messer hervor. »Ich werde dir näher sein als dein Schatten, Mwellret. Vergiß das nicht. Nun führe uns hinein und zeige uns deine Zauberkunst.« Stythys wollte kehrtmachen, aber der Waffenmeister riß ihn noch einmal herum. »Nicht zu weit hinein. Nicht, ehe wir genau sehen können, was du machst.«

Der Mwellret schnitt eine Grimasse. »Werde ess kleinen Freunden zeigen. Kommt!«

Er schlurfte auf die riesige, schwarze Öffnung zu den Höhlen zu; Garet Jax befand sich nur einen Schritt hinter ihm, der Strick um ihre Taillen schnürte sie wie einen Mann zusammen. Spinkser folgte ihnen sogleich. Nach kurzem Zögern kamen ihnen auch die übrigen der Gruppe nach. Der Sonnenschein erlosch, als die Schatten um sie her sich immer mehr verdunkelten, und sie schritten durch den steinernen Rachen in die dahinterliegende Finsternis. Ein paar wenige Augenblicke half ihnen das schwache Licht der Dämmerung bei ihrem Weiterkommen, indem es die Formen von Boden, Wänden, spitzen Stalaktiten und angehäuften Felsbrocken umriß. Dann begann auch rasch dieses bißchen Licht zu schwinden, und sie wurden von der Finsternis verschlungen.

Nun konnten sie praktisch gar nichts mehr sehen, und ihre Schritte verhallten kurz nacheinander, als sie stehenblieben und das Scharren der Lederstiefel auf Gestein ein lautes Echo in der Stille der Höhle hervorrief. Sie verharrten dicht zusammengedrängt und lauschten, wie es erstarb. Aus den Tiefen der Schwärze vor ihnen drang das Tröpfeln von Wasser an ihre Ohren. Und von noch weiter drinnen erklang das Knirschen von Stein auf Stein.

»Sseht ihr, kleine Freunde«, zischte der Stythys plötzlich. »Alless schwarz in den Höhlen!«

Jair schaute sich voller Unbehagen um und sah so gut wie nichts. Edain Elessedils schmales Elfengesicht neben ihm war als schwacher Schatten zu erkennen. In der Luft hing eine eigentümliche Feuchtigkeit, eine klebrige Nässe, in der Bewegung war, obgleich kein Wind herrschte, und die sich um sie zu schlingen und zu winden schien. Sie fühlte sich widerlich an und roch nach Fäulnis. Der Talbewohner zog voller Abscheu die Nase kraus, und plötzlich fiel ihm auf, daß das der gleiche Geruch war, der in Stythys' Zelle auf Capaal geherrscht hatte.

»Rufe nun den Feuersstrudel«, krächzte der Mwellret, daß der Talbewohner zusammenschreckte. »Hört ihr! Ich rufe jetzt dass Licht!«

Er stieß einen lauten Schrei aus, eine Art hartes, hohles Pfeifen, das rauh und qualvoll wie das Knirschen von Knochen klang. Das Pfeifen gellte durch die Finsternis und tief in die Höhlen hinein. Es hallte lang und klagend wider, dann wiederholte der Mwellret den Schrei noch einmal. Jair schauderte. Die ganze Idee mit diesen Höhlen gefiel ihm immer weniger.

Darauf erschien ganz unvermittelt der Feuerstrudel. Er schoß als Haufen funkelnder Staubpartikel auf sie zu, wobei schillernde Fünkchen in einem nicht vorhandenen Wind dahinsegelten und herumwirbelten. Weit ausgebreitet stob er nun aus der Finsternis ihnen entgegen, zog sich vor den ausgestreckten Händen des Mwellrets schnell zusammen, und die winzigen Teilchen kreisten in einem dichten Lichtball, der gelben Schein verströmte, um Helligkeit in die Düsternis der Höhlen zu bringen. Die Angehörigen der kleinen Gruppe beobachteten verblüfft, wie der Feuerstrudel sich verdichtete und vor Stythys schwebte, und der seltsame Schimmer flackerte und tanzte über ihre Gesichter.

»Bessitze eigene Zauberkünsste, kleine Freunde«, zischelte Stythys triumphierend. Das Echsenantlitz suchte Jairs Blick, und seine grünen Augen funkelten im unsteten Licht. »Ssiehst du, wie der Feuersstrudel gehorcht?«

Garet Jax trat rasch zwischen die beiden. »Weise uns den Weg, Mwellret. Die Zeit zerrinnt uns zwischen den Fingern.«

»Ssie rinnt schnell dahin, dass tut ssie«, krächzte der andere leise.

Sie drängten sich weiter in die Finsternis, und der Feuerball erhellte ihnen den Weg. Die Wände der Höhlen der Nacht stiegen höher um sie auf und verloren sich schließlich im schattigen Dunkel, das nicht einmal der Feuerstrudel zu durchdringen vermochte. Aus der Düsternis hallte der Klang ihrer Schritte in eigentümlichen, dumpfen Echos zu ihnen zurück. Der Gestank wurde schlimmer, je tiefer sie in die Höhle vorstießen, ließ die Luft faulig werden und zwang sie zu kurzen Atemzügen, wenn sie nicht würgen wollten. Der Gang teilte sich vor ihnen und verzweigte sich zu Dutzenden von Korridoren, die sich in einem unglaublichen Tunnellabyrinth kreuzten. Doch Stythys ging nicht langsamer, sondern wählte, ohne zu zögern, den Tunnel, welchem sie folgen sollten. Der schimmernde Staub des Feuerballs tanzte vor ihnen her.

Die Zeit schlich dahin. Noch immer nahmen die Tunnel und Gänge als endlose schwarze Öffnungen im Fels kein Ende. Der Gestank wurde noch unerträglicher, und inzwischen erklang das Knirschen von Steinen nicht aus der Ferne, sondern aus unerfreulich direkter Nähe. Dann plötzlich gebot der Stythys ihnen am Eingang einer besonders riesigen Grotte Halt, und der Feuerstrudel schwebte dicht heran, sobald er die Hand hob.

»Prockss!« flüsterte er.

Mit einer ruckartigen Handbewegung schleuderte er den Feuerstrudel von sich, so daß er in die Höhle vor ihnen flog und das undurchdringliche Schwarz erhellte. Die Mitglieder der kleinen Gruppe von Culhaven starrten entsetzt auf den Anblick, den das Licht ihnen bot. Da sprenkelten Hunderte von zerklüfteten, klaffenden Rissen den Höhlenboden und öffneten und schlossen sich wie Münder bei einem widerlichen Kauvorgang, und der Fels knirschte haßerfüllt in der Dunkelheit. Geräusche erklangen aus jenen Mündern – gurgelndes Rauschen, Würgelaute, tiefes, ächzendes Rülpsen von flüssigem und zermalmtem Gestein.

»Gütige Geister!« hörten sie Helt darauf flüstern. »Die ganze Höhle lebt!«

»Da müsssen wir durch«, verkündete Stythys mit gehässigem Grinsen. »Kleine Leutchen müsssen bleiben dicht hinter mir.«

Sie hielten sich praktisch Körper an Körper; ihre bleichen Gesichter glänzten vor Schweiß im Schein des Feuerstrudels, und sie wandten nicht einmal den Blick vom Höhlenboden vor ihnen. Wieder ging Stythys voraus mit Garet Jax auf den Fersen; Spinkser, Jair, Edain Elessedil und Helt folgten in einer Linie, und Foraker bildete das Schlußlicht. Sie bahnten sich einen langsamen, verschlungenen Weg zwischen den Procks hindurch, traten an jene Stellen, wo im Licht des Feuerstrudels keine Münder zu erkennen waren, und ihre Ohren und Gedanken waren erfüllt von den Geräuschen, welche die schrecklichen Schlunde von sich gaben. Die Procks öffneten und schlossen sich rings um sie her, als warteten sie auf die Fütterung, und erinnterten dabei an wilde Tiere, die die Nähe des Futters witterten. Gelegentlich schlossen sie sich so fest, daß sie Teil des massiven Höhlenbodens zu sein schienen, und zogen sich nur als dünne Linien über das rauhe Gestein. Doch sie konnten sich schnell öffnen, den dargebotenen sicheren Grund verschwinden lassen und waren bereit, alles zu verschlingen, was sich darauf wagte. Doch jedesmal, wenn ein geschlossener Schlund vor ihnen lauerte, zeigte der Feuerstrudel ihnen die Stelle und geleitete sie vorsichtig daran vorbei.

Sie gelangten von der ersten Höhle in eine zweite und danach in noch eine. Noch immer waren die Procks da, durchzogen den Boden jeder Höhle und jedes Ganges, so daß keiner gefahrlos zu durchqueren war. Sie gingen nun langsam, und die Minuten zogen sich scheinbar endlos dahin. Erschöpfung meldete sich bei dieser verstärkten Konzentration, da jeder wußte, daß ein einziger Fehltritt der letzte wäre. Währenddessen öffneten und schlossen die Procks sich um sie herum und knirschten in höhnischer Vorfreude.

»Dieser Irrgarten nimmt kein Ende!« flüsterte Edain Elessedil Jair einmal entmutigt zu.

Der Talbewohner nickte hilflose Übereinstimmung. Foraker hielt sich nun eng an die Gruppe, und Helt bildete die Nachhut. Das bärtige Gesicht des Zwergen war schweißgebadet, und seine Augen glitzerten.

Plötzlich öffnete sich fast zu Jairs Füßen ein versteckter Prock und riß den schwarzen Rachen auf. Von Panik ergriffen zuckte der Talbewohner zurück und prallte gegen Spinkser. Der Prock hatte sich direkt neben ihm befunden, und Jair hatte ihn nicht gesehen! Er kämpfte gegen die Woge von Angst und Ekel an, die ihn durchflutete, und biß wild entschlossen die Zähne aufeinander. Es würde nicht mehr lange dauern. Bald wären sie draußen.

Doch als sie dann eine weitere Höhle durch ein Labyrinth von Procks durchquerten, tat Stythys schließlich das, wovor Spinkser die ganze Zeit gewarnt hatte. Es geschah so schnell, daß nicht einmal Garet Jax Zeit zum Reagieren hatte. Gerade eben noch waren sie alle zusammen und schlichen sich an den scheußlich knirschenden Spalten vorüber. Im nächsten Augenblick schnellte plötzlich die Hand des Mwellrets nach hinten und schleuderte ihnen den Feuerball direkt in die Gesichter. Er schoß als gleißender Lichtstrahl auf sie zu und breitete sich aus. Instinktiv wandten sie sich ab, um ihre Augen zu schützen, und in diesem Augenblick handelte Stythys. Er sprang an Garet Jax und Spinkser vorbei zu der Stelle, wo Jair sich duckte. Das Echsenwesen schlang einen kräftigen Arm um die Taille des Jungen, zog ein irgendwo unter seinen dunklen Gewändern versteckt gehaltenes, gefährlich aussehendes Messer hervor und setzte es seinem Gefangenen an die Kehle.

»Bleibt zurück, kleine Freunde!« fauchte der Mwellret und drehte sich zu ihnen um, als das Feuer sich wieder vor ihm ballte.

Keiner rührte sich. Garet Jax hockte keine zwei Meter entfernt als schwarzer Schatten an den Boden geduckt. Das Seil band ihn noch immer an den Mwellret. Stythys hielt den Talbewohner zwischen sie beide, und sein Messer blitzte im schummrigen Licht.

»Törichte, kleine Leutchen!« krächzte das Monster. »Glaubt, mich gegen meinen Willen zu benutzen! Sseht ihr jetzt, wass euch erwartet?«

»Ich sagte euch doch, daß ihm nicht zu trauen ist!« stieß Spinkser wütend hervor.

Er wollte hinzustürzen, doch ein warnendes Zischen des Mwellrets ließ ihn auf der Stelle verharren. Hinter ihm standen die anderen Gruppenmitglieder wie versteinert im dichten Kreis – Helt, Foraker und Edain Elessedil. Rings herum malmten die Procks weiter, daß Stein auf Stein knirschte.

Garet Jax erhob sich aus der Hocke, und seine grauen Augen blickten so kalt, daß Stythys' Arm sich noch enger um Jair spannte. »Laß den Talbewohner los, Mwellret«, befahl der Waffenmeister leise.

Die Messerklinge drückte sich fester gegen Jairs Kehle. Jair schluckte und versuchte, davor zurückzuweichen. Dann begegnete sein Blick dem von Garet Jax. Der Waffenmeister war schnell, schneller als irgend jemand. Als er die Gnomen-Jäger angegriffen hatte, von denen Jair in die Schwarzen Eichen verschleppt worden war, hatte er zum ersten Mal bewiesen, wie schnell er sein konnte. Und der gleiche Gesichtsausdruck, den er damals gehabt hatte, stand nun wieder auf dem mageren, harten Antlitz – ein ruhiger, unergründlicher Ausdruck, wo nur die Augen von dem Tod sprachen, der verheißen war.

Jair atmete tief und langsam ein. Garet Jax war ganz in seiner Nähe. Doch das Messer an der Kehle des Talbewohners war noch näher.

»Unss gehören die Zauberkünsste, nicht den kleinen Leutchen«, krächzte Stythys in einem hastigen und ängstlichem Flüsterton. »Zauberkunsst, mit der man ssich den Wandlern widerssetzen kann! Kleine Leutchen dürfen ssie und unss nicht benutzen! Törichte, kleine Leutchen! Werde euch wie Ungeziefer zermalmen!«

»Laß den Talbewohner los!« wiederholte Garet Jax.

Der Feuerstrudel tanzte und schillerte vor dem Mwellret als wogende Wolke schimmernden Staubs. Stythys' grüne Augen verzogen sich zu haßerfüllten Schlitzen, und er lachte leise.

»Lasss du sstatt desssen loss, Schwarzer!« fauchte er. Er warf Spinkser einen raschen Blick zu. »Du, kleiner Gnom! Schneide dass Sseil durch, dass mich an ihn bindet!«

Spinkser schaute zu Garet Jax und dann wieder zurück. Seine Augen suchten für den Bruchteil einer Sekunde Jairs Blick. Der Talbewohner begriff, was von ihm erwartet wurde. Wenn er hoffte, aus dieser Sache lebendig herauszukommen, hatte er nun auch einen Beitrag zu leisten.

Langsam trat Spinkser einen Schritt nach dem anderen nach vorn und zog das Messer von seinem Gürtel. Niemand sonst rührte sich. Jair sammelte sich und kämpfte Angst und Abscheu nieder, die ihn durchfluteten. Spinkser kam einen weiteren Schritt näher. Eine Hand griff nach dem schlaff herabhängenden Seil, das den Mwellret an Garet Jax fesselte. Jair hielt völlig still. Er würde nur eine Chance haben. Spinksers Hand schloß sich um das Seil, das Messer fuhr zum Hanf empor.

Dann sang Jair – einen schnellen, lauten Schrei, den Spinkser sogleich wiedererkannte. Dutzende grauer, haariger Spinnen schwärmten über Stythys und krochen über den Arm, der das Messer an Jairs Kehle drückte. Der Mwellret riß den Arm mit einem Aufheulen zurück und schlug wild gegen seine Kleider, um die Insekten, die daran klebten, abzustreifen. Sogleich verteilte sich der Feuerstrudel zu einem weiten Kreis, nahm das Licht mit sich und tauchte alles in Schatten.

Mit der Behendigkeit einer Katze stürzte Spinkser sich auf Stythys und rammte das lange Messer in den Arm, der Jairs Taille umklammerte. Auch dieser Arm wurde zurückgerissen, Jair war wieder frei und sackte auf die rauhen Steine nieder. Aus der restlichen Gruppe ertönten Schreie, als sie einzeln hinzustürmten, ihn aus dem Weg zu zerren. Stythys fiel rückwärts auf den Höhlenboden; Spinkser lag auf ihm, und Garet Jax sprang hinterdrein. Ein langes Messer tauchte in der Hand des Waffenmeisters auf, als er versuchte, das

Seil zu durchschneiden, das ihn an den Mwellret fesselte. Doch er wurde von den Füßen gerissen, als dieses sich spannte. Er verlor den Halt und rutschte auf die Knie.

»Spinkser!« schrie Jair.

Der Gnom und der Mwellret stolperten durch das Labyrinth der Procks und rangen wild miteinander. Der Feuerstrudel stieg weiter auf, als Stythys die Gewalt darüber immer mehr entglitt, und die gesamte Höhle verdunkelte sich rasch. Noch ein paar Sekunden, und sie würden nichts mehr sehen können.

»Gnom!« schrie Foraker warnend und löste sich aus der Gruppe, um zu den beiden Kämpfenden zu stürzen.

Aber Garet Jax war schneller. Wie ein Schatten sprang er aus der Finsternis, sobald er sich hochgerappelt hatte. Das lange Messer durchtrennte das Seil an seiner Taille mit einem einzigen Schnitt. Procks knirschten und schnappten als Reaktion auf die Geräusche oben, und ihre dunklen Mäuler arbeiteten wie von Sinnen. Stythys und Spinkser befanden sich direkt zwischen ihnen und rutschten bei ihrem Handgemenge immer näher darauf zu ...

Dann war Garet Jax bei ihnen, nachdem er mit einem Satz den Abstand, der sie trennte, überbrückt hatte und umklammerte mit eisernem Griff Spinksers Bein. Mit einem Ruck riß er den Gnomen aus Stythys' Klauen. Kleidung ging in Fetzen, und ein furchteinflößendes Zischen brach aus der Kehle des Mwellrets.

Er verlor das Gleichgewicht und stürzte nach hinten. Unter ihm klaffte der aufgesperrte Rachen eines Procks. Einen Augenblick lang schien die Echse zu schweben, und ihre krallenbewehrten Finger versuchten in der Luft Halt zu finden. Dann fiel der Mwellret und entschwand ihren Blicken. Der Prock schloß sich, es ertönte ein plötzlicher Aufschrei. Der schwarze Spalt begann zu mahlen und erfüllte die ganze Höhle mit seinem entsetzlichen Knirschen.

Sogleich zerstreute sich der Feuerstrudel, flog zurück in die Finsternis und nahm das kostbare Licht mit. Die Höhlen der Nacht waren wieder in Finsternis getaucht.

Es dauerte mehrere Minuten, ehe irgend jemand sich wieder rühren konnte. Sie duckten sich zu Boden, wo sie in der Finsternis gerade kauerten, warteten, daß ihre Augen sich auf die Dunkelheit einstellten, und lauschten auf die Geräusche der Procks, die rund herum malmten. Als es sich schnell erwies, daß da nicht das kleinste Licht war, an das ihre Augen sich hätten gewöhnen können, rief Elb Foraker die anderen auf, sie sollten antworten. Einer nach dem anderen meldeten sie sich als körperlose Stimmen in undurchdringlicher Nacht. Sie waren alle da.

Aber sie wußten, daß sie vermutlich nicht mehr lange dablieben. Der Feuerstrudel war fort und mit ihm das Licht, das sie so dringend benötigten, um ihnen den weiteren Weg zu zeigen. Ohne den waren sie blind. Sie mußten versuchen, sich allein mit Hilfe ihres Instinkts durch das Labyrinth der Procks zu bewegen.

»Hoffnungslos«, erklärte Foraker sogleich. »Ohne Licht können wir nicht feststellen, wo der Weg weiterverläuft, und wir können uns unsere Route nicht aussuchen. Selbst wenn wir den Procks entkommen, werden wir ewig in diesen Höhlen herumirren.«

Aus der Stimme des Zwergen klang eine Spur Furcht, wie Jair sie noch nie zuvor bei ihm gehört hatte. »Es muß einen Ausweg geben«, murmelte er ebenso für sich wie für die anderen.

»Helt, kannst du mit deiner Fähigkeit, bei Nacht besonders gut zu sehen, etwas anfangen?« erkundigte sich Edain Elessedil voller Hoffnung. »Erkennst du genug, um einen Weg durch diese Finsternis zu finden?«

Doch der hünenhafte Grenzländer war nicht dazu in der Lage. Selbst er benötigte wenigstens etwas Licht zur Unterstützung, gab er freundlich zu bedenken. Bei völliger Dunkelheit war seine Begabung nutzlos.

Daraufhin schwiegen sie eine Weile, nachdem nicht die geringste Hoffnung blieb. In der herrschenden Finsternis konnte Jair hören, wie Spinksers rauhe Stimme Garet Jax vorhielt, er hätte nie und nimmer einer Echse trauen dürfen, das hätte er ihm doch gleich gesagt. Jair lauschte und ihm schien, daß auch Brin zu ihm spräche und ihn ebenfalls mahnte, daß er besser auf sie gehört hätte. Er verdrängte ihre flüsternde Stimme und dachte dabei, daß das Wünschlied ihm helfen könnte, den Feuerstrudel zurückzurufen, wenn es ihm ebenso gedient hätte wie ihr. Aber sein Lied war nur ein Trugbild, eine Vorspiegelung falscher Tatsachen.

Dann dachte er an den Sehkristall.

Aufgeregt rief er nach den anderen und suchte in seinen Kleidern, bis er die sorgsam versteckte Kugel fand, die von ihrer Silberkette baumelte. Er umschloß sie mit beiden Händen und zog sie heraus. Der Kristall würde ihnen Licht spenden – so viel Licht, wie sie brauchten! Mit der Kristallkugel und Helts gutem Sehvermögen bei Nacht würden sie aus diesen verdammten Höhlen herausfinden!

Er vermochte kaum die Erregung zu unterdrücken, die ihn durchflutete, als er das Geschenk des Königs vom Silberfluß ansang und den Zauber auslöste. Das strahlende Licht flammte auf und überflutete die Höhle mit seinem Schein. Darin erschien Brin Ohmsfords Gesicht dunkelhäutig, schön und völlig erschöpft, und es erstand vor ihnen in der Düsternis der Höhlen der Nacht wie ein Geist aus einer anderen Welt. Grau umgab das Talmädchen, Finsternis, die nur allzu deutlich an die ihre hier erinnerte, dicht und bedrückend. Wo immer sie sich befand, als sie an ihnen vorbei in ihre eigene Zukunft sah, ihr Aufenthaltsort war kein bißchen freundlicher als der ihre.

Vorsichtig traten sie zusammen und gruppierten sich um das Licht des Kristalls. Sie faßten einander bei den Händen wie Kinder, die einen dunklen Raum durchqueren müssen, und setzten sich durch das Labyrinth der Procks in Bewegung. Jair ging voran, und das von seiner Stimme gestützte Licht des Kristalls verscheuchte die Dunkelheit vor ihnen. Helt folgte einen Schritt hinter ihm, und seine scharfen Augen schweiften über den Höhlenboden, auf der Suche nach verborgenen Procks. Dahinter kamen die übrigen.

Sie gelangten von dieser Höhle in eine weitere, die aber schon kleiner war und wo der richtige Weg sich einfacher erkennen ließ. Jairs Lied stieg klar, kräftig und voller Sicherheit empor. Er wußte nun, daß sie diesen Höhlen entkommen würden, und das verdankten sie Brin. Er hätte aus Dankbarkeit am liebsten geweint angesichts ihres Bildes, das da vor ihm schwebte. Wie eigentümlich, daß sie auf diese Weise kommen würde, um sie zu retten.

Er schloß die Ohren gegenüber dem steinernen Knirschen der Procks und sperrte aus seinem Denken alles aus, außer dem Licht und dem Bild vom Gesicht seiner Schwester, das da vor ihm schwebte; und er schritt in Hingabe an den Zauber des Wünschliedes weiter durch die Dunkelheit.

6

Brin und ihre Retter benötigten die restlichen Stunden dieser Nacht, um wieder aus dem Altmoor herauszufinden. Und sie hätten es nicht geschafft, hätte Wisper sie nicht geführt, aber die riesige Moorkatze war im Tiefland zu Hause, und weder der Nebel noch die tückische, schlammige Erde konnte ihn aufhalten. Er wählte seinen Weg mit Hilfe von Instinkten, die auch das Moor nicht täuschen konnte, und führte sie auf diese Weise südwärts auf die dunkle Wand des Rabenhorns zu.

»Ohne Wisper hätten wir dich im Moor verloren«, erklärte Kimber dem Mädchen aus dem Tal, nachdem sie sich wiedergefunden und ihren Marsch nach Süden aufgenommen hatten. »Wisper war es, der dich im Nebel aufgespürt hat. Er läßt sich nicht von Erscheinungen in die Irre führen, und nichts vom Moor vermag ihn zu täuschen. Und es war gut, daß wir dich in jenem Augenblick fanden, Brin. Du mußt dich von nun an immer dicht bei uns halten.«

Brin nahm den wohlgemeinten Tadel kommentarlos hin. Es hatte keinen Sinn, die Angelegenheit weiter breitzutreten. Ihr Entschluß, die anderen abzuhängen, ehe sie den Maelmord erreichten, stand fest. Sie mußte nur noch den geeigneten Augenblick dafür abwarten. Ihre Motive waren simpel. Die Aufgabe, mit der Allanon sie betraut hatte, bestand darin, in den abweisenden Wald einzudringen, der den Ildatch beschützte, und für die Vernichtung des Buches der schwarzen Magie zu sorgen. Sie würde das tun, indem sie den Zauber des Wünschliedes mit dem Zauber des Maelmords konfrontierte. Vor kurzem noch hatte sie sich gefragt, ob dergleichen auch nur möglich wäre. Heute fragte sie sich nicht, ob es möglich wäre, sondern ob es vielleicht katastrophale Folgen nach sich zog. Die entfesselten Mächte der Zauberkräfte würden schrecklich sein – nicht ein Ringen weißer Magie mit der schwarzen, sondern der Widerstreit zweier in Tönung und Wirkung gleich schwarzer Magien. Der Maelmord war in zerstörerischer Absicht geschaffen. Aber das Wünschlied vermochte ebenfalls zu vernichten, und Brin wußte inzwischen, daß nicht nur das Potential für solche Zerstörung stets vorhanden war, sondern daß sie nicht sicher sein konnte, die Gewalt darüber zu behalten. Sie konnte sich ihre Entschlossenheit geloben. Sie könnte den stärksten Eid ablegen – mehr nicht, es sei denn, sie verzichtete auf den Einsatz des Wünschliedes. Für sich selbst war sie bereit, das Risiko in Kauf zu nehmen; das war sie bereits vor langer Zeit, als sie beschlossen hatte, diese Mission anzunehmen. Doch sie konnte nicht die Verantwortung für die Gefährdung ihrer Begleiter auf sich laden.

Sie mußte sie zurücklassen. Welches Schicksal sie auch beim Betreten des Maelmords erwartete, ihre Gefährten sollten es nicht teilen. »Du eilst deinem Tod entgegen, Brin von Shannara, hatte der Finsterweiher sie gewarnt. Du trägst den Keim deiner Vernichtung bereits in dir.« Vielleicht traf das zu. Vielleicht lag dieser Keim in der Magie des Wünschliedes. Aber eines war gewiß. Die anderen, die mit ihr reisten, hatten ihr Leben bereits oft genug für sie aufs Spiel gesetzt. Sie wollte das nicht wieder zulassen.

Sie dachte die ganze Nacht darüber nach, als sie sich müde durch das Tiefland schleppte, und die Erinnerung drängte sich ihr auf, was sie bei der Anwendung des Wünschliedes empfunden hatte. Die Stunden verstrichen, und die Werbestien kamen in dieser Nacht nicht wieder, um sie heimzusuchen. Doch im Innern des Talmädchens spukten Dämonen anderer Art.

Gegen Tagesanbruch hatte die kleine Gruppe das Altmoor hinter sich gebracht und stand auf den auslaufenden Hügeln des südlichen Rabenhorns. Erschöpft vom langen Marsch vom Kamin und den Ereignissen der vergangenen Nacht und voller Bedenken, bei Tag, wo sie leicht gesehen werden konnten, weiterzuziehen, suchten die fünf Zuflucht in einem kleinen Kiefernhain zwischen zwei Bergkämmen und schliefen ein.

Mit Einbruch der Nacht setzten sie ihre Wanderung fort, marschierten nun ostwärts und folgten der hohen Bergwand, wo diese ans Moor grenzte. Nebelschwaden zogen zwischen den Bäumen der bewaldeten unteren Hänge dahin und spannten sich wie ein Spinnennetz über den Weg, als die Reisenden lautlos vorübergingen. Die Gipfel des Rabenhorns waren mächtig, und finsteres, kahles Gestein hob sich aus dem Waldland, um sich scharf gegen den Himmel abzuzeichnen. Es war eine menschenleere, stille Nacht, und das ganze Gebiet ringsum schien bar allen Lebens. Schatten lagen über den Felswänden, Wäldern und den tiefen Moornebeln. Nichts rührte sich in der zunehmenden Dunkelheit.

Um Mitternacht legten sie eine Rast ein, doch es war eine ungemütliche Pause, da sie unwillkürlich in die Stille lauschten, während sie sich die schmerzenden Muskeln rieben und ihre Stiefel neu schnürten. Das war der Augenblick, da Cogline beschloß, von seiner Zauberkraft zu erzählen.

»Das ist auch Zauberei«, flüsterte er Brin und Rone vorsichtig zu, fast als fürchte er, jemand könnte sie belauschen. »Andere Zauberei als jene, über welche die Wandler verfügen – sie entstammt nicht ihrer Zeit und nicht jener, da die Elfen und Feenvölker die Macht innehatten, sondern sie hat ihren Ursprung aus der Zeit dazwischen!«

Er beugte sich mit scharfem, anklagendem Blick vor. »Dachtest wohl, ich wüßte nichts von dieser Zeit, was, Mädchen?« fragte er Brin. »Nun, ich kenne die Geschichte jener Zeiten – ist mir von meinen Vorfahren überliefert worden. Keine Druiden, nein. Aber Lehrmeister, Mädchen – Lehrmeister! Sie besaßen das Wissen der

Welt, als die Großen Kriege die völlige Zerstörung über die Menschheit brachten!«

»Großvater!« mahnte Kimber Boh liebevoll. »Erkläre es ihnen doch einfach!«

»Hmm!« Cogline grunzte gereizt. »Erkläre es, sagt sie! Was glaubst du eigentlich, was ich gerade mache, Mädchen?« Er zog die Stirn kraus. »Erdkraft! Das ist die Magie, die ich beherrsche! Nicht die Magie der Worte und Zaubersprüche – nein, die nicht! Macht, die den Elementen entstammt, aus denen sich der Grund und Boden zusammensetzt, über den wir gehen, Ausländer. Das ist Erdkraft. Fetzchen und Stückchen von Erzen und Pülverchen und Mixturen, die sich mit dem Auge sehen und mit den Händen fühlen lassen. Chemikalien wurden sie früher einmal genannt. Sie sind aus einer ganz anderen Art von Geschicklichkeit entstanden als aus den einfachen Fähigkeiten, wie wir sie jetzt in den Vier Ländern zur Anwendung bringen. Das meiste Wissen verging mit der alten Welt. Aber ein bißchen – nur ein kleines bißchen – ist herübergerettet worden. Und das wende ich nun an.«

»Tragt Ihr dazu diese Beutel mit euch?« erkundigte sich Rone. »Habt Ihr damit die Feuer zur Explosion gebracht?«

»Hihi!« Cogline lachte leise. »Das kann es und noch vieles mehr, Südländer. Feuer können zu Explosionen entfacht und Erde in Schlamm verwandelt werden, Luft in erstickenden Staub und lebendiges Fleisch in Stein! Ich habe Mixturen für das alles und Dutzende mehr. Mischen und wägen, ein bißchen hiervon, ein bißchen davon!« Er lachte wieder. »Ich werde den Wandlern Macht vorführen, wie sie dergleichen noch nicht erlebt haben!«

Rone schüttelte voller Zweifel den Kopf. »Spinnengnomen sind eine Sache, die Mordgeister wieder eine ganz andere. Sie deuten mit dem Finger auf einen, und man zerfällt zu Asche. Das Schwert, das ich bei mir trage, das von Druidenmacht erfüllt ist, stellt den einzigen Schutz gegen diese Wesen der Finsternis dar.«

»Bah!« stieß Cogline hervor. »Verlaßt euch nur auf meinen Schutz – du und das Mädchen!«

Rone wollte eine scharfe Erwiderung äußern, besann sich dann aber anders und zuckte nur mit den Schultern. »Wenn wir auf die Wandler stoßen, werden wir beide Brin allen Schutz geben müssen, den wir zu bieten haben.«

Er suchte zur Bestätigung die Augen des Mädchens, und sie lächelte zustimmend. Es kostete sie schließlich nichts. Sie wußte allerdings schon, daß in jedem Fall keiner von beiden in ihrer Nähe wäre.

Sie dachte eine Weile über das nach, was Cogline ihnen erzählt hatte. Es beunruhigte sie, daß irgendein Teil der alten Wissenschaften die Katastrophe der Großen Kriege überdauert haben sollte. Ihr gefiel die Vorstellung nicht, daß jene schreckliche Macht wieder auf der Erde auftauchen sollte. Es war schlimm genug, daß die Magie der Feenwelt durch die irregeleiteten Anstrengungen jener Handvoll abtrünniger Druiden bei den Ratssitzungen von Paranor wiedererweckt worden war. Aber sich mit der Aussicht konfrontiert zu sehen, das Wissen von Kräften und Energien könnte weiterentwikkelt werden, war noch beunruhigender. Fast alle Lernprozesse, die zu jenem Wissen geführt hatten, waren mit der Zerstörung der alten Welt verlorengegangen. Das wenige, das überdauert hatte, war von den Druiden wieder weggeschlossen worden. Und dann war da dieser alte Mann – halb verrückt und so wild wie die Wildnis, in der er zu Hause war, und besaß zumindest einen Teil dieser Gelehrsamkeit – eine besondere Art von Zauberkraft, die er als seine eigene beanspruchte.

Sie schüttelte den Kopf. Vielleicht war es unvermeidlich, daß alle Erkenntnisse, ob in guter oder böser Absicht gewonnen, ob zur Erhaltung oder zur Vernichtung von Leben eingesetzt, irgendwann ans Tageslicht kommen müssen. Vielleicht stimmte das gleichermaßen für Wissenschaft und Magie – die eine der Welt der Menschen, die andere der Welt der Feenwesen entstammend. Vielleicht mußten beide im Strom der Zeit in regelmäßigen Abständen an die Oberfläche stoßen, dann wieder untergehen, später erneut auftauchen und ewig so fort.

Aber ausgerechnet jetzt eine Rückkehr des Wissens um Energie und Kraft, da der letzte der Druiden gestorben war ...?

Allerdings war Cogline auch ein alter Mann und sein Wissen beschränkt. Wenn er starb, verginge sein Wissen möglicherweise mit ihm und wäre dahin – zumindest für eine gewisse Zeit.

Und so wäre es vielleicht auch mit ihrer Zauberkunst.

Den Rest der Nacht marschierten sie ostwärts und nahmen ihren Weg durchs lichter werdende Waldgebiet. Die Wand vom Rabenhorn rückte näher und zog sich nach Norden in die Wildnis des tiefen Anar. Das Gebirge erhob sich als hochragender, dunkler Schattenstreifen in die Nacht. Hinter ihnen versank das Altmoor, und nur die grüne Reihe der hügeligen Ausläufer trennte sie noch von den Berghöhen. Eine tiefere Stille schien sich über das Land zu legen. Brin wußte, daß Graumark und der Maelmord dort verborgen lagen, wo die Bergkette nach Norden hin abknickte.

Und dort muß ich eine Möglichkeit finden, mich von den anderen abzusetzen, dachte sie. Von dort muß ich allein weitergehen.

Die ersten Strahlen der aufgehenden Sonne glitten langsam über die Bergwand in Sicht. Allmählich hellte sich der Himmel auf, wandelte sich von Tiefblau in Grau, von Grau in Silber und von Silber in Rosa und Gold. Schatten huschten davon in die zurückweichende Nacht und das breite Panorama der Landschaft zeichnete sich von der Dunkelheit ab. Zuerst kamen die Bäume in Sicht, das Laubdach, die krummen Äste und knorrigen Stämme, wie das Licht sie umriß und tönte; dann nahmen Felsen, Sträucher und kahle Erde vom Vorgebirge bis zum Tiefland Gestalt an. Eine Zeitlang schwebte der Schatten der Bergkette noch als Mauer gegen das Licht vor ihnen und verlor sich in der Dunkelheit, wo sie noch nicht gänzlich gewichen war. Doch schließlich wurde auch dieser letzte Rest von der emporsteigenden Sonne verdrängt, und ihre Strahlen ergossen sich über die Gipfel, um das furchteinflößende Antlitz des Rabenhorns zu entblößen.

Es war ein finsteres, häßliches Antlitz – ein Antlitz, verwüstet durch die Zeit, die Elemente und das Gift der ihm innewohnenden schwarzen Magie. Wo das Gebirge sich nordwärts in die Wildnis krümmte, war das Gestein gebleicht und zerfressen – als wäre ihm alles Leben dort wie eine Haut abgeschält worden, um nichts als Knochen zurückzulassen. Es ragte an die zweitausend Meter über ihnen als Mauer von Steilfelsen und zerklüfteten Engpässen empor, auf denen die Last der Jahrhunderte und der ausgestandenen Qualen ruhte. Nichts rühre sich an der harten, grauen, kahlen Wand.

Brin hob einen Augenblick lang ihr Gesicht, als der Wind vorüberstrich. Sie zog angewidert die Nase kraus. Irgend etwas weiter vorn verströmte scheußlichen Geruch.

»Die Abwasserkanäle von Graumark.« Cogline spie aus und warf hektische Blicke um sich. »Nun ist es nicht mehr weit.«

Kimber schlüpfte nach vorn, wo Wisper prüfend in die stinkende, übelriechende Morgenluft schnüffelte. Sie beugte sich dicht zu der großen Katze und sprach Wisper leise etwas ins Ohr – nur ein Wort –, worauf das Tier sie zärtlich mit der Nase ins Gesicht stupste.

Kimber drehte sich wieder zu ihnen um. »Schnell jetzt, ehe es noch heller wird – Wisper wird uns den Weg zeigen.«

Sie huschten weiter durch das Morgenlicht und die zurückweichenden Schatten und folgten der Moorkatze, die sie durch die Windungen der Bergausläufer zu der Stelle führte, wo das Rabenhorn einen Knick nach Norden machte. Bäume und Sträucher gab es hier überhaupt keine mehr, die Gräser wurden spärlich und dürr, und die Erde wich zermalmtem Gestein und Felsplatten. Der Gestank wurde ständig unerträglicher, ein beißender, fauliger Gestank, der selbst die Frische des Tagesanbruchs überdeckte. Brin rang unwillkürlich unter Würgen nach Atem. Wieviel schlimmer würde es erst werden, wenn sie ihren Weg durch die Abwasserkanäle nähmen?

Dann fielen die Berge steil hinab in ein tiefes Tal, das sich im Schatten der Bergwand verlor. Dort lag finster und still ein dunkler See stinkenden Wassers, der von einem Bach gespeist wurde, der sich aus einem breiten, schwarzen Loch die Felsen herab ergoß.

Wisper blieb, mit Kimber neben sich, stehen. »Dort!« Sie deutete auf das Loch. »Die Abwasserkanäle.«

Brins Blick schweifte hoch an der zerklüfteten Reihe der Gipfel, ein-, zweitausend Meter hinauf zu der Stelle, wo die Bergwand ihren gezackten Rand vor den goldenen Morgenhimmel schob. Dort und noch immer ihren Blicken verborgen, lagen Graumark, der Maelmord und der Ildatch.

Der Kanalisationsgeruch stach ihr in die Nase, und sie schluckte. Dort lag das Schicksal, das sie erwartete. Sie lächelte hart. Sie mußte sich ihm stellen.

Am Eingang zu den Kanälen enthüllte Cogline ein wenig mehr von seiner Magie. Aus einem versiegelten Päckchen tief aus dem Innern eines der Beutel, die er an seine Taille geschnürt trug, förderte er eine Salbe zutage, die den Gestank der widerlichen Ausscheidung der Kanäle milderte, wenn man sie sich in die Nasenlöcher rieb. Nur eine unbedeutende Zauberei, behauptete er. Wenn der Gestank auch nicht völlig abgetötet werden konnte, so wurde er doch erträglicher. Aus Reisig fertigte er kurze Fackeln; er tauchte die Enden in den Inhalt eines zweiten Beutels, und als er sie herauszog, waren sie von einer silbrigen Substanz überzogen, die wie das Licht von Öllampen schimmerte, als sie sie in die Dunkelheit der Höhlen mitnahmen – und das ohne alles Feuer.

»Nur ein weiterer Trick meiner Magie, Ausländer.« Er kicherte, als die anderen verwundert die flammenlosen Fackeln anstarrten. »Chemikalien, weißt du noch? Etwas, wovon die Wandler nichts verstehen. Und ich habe noch ein paar Überraschungen. Ihr werdet sehen.«

Rone zog voller Zweifel die Stirn kraus und schüttelte den Kopf. Brin schwieg, kam aber schnell zu dem Schluß, daß sie ebenso froh wäre, wenn die Gelegenheit, solche Überraschungen zu zeigen, erst gar nicht einträte.

Mit den Fackeln in den Händen wagte die kleine Gesellschaft sich aus dem Licht der Morgendämmerung in die dunklen Tunnel der Kanalisation. Die Gänge waren breit und tief, das flüssige Gift, das von Graumarks Hallen und dem Maelmord ausgeschieden wurde, floß in einem furchigen Kanal, der tief in den Tunnelboden eingeschnitten war. Zu beiden Seiten des Abwasserstroms verliefen steinerne Wege, die breit genug waren, daß man sie begehen konnte. Wisper trottete vorweg; seine leuchtenden Augen blinzelten schläfrig in das blendende Fackellicht, seine gespreizten Pfoten tappten lautlos über den Stein. Ihm folgten Cogline und Kimber, Brin und Rone bildeten die Nachhut.

Sie gingen lange Zeit. Brin hatte das Gefühl für die Dauer ihres Marsches verloren, und sie war hin und hergerissen zwischen der Aufgabe, im schummrigen Zwielicht ihren Weg zu finden und dem Nachdenken über ihr Gelübde, ohne die anderen in den Maelmord hinabzusteigen. Der Kanal wand sich durch das Berggestein höher und drehte sich wie eine zusammengeringelte Schlange. Der Gestank, der in dem Tunnel herrschte, war selbst mit dem Gegenmittel, das Cogline ihnen gegen ihre Atemschwierigkeiten zur Verfügung gestellt hatte, schier unerträglich. Von Zeit zu Zeit wehte ein kalter Luftzug von oben herab und nahm den Geruch der Abwässer mit sich – es war der Wind von den Berggipfeln, in die sie emporstiegen. Doch diese Erfrischungen waren selten und nur kurz anhaltend, und der Gestank kehrte rasch wieder zurück.

Der Morgen verging, die Stunden verstrichen im endlosen Zickzack ihres Aufstiegs. Einmal gelangten sie an ein starkes Eisentor, das sich über den Gang spannte und allem, was größer war als eine Ratte, den Zutritt verwehrte. Rone griff nach seinem Schwert, aber ein scharfes Wort von Cogline ließ ihn innehalten. Ein triumphierendes Kichern brach von den Lippen des alten Mannes, als er ihnen Zeichen gab, zurückzutreten, und wieder einen anderen Beutel hervorzog – der diesmal ein seltsames, schwärzliches Pulver enthielt, dem etwas beigemischt war, das wie Ruß aussah. Er tupfte von dem Pulver an die Gitterstäbe, wo die im Fels verankert waren, und tippte die behandelten Stellen schnell mit der flammenlosen Fackel an, worauf der Puder grellweiß aufleuchtete. Sobald das Licht erlosch, waren die Gitterstäbe völlig durchgetrennt. Nach einem kräftigen Schubs brach das gesamte Gitter auf den Höhlenboden. Die Gesellschaft setzte ihren Marsch fort.

Keiner sprach während des Aufstiegs ein Wort. Statt dessen lauschten sie auf Geräusche des Gegners, der sie irgendwo dort oben erwarten mußte – die Wandler und die Wesen, die ihnen dienten. Sie hörten nichts von ihnen, aber da waren andere Laute, die durch die leeren Gänge hallten – Laute, die von weit oben kamen und nicht sogleich zu deuten waren. Da erklang Poltern und Dröhnen, als wären schwere Körper gefallen, Scharren und Kratzen und ein leises Heulen, als pfiffe ein heftiger Wind von den Berggipfeln durch die Tunnel, und ein Zischen, als entwiche einem Spalt in der Erde Dampf. Diese entfernten Geräusche erfüllten und betonten gleichermaßen die ansonsten völlige Stille der Abwasserschächte. Brin beobachtete sich selbst dabei, wie sie eine Erklärung für die Geräusche suchte, doch es gab keine – außer vielleicht für das Zischen, das mit besonderer Regelmäßigkeit lauter und leiser wurde. Es erinnerte Brin unangenehm an das Aufsteigen des Finsterweihers aus dem Teich und dem Nebel.

Ich muß eine Möglichkeit finden, den Weg allein fortzusetzen, dachte sie wieder einmal. Ich muß es bald schaffen.

Tunnels kamen und gingen und führten weiter bergauf. Die Luft innerhalb der Tunnel wurde im Lauf des Tages immer wärmer, und die Mitglieder der kleinen Gruppe schwitzten reichlich unter ihren Mänteln und Blusen. Eine besondere Art von Dunst sickerte nun die Korridore herab, klebrig und schmierig und gesättigt mit dem Gestank der Abwässer. Sie wedelten ihn angeekelt fort, doch er zog hinter ihnen her, schloß sich um sie und wollte sich nicht verscheuchen lassen. Je höher sie stiegen, um so dichter wurde er, und bald hatten sie Schwierigkeiten, weiter als zehn Meter voraus zu sehen.

Dann plötzlich lichteten sich Nebel und Zwielicht vor ihnen, und sie standen auf einer Felsplatte, die über einen riesigen Abgrund hinausragte. Die Schlucht fiel geradewegs ins Innerste des Gebirges hinab und verlor sich in völliger Schwärze. Die Mitglieder der kleinen Gruppe warfen einander unbehagliche Blicke zu. Zu ihrer Rechten führte der Gang weiter in die Felsen hinauf und folgte dem

Graben, der die Abwässer der Mordgeister-Zitadelle hinableitete. Zu ihrer Linken führte der Weg ein kurzes Stück bergab zu einer schlanken Felsbrücke, die sich mit kaum einem Meter Breite über den Abgrund zu einem finsteren Tunnel in der gegenüberliegenden Felswand spannte.

»Welchen Weg nehmen wir nun?« murmelte Rone leise, fast als stellte er diese Frage sich selbst.

Nach links, dachte Brin sofort. Nach links über die Schlucht. Sie verstand nicht, warum, aber sie wußte instinktiv, daß das der Weg war, den sie einschlagen mußte.

»Wir müssen uns an die Abwasserkanäle halten.« Cogline schaute sie an. »Das hat der Finsterweiher doch gesagt, oder?«

Brin war nicht in der Lage zu sprechen. »Brin?« rief Kimber ihr leise zu.

»Ja«, erwiderte sie schließlich. »Ja, an sie müssen wir uns halten.«

Sie bogen nach rechts über das Felssims und folgten ihm höher hinauf an dem Abwasserkanal entlang und schleppten sich wieder in die Dunkelheit. Brins Gedanken rasten. Das ist die falsche Richtung, dachte sie. Warum habe ich das Gegenteil behauptet? Sie schnappte nach Luft und zwang sich, ruhiger zu denken. Sie wollte den Weg zurückgehen, zurück über die Steinbrücke. Dort hinten lag der Maelmord – sie konnte es fühlen. Warum aber hatte sie dann ...?

Sie riß sich schnell zusammen, denn die Frage beantwortete sich fast ebenso schnell, wie sie sich stellte. Weil hier der rechte Moment war, die anderen zurückzulassen. Das war die Gelegenheit, auf die sie seit dem Altmoor gewartet hatte. So mußte es sein. Das Wünschlied würde ihr helfen – eine kleine Täuschung, eine unbedeutende Lüge. Sie sog scharf den Atem ein, als sie daran dachte. Sie mußte es tun, auch wenn sie damit das Vertrauen verriet, das die anderen in sie setzten.

Leise und vorsichtig begann sie zu summen, baute das Wünschlied Stein für Stein zu einer Mauer auf, welche die Sicht versperrte, und schuf an ihrer Stelle in der Vorstellung ihrer Gefährten ein Bild von sich. Dann löste sie sich unvermittelt von ihrem Geist, preßte sich an die Wand des Ganges und sah zu, wie die anderen weitergingen.

Das Trugbild würde nur ein paar Minuten anhalten, wie sie wußte. Sie rannte durch den Abflußkanal zurück und folgte den Windungen und Biegungen des Felsgesteins. Der eigene Atem klang ihr lärmend in den Ohren. Sie erreichte die Felsplatte, eilte auf die Stelle zu, wo sie sich verschmälerte, und bog auf die Steinbrücke. Vor ihr gähnte ein schwarzer Abgrund. Einen Schritt nach dem anderen schob sie sich auf den Übergang zu und schaffte den Weg hinüber. In der Dunkelheit und dem Nebel, die sie umkreisten, herrschte Stille, doch sie hatte irgendwie das Gefühl, nicht allein zu sein. Sie stählte ihren Willen gegen die kurze Woge von Furcht und Zweifeln und zog sich leidenschaftslos und ungerührt tief in ihr Innerstes zurück. Sie durfte nicht zulassen, daß irgend etwas sie berührte.

Endlich hatte sie die Brücke überquert. Sie blieb einen Augenblick im Eingang dieses neuen Tunnels stehen und ließ das Gefühl zurückkehren. Ein knapper Gedanke an Rone und die anderen schoß ihr durch den Kopf und war wieder fort. Nun hatte sie das Wünschlied auch gegen sie angewandt, dachte sie verbittert. Und obgleich es notwendig gewesen sein mochte, schmerzte es sie zutiefst, es getan zu haben.

Dann wirbelte sie abrupt zu der Steinbrücke herum, ließ das Wünschlied zu einem schrillen Kreischen anschwellen und sang. Der Klang hallte wie rasend durch die Finsternis, die Brücke zersprang in Stücke und stürzte in die Schlucht hinab.

Nun gab es keinen Weg zurück.

Sie wandte sich dem Tunnel zu und verschwand.

Der schrille Laut drang in den Abwasserkanal, wo die anderen der kleinen Gruppe sich immer noch durch die Finsternis schleppten.

»Gütige Geister! Was war das?« rief Rone.

Als das Echo erstarb, trat ein Augenblick der Stille ein. »Brin ... das war Brin«, antwortete Kimber flüsternd.

Rone schaute sich um. Nein, Brin befand sich neben ihm ...

Unvermittelt löste sich das Bild, welches das Talmädchen in ihren Vorstellungen geschaffen hatte, in Nichts auf. Cogline fluchte leise und stampfte mit dem Fuß auf.

»Was hat sie getan ...?« stammelte der Hochländer verwirrt und konnte den Gedanken nicht zu Ende bringen.

Kimber stand mit angespanntem Gesicht neben ihm. »Sie hat getan, was sie von Anbeginn an vorgehabt hat, denke ich, sie hat uns abgehängt und ist allein weitergezogen. Sie sagte schon vorher, daß sie nicht wollte, daß einer von uns sie begleitete; nun hat sie dafür gesorgt, daß wir es nicht mehr können.«

»Um der Katze willen!« Rone war entsetzt. »Begreift sie denn nicht, wie gefährlich ...«

»Sie begreift alles«, fiel das Mädchen ihm ins Wort und schob sich an ihm vorbei zum Tunneleingang. »Ich hätte früher wissen müssen, daß sie das tun würde. Wir müssen uns beeilen, wenn wir sie noch einholen wollen. Wisper, such!«

Die große Moorkatze sprang mühelos voraus und trabte den Tunnel entlang zurück in die Dunkelheit. Die drei Menschen huschten hinterdrein und rutschten und stolperten dabei durch Nebel und Finsternis. Rone Leah war gleichzeitig wütend und besorgt. Warum sollte Brin das tun? Er verstand es nicht.

Dann standen sie plötzlich wieder auf der Felsplatte und starrten über den Abgrund, wo die Brücke in der Mitte auseinandergebrochen war und ins Dunkel führte.

»Da, seht ihr, sie hat die Magie angewendet!« fauchte Cogline.

Wortlos rannte Rone weiter und trat auf den gezackten Überrest der Brücke. Sechs Meter entfernt ragte das andere Ende aus der Felswand. Er könnte den Sprung schaffen, dachte er plötzlich. Es war eine große Entfernung, aber er könnte es schaffen. Zumindest mußte er es versuchen ...

»Nein, Rone Leah!« Kimber zerrte ihn vom Abgrund zurück, da sie sofort seine Absichten durchschaute. »Sei nicht töricht. So weit kannst du nicht springen.«

»Ich kann sie nicht wieder im Stich lassen«, erklärte er halsstarrig.

»Nicht noch einmal.«

Das Mädchen nickte ernst. »Mir liegt auch viel an ihr.« Sie drehte sich um. »Wisper!« Die Moorkatze tappte auf sie zu und rieb ihr Gesicht mit den Schnurrhaaren gegen das ihre. Liebevoll sprach sie auf den Kater ein und kraulte ihn hinter den Ohren. Dann trat sie zurück. »Such, Wisper!« befahl sie.

Die Moorkatze wirbelte herum, schoß auf die Brücke zu, duckte sich und sprang durch die Luft. Wisper überwand die Kluft mühelos, landete auf der anderen Seite der zerstörten Brücke und verschwand in dem dunklen Tunnel dahinter.

Sorge zeichnete Kimber Bohs junges Gesicht. Sie hatte sich nicht von dem Kater trennen wollen, aber Brin brauchte ihn vielleicht dringender als sie, und das Mädchen aus Shady Vale war ihre Freundin. »Paßt gut auf euch auf!« flüsterte sie ihm hinterdrein.

Dann sah sie wieder Rone an. »Nun laßt uns ebenfalls einen Weg suchen, wie wir zu Brin Ohmsford gelangen können.«

7

Es war gegen Mittag des gleichen Tages, als Jair und seine Begleiter wieder aus den Höhlen der Nacht auftauchten und sich auf einem breiten Felssims oberhalb einer tiefen Schlucht zwischen den Gipfeln des Rabenhorns befanden, die so nahe vor ihnen aufragten, daß sie alles bis auf einen schmalen Streifen blauen Himmels weit über dem Standort der Gruppe, wo alles in Schatten unterging, verdunkelten. Das Sims verlief mehrere hundert Meter am Berg entlang und verschwand dann in einem Einschnitt in der Felswand.

Der Talbewohner schaute erschöpft nach oben, und sein Blick folgte dem Anstieg der Berge in einen mittäglichen Himmel. Er war müde – körperlich und psychisch ausgezehrt. Er hielt den Sehkristall noch immer mit einer Hand umklammert, und die herabbaumelnde Silberkette klirrte auf dem Stein. Seit Sonnenaufgang hatten sie sich in den Höhlen aufgehalten. Die meiste Zeit über hatte er das Wünschlied einsetzen müssen, um das Licht des Kristalls zu erhalten, damit sie ihren Weg finden konnten. Es hatte ihn das letzte Quentchen Kraft und jedes Fetzchen Konzentration gekostet, die er aufbieten konnte, das zu schaffen. Im Geiste vernahm er immer noch die Geräusche der Procks, das Knirschen von Stein auf Stein, das nur noch davon flüsterte, was sie in den Höhlen zurückgelassen hatten. Und er hörte noch immer den letzten Schrei von Stythys.

»Stehen wir hier nicht herum, wo man uns so leicht sehen kann«, mahnte Garet Jax leise und winkte ihn nach links.

Spinkser trat zu ihnen und blickte sich voller Zweifel um. »Ich bin nicht überzeugt, daß das der richtige Weg ist, Waffenmeister.«

Garet Jax drehte sich nicht um. »Wieviel andere Wege seht Ihr denn?«

Schweigsam schoben sich die Mitglieder der kleinen Gruppe auf dem Felssims zu dem Einschnitt in der Bergwand hinab. Ein schmaler Engpaß erstreckte sich vor ihnen, wand sich ins Gestein und verschwand in der Dunkelheit. Sie durchwanderten ihn im Gänsemarsch und warfen dabei immer wieder wachsame Blicke an den rauhen Wänden empor. Ein eisiger Windhauch wehte ihnen von den Berghöhen herab entgegen. Jair schauderte unter der Berührung. Doch nach den lähmenden Schrecknissen der Höhlen war ihm sogar dieses unangenehme Gefühl willkommen. Er konnte spüren, daß sie sich nun nicht weit von den Mauern von Graumark befanden. Graumark, der Maelmord und der Himmelsbrunnen – sie waren nun alle in unmittelbarer Nähe. Seine Suche war bald zu Ende, die lange Reise geschafft. Er empfand ein eigentümliches Bedürfnis, gleichzeitig zu weinen und zu lachen, doch seine Erschöpfung und die Schmerzen in seinem Körper ließen keines von beidem zu.

Der Engpaß führte immer weiter in den Fels. Jairs Gedanken schweiften umher. Wo war Brin? Der Kristall hatte ihnen ihr Gesicht gezeigt. Er hatte jedoch nichts darüber verraten, wo sie sich befand. Von grauem Nebel und Düsternis war sie in einer trostlosen, verlassenen Gegend umgeben. Vielleicht ein ähnlicher Durchgang wie der ihre? Befand auch sie sich in diesem Gebirge?

»Du mußt den Himmelsbrunnen erreichen, ehe deine Schwester den Maelmord betritt«, hatte der König vom Silberfluß ihn gewarnt. »Du mußt dort sein, um ihr zu helfen.«

Er stolperte und wäre beinahe gefallen, als seine Aufmerksamkeit von der direkt bevorstehenden Aufgabe in Anspruch genommen wurde. Er richtete sich hastig wieder auf und schob die Kristallkugel in sein Hemd zurück.

»Paß auf«, flüsterte Edain Elessedil neben ihm. Jair nickte und ging weiter.

Vorahnungen stiegen in ihm auf. Eine ganze Gnomen-Armee bewachte die Zinnen und Türme von Graumark. Mordgeister wanderten durch seine Hallen. Möglicherweise lagen noch finsterere Wesen auf der Lauer, die gegen solche Eindringlinge wie sie Wache hielten. Sie waren nur zu sechst. Welche Chance hatten sie gegen so viele und solche Macht? Geringe, sollte man meinen; und hätte die Aufgabe dem Talbewohner auch völlig aussichtslos erscheinen müssen, tat sie das doch nicht. Vielleicht war es die Zuversicht, die der König vom Silberfluß damit zum Ausdruck gebracht hatte, daß er ihn zu seiner Mission erwählte – ein Beweis für den Glauben des alten Mannes, daß Jair in der Lage wäre, einen Weg zum Erfolg zu finden. Vielleicht war es auch seine eigene Entschlossenheit, seine Willensstärke, die nicht zulassen würde, daß er scheiterte.

Er schüttelte sachte den Kopf. Vielleicht. Aber es war auch das Wesen der fünf Männer, die sich entschlossen hatten, ihn zu begleiten, und die ihm Beistand leisteten. Es lag an Garet Jax, Spinkser, Foraker, Edain Elessedil und Helt – die aus allen Vier Ländern zu diesem letzten, schrecklichen Kampf zu einer rätselhaften Mischung von Kraft und Mut zusammengekommen waren. Zwei Fährtensucher, ein Jäger, ein Waffenmeister und ein Elfenprinz hatten die unterschiedlichsten Lebenswege hinter sich gebracht, um an diesem Tag dabeizusein, und vielleicht würde kein einziger sein Ende miterleben. Aber da waren sie. Ihre Bindung an Jair und das Vertrauen, das ihm geschenkt worden war, überstiegen Vorsicht und Vernunft, die sie ansonsten vielleicht veranlaßt hätten, der offenkundigen Gefahr für ihr Leben mehr Beachtung zu schenken. Das galt sogar für Spinkser. Der Gnom hatte sich auf Canaal entschieden, als er seine Gelegenheit, nach Norden ins Grenzland zu flüchten und sein altes Leben wieder aufzunehmen, nicht wahrgenommen hatte. Sie alle fühlten sich verpflichtet, und in dieser Verpflichtung lag die Einigkeit, die fast unüberwindlich schien. Jair wußte wenig von seinen Gefährten. Doch eines wußte er mit Sicherheit, und das genügte: Was immer ihm an diesem Tag widerfahren sollte, die anderen würden ihm beistehen.

Vielleicht war das der Grund, daß er keine Angst hatte.

Der Hohlweg vor ihnen wurde wieder breiter, und Sonnenschein ergoß sich von einem neuen, verbreiterten Himmelsstreifen. Garet Jax verlangsamte seinen Schritt, bückte sich wieder und schlich weiter. Ein magerer Arm winkte die anderen hinter sich. An den Felsen geduckt krochen sie weiter, bis sie sich auf seiner Höhe befanden.

»Da!« flüsterte er und deutete nach oben.

Es war Graumark. Jair wußte es sofort, ohne daß man es ihm hätte sagen müssen. Die Festung lag hoch auf der Oberfläche einer Klippe, die im Bogen von ihnen wegführte. Sie war auf einem breiten Felssims errichtet, das weit in den mittäglichen Himmel hinausragte. Es war ein finsterer, massiger Bau. Zinnen, Türme und Wehrgänge, die wie Stacheln und stumpfe Axtköpfe in das wolkenlose Blau stießen, erhoben sich auf Steinquadermauern in mehr als hundert Metern Höhe. Keine Wimpel flatterten von den Turmpfosten; keine Flaggen zierten die Fensterflügel. Die ganze Festung wirkte öde und grau, selbst im strahlenden Sonnenschein; der Stein war von stumpfem, aschgrauem Ton. Die wenigen Fenster waren schmale, enge Öffnungen mit Gittern und hölzernen Läden davor. Ein einziger, schmaler Weg wand sich an der Bergwand empor – kaum mehr als ein ins Gestein gemeißeltes Sims – und endete an einem hohen, eisenbeschlagenen Flügeltor vor dem Gebäudekomplex. Das Tor war verschlossen.

Sie musterten schweigend die Festung. Nirgendwo ließ sich jemand sehen. Nichts regte sich.

Dann erblickte Jair den Croagh. Er konnte nur Teile des zerklüfteten Steinbogens sehen, der fast mit den Türmen und Wehrgängen des Bauwerks zu verschmelzen schien und sich hinter Graumark erhob. Er wand sich wie eine Freitreppe um sich selbst und schraubte sich himmelwärts, bis er hoch auf einem einsamen Gipfel endete, der die anderen ringsum weit überragte.

Jair faßte nach Spinksers Arm und wies auf den Gipfel und das schmale Felsband, das zu ihm hinaufführte.

»Ja, Junge – der Croagh und der Himmelsbrunnen.« Der Gnom nickte. »Sie zu suchen, hat der König vom Silberfluß dich losgeschickt.«

»Und der Maelmord?« fragte Jair schnell.

Spinkser schüttelte den Kopf. »Der liegt auf der anderen Seite der Burg, umgeben von einem Felsring. Dort nimmt der Croagh seinen Anfang, führt zunächst um Graumark herum und dann weiter hinauf.«

Sie schwiegen wieder und beobachteten die Festung. »Scheint keiner hier zu sein«, murmelte Helt nach einer Weile.

»Das ist genau der Eindruck, den die vermitteln wollen, die dort auf der Lauer liegen«, bemerkte Spinkser trocken und hockte sich auf die Fersen zurück. »Außerdem ziehen die Wandler die Dunkelheit vor. Sie ruhen die meiste Zeit tagsüber und gehen nachts um. Selbst die Gnomen, die ihnen hier dienen, nehmen nach kurzer Zeit diesen Lebensstil an und lassen sich bei Tageslicht nicht sehen. Aber täusche dich nicht. Die sind dort drinnen, Grenzländer – die Wandler wie die Gnomen. Und auch noch ein paar andere Wesen.«

Garet Jax studierte den Bergpfad, der zum Tor der Feste führte. »Auf diesem Weg würden sie uns wohl erwarten.« Er sprach mehr zu sich selbst als zu den anderen. »Auf dem Weg oder bei einer Kletterpartie an der Bergwand.« Er schaute nach links, wo das schmale Sims, auf dem sie standen, sich zwischen den Felsen wand und durch ein schmales Tunnel in den Bergen verschwand. »Auf diesem Weg vielleicht aber nicht.«

Spinkser ergriff seinen Arm. »Der Tunnel mündet in eine Reihe von Gängen, die hinauf in die Kellerräume der Festung führen. Diesen Weg werden wir nehmen.«

»Wachen?«

Spinkser zuckte mit den Schultern.

»Mir wäre wohler, wenn wir uns von außen an den Croagh heranschleichen könnten«, murmelte Foraker. »Ich habe genug von Höhlen und Tunnels.«

Der Gnom schüttelte den Kopf. »Nicht zu machen. Der einzige Zugang zum Croagh führt durch Graumark – direkt zwischen den Wandlern und allen hindurch, die ihnen dienen.«

Foraker murrte. »Was meinst du, Garet?«

Garet Jax studierte weiter die Festung und die Felwände, die sie umgaben. Sein mageres Gesicht zeigte keinerlei Ausdruck. »Kennt Ihr den Weg gut genug, um uns unbeschadet hindurchzuführen, Gnom?« fragte er Spinkser knapp.

Spinkser warf ihm einen finsteren Blick zu. »Ihr verlangt eine Menge. Ich kenne ihn, aber nicht gut. Habe ihn ein- oder zweimal passiert, als ich zum ersten Mal hierhergebracht wurde, ehe diese ganze Sache begann . . .«

Er verstummte plötzlich, und Jair begriff, daß er daran dachte, wie er sich entschlossen hatte, in seine Heimat zu seinen Leuten zurückzukehren, und von den Wandlern auf Allanons Spur gehetzt wurde. Er erinnerte sich und bedauerte vielleicht für einen Augenblick, welche Entwicklung er die Dinge hatte nehmen lassen.

»Das ist ja schon ganz gut«, sagte Garet Jax leise und setzte sich in Bewegung.

Er führte sie durch die Felsen hinab zu der Stelle, wo der Steig in den Tunnel mündete. Dort, wo sie von Graumark aus nicht zu sehen waren, im Schutz massiver Findlinge, winkte er sie dicht zu sich heran.

»Schlafen die Wandler immer, solange es hell ist?« erkundigte er sich bei Spinkser. Es war eng und heiß zwischen den Felsbrocken, und auf seiner Stirn stand ein dünner Schweißfilm.

Der Gnom blickte nachdenklich drein. »Wenn Ihr mich fragt, ob wir uns lieber jetzt als bei Dunkelheit hineinschleichen sollten, würde ich sagen, ja.«

»Falls genügend Zeit bleibt«, warf Foraker ein. »Mittag ist vorüber, und in den Bergen wird es früh dunkel. Wir sollten vielleicht besser bis morgen warten, wenn wir den ganzen Tag zur Verfügung haben. Zwölf Stunden mehr oder weniger können schließlich keinen so gewaltigen Unterschied ausmachen.«

Einen Augenblick lang herrschte Stille. Jair schaute hoch, und seine Augen suchten die zerklüftete Felswand ab. Zwölf Stunden mehr? Ein quälender Verdacht zerrte mahnend an seinen Gedanken. Wie weit war Brin inzwischen gekommen? Noch einmal hörte er die Worte des Königs vom Silberfluß. »Du mußt den Himmelsbrunnen erreichen, ehe deine Schwester den Maelmord betritt.«

Er drehte sich rasch zu Garet Jax um. »Ich weiß nicht, ob wir noch zwölf Stunden Zeit haben. Ich muß sehen, wo Brin sich aufhält, um sicher zu sein. Ich muß den Kristall noch einmal benutzen – und ich denke, daß ich das am besten sofort mache.«

Der Waffenmeister zögerte und stand dann auf. »Nicht hier. Kommt in die Höhle.«

Sie schlüpften durch die dunkle Öffnung und ertasteten sich den Weg in die Dunkelheit. Dort warteten die anderen dicht zusammengedrängt geduldig, während Jair unter seinem Kittel nach der Kristallkugel suchte. Er fand sie sogleich und zog sie an der Silberkette heraus. Er nahm sie zärtlich zwischen beide Hände, befeuchtete die Lippen und kämpfte gegen die Erschöpfung an, die ihn zu überwältigen drohte.

»Sing sie an!« hörte er Edain Elessedil ihn leise ermutigen.

Er sang, seine Stimme klang leise und flüsternd und war noch geschwächt von den Anstrengungen, denen er sie ausgesetzt hatte, um die Gruppe sicher durch die Höhlen der Nacht zu geleiten. Der Kristall glühte auf, und das Licht breitete sich aus …

Brin hielt in der Dunkelheit des Tunnels, durch den sie sich schlich, kurz inne. Sie hatte plötzlich das Gefühl, beobachtet zu werden, von Augen, die ihr folgten. Es war wie damals beim Eintritt und Austritt der Drachenzähne – als beobachte sie jemand aus großer Ferne.

Sie zögerte, ihre Gedanken erstarrten, und eine blitzartige Einsicht flüsterte ihr zu: Jair! Es war Jair! Sie atmete tief ein, um sich zu fassen. Es gab keinen logischen Grund für eine solche Schlußfolgerung – und doch war sie da. Aber wie war das möglich? Wie sollte ihr Bruder ...?

Im Tunnel hinter ihr bewegte sich etwas.

Sie hatte vom Weg draußen schon ein Stück zurückgelegt, das sie langsam und behutsam mit Hilfe von Coglines Fackel durch die Dunkelheit bewältigt hatte. Die ganze Zeit über hatte sie kein Lebewesen gehört oder gesehen. Sie war so weit gekommen, ohne anderes Leben zu fühlen, daß sie sich allmählich schon fragte, ob es vielleicht ein Irrtum gewesen war, diesen Gang zu nehmen. Aber nun regte sich da endlich etwas – nicht vor ihr, wie erwartet, sondern hinter ihr. Sie drehte sich vorsichtig um, das Gefühl, beobachtet zu werden, war sofort vergessen. Sie streckte die Fackel von sich und fuhr erschreckt zurück. Große, leuchtende Augen blinzelten ihr aus der Dunkelheit entgegen. Dann schob sich ein massiger Kopf mit langen Schnurrhaaren in den Lichtkreis.

»Wisper!«

Sie stieß den Namen der Moorkatze mit einem erleichterten Aufseufzen hervor und ging in die Knie, als das Tier zu ihr trat und zur liebevollen Begrüßung seinen breiten Kopf an ihrer Schulter rieb.

»Wisper, was machst du denn hier?« murmelte sie, als der Kater sich auf seine Hinterläufe niederließ und sie ernst anschaute.

Natürlich konnte sie die Antwort auf diese Frage schnell genug erraten. Als die anderen ihre Abwesenheit bemerkten, waren sie zur Steinbrücke zurückgekehrt. Da sie selbst ihr nicht weiter folgen konnten, hatten sie Wisper hinterhergeschickt. Oder vielmehr hatte Kimber Wisper losgeschickt, denn der Kater gehorchte nur dem

Mädchen. Brin streckte die Hand aus und kraulte die Ohren des Katers. Es mußte Kimber schwergefallen sein, sich von Wisper zu trennen – so nahe, wie sie sich standen, und so viel Vertrauen, wie das Mädchen in ihn setzte. Wie es ihrem Wesen entsprach, hatte sie sich entschlossen, ihrer Freundin die Kraft der Moorkatze zur Verfügung zu stellen. Tränen traten in die Augen des Talmädchens, und sie schlang die Arme um das Tier.

»Danke, Kimber!« flüsterte sie.

Dann stand sie auf, streichelte den Kater einen Augenblick und schüttelte sachte den Kopf. »Aber ich kann dich doch nicht mitnehmen, oder? Ich kann niemanden mitnehmen. Es ist viel zu gefährlich, sogar für dich. Ich habe mir geschworen, daß niemand das Schicksal teilen soll, das mich erwartet, und das gilt auch für dich. Du mußt umkehren.«

Die Moorkatze blieb sitzen und blinzelte sie an.

»Nun geh schon. Du mußt zurück zu Kimber. Geh, Wisper!«

Wisper rührte sich keinen Zentimeter. Er blieb einfach sitzen und wartete.

»So.« Brin schüttelte wieder den Kopf. »Du bist wohl genauso starrsinnig wie deine Herrin.«

Ihr blieb keine Wahl; sie benutzte das Wünschlied. Sie sang dem Kater leise vor, hüllte ihn fest in Worte und Melodie und sagte ihm, daß er umkehren mußte. Mehrere Minuten lang sang sie mit sanftem Drängen, das nicht wehtun sollte. Als sie zu Ende war, erhob Wisper sich, tappte den Korridor zurück und verschwand in der Dunkelheit.

Brin sah ihm nach, bis er außer Sicht war, drehte sich dann um und ging weiter. Augenblicke später begann die Dunkelheit etwas weniger undurchsichtig zu werden, und es wurde etwas heller. Der Gang, der die ganze Zeit über schmal und nieder gewesen war, verbreiterte und vergrößerte sich innerhalb von Sekunden, so daß der schwache Schein ihrer Fackel nicht mehr an Wände und Decke reichte. Doch nun schien vorne Licht, das ihres überflüssig machte, und erfüllte den Tunnel mit staubiger, grauer Helligkeit. Es war die

Sonne. Irgendwo ganz in der Nähe führte der Tunnel wieder in die Außenwelt.

Sie eilte weiter und ließ Coglines flammenlose Fackel neben sich herabsinken. Der Gang stieg an, und eine aus dem Felstunnel gehauene Treppe führte weit vorne in eine riesenhafte, offene Höhle. Sie schritt schnell die Stufen empor, alle Müdigkeit war vergessen, und sie fühlte, daß sie fast am Ziel ihrer Reise angelangt war. Sonnenlicht ergoß sich in die Höhle über ihr, und in den breiten, silbernen Strahlen wirbelten Staub- und Sandpartikel herum, die wie kleine Lebewesen tanzten und kreisten.

Dann erreichte sie die letzte Stufe, trat aus dem Tunnel auf das breite Felssims dahinter und blieb stehen. Vor ihr überspannte eine weitere Felsbrücke einen zweiten Abgrund, von doppeltem Ausmaß wie der erste, zerklüftet und steinig. Er fiel Hunderte von Metern zu einer so tiefen Schlucht hinab, daß selbst die Sonnenstrahlen, die durch die Risse in der Höhlendecke schienen, die Dunkelheit nicht zu durchdringen vermochten. Brin spähte hinab und zog die Nase angesichts des Gestanks kraus, der daraus aufstieg. Selbst mit Coglines Salbe zur Betäubung ihres Geruchssinns wurde ihr übel. Was immer am Grund der Grube liegen mochte, es war weit schlimmer, als was durch die Kanalisation von Graumark gespült wurde.

Sie schaute über die Felsbrücke, was sie drüben erwartete. Die Höhle führte viele Meter in den Berg hinein und mündete dann in einen kurzen, hohen Tunnel. Doch es war eher eine Nische als ein Tunnel, dachte sie – handgehauen, gemeißelt und geglättet, und komplizierte Muster waren in den Stein geritzt. Dahinter auf der anderen Seite strömte Licht herab, und der Himmel dehnte sich in verwaschenem, dunstigem Grün.

Sie schaute genauer hin. Nein, das war nicht der Himmel, der sich da erstreckte. Es war die nebelverhangene Wand eines Tales.

Es war der Maelmord.

Sie wußte es instinktiv, als hätte sie ihn im Traum gesehen und sich das Bild eingeprägt. Sie konnte seine Berührung fühlen und sein Flüstern vernehmen.

Sie huschte auf die Brücke, einen hochgewölbten Übergang von etwa acht Metern Breite mit ins Gestein gehauenen Geländerpfosten, die mit Ketten verbunden waren. Sie ging rasch weiter, passierte den Gipfel des Bogens und lief auf der anderen Seite hinab.

Sie hatte die Brücke schon fast überquert, als plötzlich aus einem tiefen Spalt im Höhlenboden keine fünf Meter vor ihr eine schwarze Gestalt in die Höhe schoß.

Cogline brummelte gereizt vor sich hin und kam, dicht gefolgt von Rone und Kimber, schlurfend zum Stehen. Vor ihnen gabelte sich der Abwasserkanal in zwei völlig gleich aussehende Tunnel. Es gab keinerlei Hinweis, welchen der beiden Wege zu einem unbekannten Ziel Brin nun eingeschlagen hatte. Nichts ließ darauf schließen, welcher der richtige war.

»Also, welchen nehmen wir?« wollte Cogline von Rone wissen.

Der Hochländer starrte ihn an. »Wißt Ihr es denn nicht?«

Der alte Mann schüttelte den Kopf. »Keine Ahnung. Entscheide du.«

Rone zögerte, wandte den Blick ab und schaute schließlich wieder hin. »Ich kann nicht. Schaut, vielleicht ist es gleichgültig, welchen wir nehmen. Vielleicht führen beide zum gleichen Ort.«

»Abflußkanäle führen zwar *zu* dem gleichen Ort, aber kommen nicht *vom* gleichen Ort! Das weiß jeder Dummkopf!« schnaubte der Greis verächtlich.

»Großvater!« tadelte Kimber ihn scharf.

Sie schob sich zwischen die beiden, musterte die Tunnel nacheinander und betrachtete genau die schwarzen Abwässer, die durch die in jeden eingeschnittenen Kanal strömten. Schließlich trat sie zurück und schüttelte langsam den Kopf.

»Ich kann euch nicht helfen«, gestand sie, als hätte sie irgendwie dazu in der Lage sein müssen. »Ich habe keine Ahnung, wohin die beiden führen. Mir kommen sie völlig gleich vor.« Sie schaute zu Rone hinüber. »Du wirst dich entscheiden müssen.«

Sie starrten einander einen Augenblick wie versteinert an. Dann nickte Rone langsam. »In Ordnung – wir gehen nach links.« Er trat an ihnen vorüber. »Zumindest scheint der Tunnel zu dem Abgrund zurückzuführen.«

Er eilte mit ausgestreckter flammenloser Fackel und finsterer Miene in den Gang der Kanalisation. Kimber und Cogline warfen einander einen raschen Blick zu und hasteten hinterdrein.

Das schwarze Wesen erhob sich aus dem Schlitz im Höhlenboden wie ein aus einer nächtlichen Traumwelt erwachter Geist und duckte sich vor der Brücke nieder. Es hatte menschliches Aussehen, war aber so unbehaart und glatt wie aus dunklem Ton geformt. Es beugte sich vornüber, bis es auf seinen langen Unterarmen schaukelte, und war in dieser Haltung doch immer noch größer als Brin. Seine Gliedmaßen und sein Rumpf wirkten eigentümlich formlos, als ob es den Muskeln darunter an Konturen fehlte – oder als ob gar keine Muskeln vorhanden wären und es sich um gar kein Wesen aus Fleisch und Blut handelte. Blicklose, tote Augen hoben sich auf der Suche nach den ihren, und ein ebenso ausgefranster und schwarzer Mund wie die Haut des Geschöpfs öffnete sich zu einem tiefen, tonlosen Zischen.

Das Talmädchen erstarrte. Es gab keine Möglichkeit, dem Geschöpf auszuweichen. Es war hier eindeutig postiert, um die Brücke zu bewachen, und nichts käme an ihm vorüber. Vermutlich hatten die Mordgeister es mit Schwarzer Magie geschaffen – es geschaffen oder aber es aus einer zeitlosen Unterwelt heraufbeschworen wie den Jachyra.

Das schwarze Ungeheuer trat langsam und sicher einen Schritt nach vorn und begaffte sie aus toten Augen. Brin zwang sich, nicht von der Stelle zu weichen. Sie hatte keine Möglichkeit herauszufinden, wie gefährlich dieses Wesen war, aber sie ahnte, daß es ziemlich bedrohlich sein mußte und über sie herfallen würde, wenn sie sich umdrehte oder zurückwich.

Die Kreatur riß das schwarze Maul weit auf, und sein Zischen erfüllte die Stille. Brin wurde es eiskalt. Sie wußte, was als nächstes geschähe. Und das hieß, daß sie wieder einmal das Wünschlied würde anwenden müssen. Sogleich schnürte sich ihr die Kehle zu. Sie wollte den Elfenzauber nicht anwenden, aber sie durfte dieses Ungeheuer nicht an sich heranlassen, selbst wenn das bedeutete ...

Unvermittelt griff das unheilvolle Wesen dann an, indem es von seiner Halbhocke aus losstürzte. Die Schnelligkeit des Monsters überraschte sie. Sie wirkte geradezu hypnotisch auf sie. Das Wünschlied blieb ihr im Hals stecken, wo ihre Unentschlossenheit es gefrieren ließ. Der Augenblick hing in der Schwebe wie ein Knoten im Faden der Zeit, und sie wartete, daß die Wucht des Aufpralls sie träfe.

Doch zu diesem Aufprall sollte es niemals kommen. Etwas schoß blitzschnell an ihr vorüber, so daß sie die Bewegung nur verschwommen wahrnehmen konnte, erwischte das schwarze Wesen mitten im Sprung und schleuderte es zurück. Brin stolperte fort und fiel auf die Knie. Es war Wisper! Der Bann des Wünschliedes war nicht stark genug gewesen, den Befehl seiner Herrin aufzuheben; Wisper hatte den Zauber abgeschüttelt und war ihr gefolgt.

Die Kämpfenden gingen in wildem Durcheinander zu Boden und rissen mit Zähnen und Klauen aneinander. Das schwarze Ungeheuer war völlig überrumpelt, denn es hatte nur das Mädchen gesehen. Es fauchte wütend und versuchte, die Moorkatze von seinem Rücken abzuschütteln, wo das große Tier sich mit todbringendem Griff festklammerte. Sie überschlugen sich immer wieder über die ganze Länge der Brücke, und die Kiefer der Moorkatze rissen an Hals und Schultern des Monsters, während die massige, schwarze Gestalt sich zusammenkrümmte und zuckend um sich schlug.

Brin erstarrte unentschlossen einige Meter entfernt mitten auf der Brücke. Sie mußte etwas unternehmen, sagte sie sich. Schließlich ging es hier nicht um Wispers Kampf, sondern um den ihren. Sie wich angesichts dieses Aufeinanderpralls zurück, und ein leiser Schrei entfuhr ihr, als die beiden so nahe an das Geländer herankamen, daß die Eisenketten klirrten. Sie mußte helfen. Aber wie sollte sie. Sie besaß keine Waffe außer dem Wünschlied, und sie konnte den Zauber einfach nicht anwenden! Sie konnte einfach nicht!

Sie war überrascht über die Unerschütterlichkeit ihres Entschlusses. Sie konnte das Wünschlied nicht einsetzen ... weil ... Zorn und Angst durchströmten sie und vermischten sich mit Verwirrung, die sie handlungsunfähig machte. Warum? Die Frage war ein wütender Aufschrei in ihrem Innern. Was war nur mit ihr los?

Dann setzte sie sich unvermittelt in Bewegung, ging vorsichtig zur gegenüberliegenden Seite der Brücke fernab von den Kämpfenden. Sie hatte ihre Entscheidung getroffen. Sie würde flüchten. Sie war es, hinter der das schwarze Wesen her war. Wenn es sie laufen sähe, würde es ihre Verfolgung aufnehmen. Und wenn sie schnell genug war, würde sie vielleicht vor ihm den Maelmord erreichen ...

Sie blieb stehen. Vor sich, wo der Höhlenboden sich in die gewölbte Öffnung erstreckte, sah sie etwas Neues aus dem rissigen Gestein auftauchen.

Ein zweites Ungeheuer!

Sie blieb völlig regungslos. Der offene Durchgang zum Tageslicht und dem Tal dahinter lag zu weit entfernt – und das schwarze Wesen stand direkt in ihrem Fluchtweg. Da kam es auch schon auf sie zu. Es erhob sich vom Stein und kroch dann mit weit aufgerissenem schwarzen Rachen auf die Brücke zu. Brin wich zurück. Diesmal mußte sie sich selbst verteidigen. Furcht und Ungewißheit durchströmten sie schmerzlich. Sie mußte das Wünschlied anwenden. Sie mußte!

Das schwarze Ungeheuer fauchte und streckte die Klauen nach ihr aus. Wieder fühlte sie den Knoten, der sich in ihrer Kehle bildete.

Und wieder war es Wisper, der sie rettete. Der Kater riß sich von dem ersten Wesen los, wirbelte herum und warf sich kraftvoll gegen das andere, daß es von dem Mädchen fortgeschleudert wurde. Wisper rappelte sich hoch und stellte sich seinem neuen Widersacher. Das schwarze Ungeheuer stürzte sich mit heiserem Heulen und einem hohen Satz durch die Luft auf ihn. Aber Wisper war zu schnell. Der Kater wich geschickt zur Seite aus und schlug mit der

Pranke nach dem entblößten Unterleib seines Angreifers. Fetzen dunklen Fleischs wurden herausgerissen, doch das Monster gab nicht nach. Es befreite sich mit einem mächtigen Sprung und starrem Blick in den toten Augen.

Nun bekam das zweite Wesen Unterstützung vom ersten. Vorsichtig begannen sie, der Moorkatze näherzurücken. Wisper zog sich achtsam etwas zurück und hielt sich vor Brin; er sträubte sein dickes Fell, bis er fast doppelt so dick wie gewöhnlich aussah. Auf alle viere niedergeduckt täuschten die schwarzen Wesen schnelle Angriffe vor und bewegten sich mit einer Geschmeidigkeit von einer Seite zur anderen, die ihr plumpes Aussehen Lügen strafte. Gezielt machten sie sich auf die Suche nach einer Lücke in der Abwehr der Riesenkatze. Wisper hielt stand und ließ sich nicht zu einer unbedachten Reaktion verleiten. Dann stürzten sich beide Geschöpfe gleichzeitig auf ihn, und Zähne und Klauen rissen tiefe Furchen in Fell und Haut. Wisper wurde gegen die Ketten des Brückengeländers zurückgeschleudert und durch ihren wütenden Angriff dort fast eingekeilt. Doch er befreite sich mit einem Satz, wobei er heftig mit den Pranken nach den schwarzen Ungeheuern schlug und seinen Haß auf sie hinausschrie.

Sie begannen wieder um ihn zu kreisen. Wisper, in dessen glattem grauen Fell das Blut dunkle Streifen zog, rutschte zurück in seine kauernde Abwehrstellung. Die Angreifer hatten ihn gegen das Brükkengeländer und weg von Brin gedrängt. Sie beobachteten das Mädchen nun gar nicht, ihre leblosen Augen waren auf die Katze gerichtet. Brin sah, was sie vorhatten. Sie würden sich noch einmal auf Wisper stürzen, und diesmal würden die Ketten der Wucht ihres Angriffs nicht standhalten. Die Moorkatze würde über den Rand gestoßen werden und in den Tod stürzen.

Wisper schien ebenfalls zu begreifen, was geschah. Er griff an und versuchte sich mit Finten an den Rand zu schleichen und wieder zur Mitte der Brücke zu gelangen. Doch die Ungeheuer schafften es mit schnellen Manövern, ihm den Weg abzuschneiden, so daß er am Geländer in der Falle saß.

Brin Ohmsford zog sich vor Furcht die Kehle zusammen. Diesen Kampf konnte Wisper nicht gewinnen. Diese Geschöpfe waren zuviel für ihn. Er hatte beiden Wunden zugefügt, durch die sie schwer verletzt hätten sein müssen, doch sie schienen dadurch nicht im geringsten beeinträchtigt. Ihr Fleisch hing in Fetzen herab, doch sie bluteten nicht. Sie waren ungeheuer stark und schnell – stärker und schneller als alles, was diese Welt hervorbrachte. Sie waren offensichtlich Geschöpfe der schwarzen Magie und nicht der Natur.

»Wisper«, hauchte sie, und ihre Stimme klang spröde und trocken.

Sie mußte ihn retten. Niemand anders war dazu in der Lage. Sie besaß das Wünschlied und seine Zauberkraft. Sie konnte es einsetzen, um diese Geschöpfe zu vernichten, um sie so sicher auszulöschen wie ...

Die verwachsenen Bäume im Runne-Gebirge ...

Die Psyche der Diebe vom westlichen Bogengrat ...

Den zerschmetterten Gnomen ...

Tränen rannen ihr die Wangen herab. Sie konnte es nicht! Etwas schob sich zwischen ihren Willen und die Ausführung, hielt sie von ihrem angestrebten Ziel zurück und ließ sie starr vor Unentschlossenheit stehen. Sie mußte ihm helfen, aber sie war nicht dazu in der Lage!

»Wisper!« kreischte sie.

Die schwarzen Wesen fuhren hoch und drehten sich halb herum. Unvermittelt landete Wisper einen Scheinangriff, der sie auf der Stelle erstarren ließ, wirbelte dann heftig nach rechts, sammelte seine Kräfte und setzte mit einem gewaltigen Sprung über beide hinweg. Die Moorkatze landete auf allen vieren und raste auf die Mitte der Brücke zu, wo Brin stand. Die schwarzen Monster waren sogleich hinter ihm her, fauchten vor Wut und rissen an seinen Flanken, um ihn zu Boden zu zerren.

Keine fünf Meter von Brin entfernt gelang es ihnen schließlich. Alle drei kullerten in wildem Durcheinander von Zähnen und Klauen über den Weg. Ein paar verzweifelte Sekunden hielt Wisper beide in Schach. Dann warf der eine sich auf seinen Rücken, und der andere riß sich los. Er stürzte an der kämpfenden Katze vorüber auf Brin zu. Das Talmädchen warf sich zur Seite flach über die Brücke. Wisper brüllte auf. Mit letzter Kraft setzte er zum Sprung gegen Brins Angreifer an, wobei die andere Kreatur sich immer noch wie eine riesenhafte Spinne an seinen Rücken klammerte. Die Wucht seines Sprungs warf alle drei gegen die Brüstung der Brücke. Eisenglieder brachen wie Reisig, und die schwarzen Wesen zischten triumphierend, als Wisper von der Brücke auf den Abgrund zuzurutschen begann.

Brin kam auf die Knie hoch, ein Aufschrei von Wut und Entschlossenheit entriß sich ihrer Kehle. Die Schranken, die sie zurückhielten, fielen, Unentschlossenheit und Unsicherheit zerbrachen, ihr Ziel lag frei. Sie sang schnell und heftig, und der Klang des Wünschliedes erfüllte die Höhen und Tiefen des Höhlengesteins. Das Lied war unheilvoller als alle bisher gesungenen, es war ein neuer und schrecklicher Klang voll von wütender Raserei, die alles, dessen sie sich selbst für fähig gehalten hätte, überstieg. Es stieß wie ein eiserner Rammbock in die schwarzen Ungeheuer. Sie wurden von seiner Wucht zurückgeschleudert, und ihre leblosen Augen kippten nach innen. Wild um sich schlagend rissen die Bestien ihre schwarzen Rachen weit zu lautlosem Schrei auf und wurden von Wisper fortgestoßen, fort von der sicheren Brücke und hinab in die Leere. Zukkend wie windgepeitschte Blätter stürzten sie in den Abgrund und waren verschwunden.

Das alles geschah innerhalb eines Augenblicks. Brin verstummte, ihr dunkelhäutiges, ausgezehrtes Gesicht war gerötet und erregt. Wieder empfand sie dieses seltsame, plötzliche Gefühl gehässigen Triumphs – diesmal aber stärker, viel stärker. Es loderte wie Feuer durch sie hindurch. Sie konnte ihre Erregung kaum beherrschen. Sie hatte die schwarzen Wesen fast mühelos vernichtet.

Und sie hatte es genossen!

Nun begriff sie, daß die Barriere, die sich zwischen ihren Willen und seine Ausführung geschoben hatte, von ihr selbst stammte – eine Beschränkung, die sie sich auferlegt hatte, um genau das zu verhindern, was gerade geschehen war. Nun existierte diese Schranke nicht mehr, und sie glaubte nicht, daß sie neu aufgebaut werden konnte. Sie hatte gefühlt, daß ihr die Kontrolle über die Magie entglitt. Sie hatte nicht verstanden, warum, nur daß es geschah. Jede Anwendung schien sie ein Stück mehr von sich entfernt zu haben. Sie hatte versucht, dem zu widerstehen, was da mit ihr geschah, doch ihre Bemühungen, auf die Anwendung des Zaubers zu verzichten, waren jedesmal vereitelt worden – fast als ob irgendein launisches Schicksal erzwungen hätte, daß sie die Magie einsetzen *mußte*. Als sie sie diesmal anwandte, hatte sie sie voll ausgekostet, und sie hatte nicht mehr das Gefühl, sich noch dagegen wehren zu können. Sie würde zu dem werden, was die Vorsehung bestimmt hatte.

Langsam und vorsichtig trottete Wisper zu der Stelle, wo sie auf den Knien lag, und stieß mit seiner dunklen Schnauze nach ihrem Gesicht. Sie schlang liebevoll die Arme um die große Katze, und Tränen liefen ihr die Wangen hinab.

Jair Ohmsfords Stimme verstummte mit abgehacktem Keuchen und mit ihr erstarb das Licht der Kristallkugel. Das Gesicht seiner Schwester war fort. Tiefe Stille erfüllte die plötzliche Düsternis, und die Gesichter der versammelten Männer waren bleich und angespannt.

»Das waren Mutens«, flüsterte Spinkser schließlich.

»Was?« Edain Elessedil, der neben ihm saß, schaute erschrocken drein.

»Diese schwarzen Wesen – so heißen sie – Mutens. Sie sind Geschöpfe der schwarzen Magie. Sie bewachen die Abflußkanäle unter Graumark ...« Der Gnom verstummte und schaute rasch zu Jair hinüber.

»Demnach ist sie da«, hauchte der Talbewohner mit trockenem Mund und fest um die Kristallkugel geschlossenen Händen.

Spinkser nickte. »Ja, Junge, sie ist da. Und näher an der Grube als wir.«

Garet Jax erhob sich schnell als schmaler, schwarzer Schatten. Die anderen rappelten sich ebenfalls hoch. »Es sieht aus, als hätten wir keine Zeit und keine andere Wahl, als jetzt hineinzugehen.« Selbst im Halbdunkel leuchteten seine Augen wie Feuer. Er streckte ihnen die Hände mit nach oben gewandten Innenflächen entgegen. »Reicht mir eure Hände.«

Einer nach dem anderen taten sie, wie ihnen geheißen. »So legen wir unser Gelübde ab«, erklärte er ihnen mit hartem, sprödem Unterton in der Stimme. »Der Talbewohner soll das Becken des Himmelsbrunnen erreichen, wie er es geschworen hat. Wir stehen in dieser Sache wie ein Mann zusammen, was immer auch geschieht. Wie ein Mann bis zum Schluß. Schwört es.«

Es trat betretene Stille ein. »Wie ein Mann«, wiederholte Helt mit seiner tiefen, freundlichen Stimme. »Wie ein Mann«, kam das Echo von den übrigen.

Die Hände sanken herab, und Garet Jax wandte sich an Spinkser. »Führe uns hinein!«

8

Sie schlichen wie die Geister, denen sie aus dem Weg zu gehen suchten, die Gebirgszugänge zu den Kellern unterhalb Graumark hinauf. Mit Hilfe von Fackeln, die sie in einer Nische am Tunneleingang aufgestapelt fanden, krochen sie durch die Finsternis und die Stille zum Kern der Bergfeste. Spinkser führte sie an; er hielt das derbe, gelbe Gesicht dicht an die Fackel gebeugt, und in seinen schwarzen Augen funkelte Angst. Er marschierte sicher und zielstrebig, und nur sein Blick verriet, was er sich selbst am liebsten nicht eingestanden hätte. Aber Jair sah es, erkannte es und empfand es als Spiegel dessen, was in ihm selbst verborgen ablief.

Er empfand ebenfalls Furcht. Die Vorahnung, die ihm zuvor solche Willensstärke verliehen hatte, war dahin. An ihre Stelle war Angst getreten, hemmungslose, schwer zügelbare Angst, die durch ihn hindurchströmte und ihm eisige Schauer über die Haut jagte.

Eigentümliche, bruchstückartige Bilder beherrschten sein Denken, während er sich mit den anderen seinen Weg durch den Felstunnel bahnte und der Geruch stickiger Luft und seines eigenen Schweißes in seine Nase drang: Gedanken an sein Zuhause in Shady Vale, an seine in alle Länder zerstreute Familie, an Freunde und vertraute Dinge, die er zurückgelassen und vielleicht verloren hatte, an die bedrückenden Dinge, die ihn quälten, an Allanon und Brin und was sie an diesem finsteren Ort zu dieser bösen Zeit zu suchen hatten. Alles geriet durcheinander und floß zusammen wie dem Wasser beigemischte Farben, und nichts von alledem ergab irgendeinen Sinn. Die Angst war es, die sein Denken so verwirrte, und er versuchte, sich dagegen zu stählen und seine Entschlossenheit wiederzuerlangen.

Die Hohlwege führten lange Zeit bergan, überschritten sich immer wieder und bildeten einen rätselhaften Irrgarten, in dem es keinen Anfang und kein Ende zu geben schien. Doch Spinkser machte niemals halt, sondern führte sie stetig weiter, bis sie schließlich eine breite, im Fels verankerte, eisenbeschlagene Tür erblickten. Sie traten auf sie zu und blieben so lautlos wie die Gänge, die sie hierhergeführt hatten, davor stehen. Jair duckte sich mit den anderen, als Spinkser ein Ohr an die Tür legte und lauschte. In der Stille seines Innern hörte er das Dröhnen seines Herzschlags.

Spinkser richtete sich auf und nickte einmal. Vorsichtig hob er den Riegel an, der die Tür verschlossen hielt, legte die Hände um den Eisengriff und zog. Die Tür schwenkte mit leisem Ächzen auf. Vor ihnen stieg eine Treppe an, die jenseits der Lichtkreise ihrer Fackeln in die Dunkelheit verschwand. Sie machten sich unter Spinksers Führung an den weiteren Aufstieg. Langsam und vorsichtig nahmen sie einen Schritt nach dem anderen und erklommen so allmählich die Stufen. Düsternis und Stille vertieften sich und schlangen sich dicht um sie. Der Treppenschacht endete und mündete oben in eine Tenne aus Steinquadern. Das leise Echo vom Scharren von jemandes Stiefeln auf der Treppe hallte droben rauh durch die Dunkelheit und verlor sich weit entfernt in der Stille. Jair schluckte seine aufkommenden Gefühle hinunter. Es war, als gäbe es da droben nichts als Finsternis.

Dann hatten sie die Treppe verlassen und waren von Dunkelheit umgeben. Wortlos blieben sie dicht bei dem Schacht stehen und spähten mit von sich gereckten Fackeln in die Düsternis. Das Licht reichte nicht bis an Wände und Decke, doch sie fühlten eindeutig, daß sie in einem so gewaltigen Gewölbe standen, daß sie sich wie Zwerge vorkamen. Am Rande des Lichtscheins ihrer Fackeln konnten sie die verdunkelten Umrisse von Kisten und Fässern ausmachen. Das Holz war trocken und faul, die eisernen Beschläge verrostet. Alles war von Spinngeweben überzogen, und über den Boden breitete sich eine dicke Staubschicht.

Doch in dem Staubteppich wiesen gespreizte Fußabdrücke darauf hin, daß hier ein eindeutig nicht-menschliches Wesen gegangen war. Was immer sich in die unteren Gefilde von Graumark gewagt haben mochte, es konnte noch nicht allzulange hier sein, dachte Jair fröstelnd.

Spinkser winkte sie weiter. Die Mitglieder der kleinen Gruppe schritten in die Dunkelheit, ertasteten sich von der offenen Treppe aus den weiteren Weg, wobei der Staub unter ihren Füßen aufgewühlt wurde und zu kleinen Wölkchen aufstiebte, um sich mit dem Licht ihrer Fackeln zu dunstigem Schein zu mischen. Unmengen von Vorratsgütern und vergessenen Lebensmitteln tauchten vor ihnen auf und verschwanden wieder. Und das Gewölbe nahm noch immer kein Ende.

Dann plötzlich führte die ganze Tenne um ein halbes Dutzend Stufen auf eine höhere Ebene und erstreckte sich von dort in die Dunkelheit. Sie stiegen dicht zusammengedrängt hinauf, gingen dann etwa zwanzig Meter weiter und gelangten in einen riesenhaften, gewölbten Korridor. Zu beiden Seiten erkannten sie verschlossene und verriegelte Eisentüren, als sie ihren Weg fortsetzten. Geschwärzte Fackelstumpen hingen in den Eisenhaltern, Ketten lagen in Haufen an den Wänden, und vielbeinige Insekten huschten von ihrem Licht ins schützende Dunkel davon. Ein Gestank, der in Wogen vom Kellergestein emporstieg, hinderte sie, frei zu atmen, und erstickte alle ihre Sinne.

Der Korridor endete an einem weiteren Treppenschacht, der diesmal wie eine aufgerollte Schlange nach oben führte. Spinkser machte sich nach einem kurzen Halt an den Aufstieg. Die anderen folgten ihm. Die Treppe wand sich zweimal um sich selbst und mündete dann auf einen weiteren Gang. Sie gingen diesen Tunnel mehrere Meter entlang bis zu der Stelle, wo er sich in zwei Richtungen gabelte. Spinkser führte sie nach rechts. Kurz darauf endete der Gang vor einer geschlossenen Eisentür. Der Gnom rüttelte am Riegel, zog vergeblich daran und schüttelte den Kopf. Besorgnis stand in seinem Gesicht, als er sich zu den anderen umdrehte. Er hatte ganz eindeutig gehofft, sie offen vorzufinden.

Garet Jax deutete mit einer unausgesprochenen Frage im Blick den Korridor hinab. Konnten sie umkehren und den anderen Weg einschlagen? Spinkser schüttelte langsam den Kopf, die Antwort war in seinen Augen zu lesen. Der Gnom wußte es nicht.

Sie verharrten zögernd und schauten sich an. Dann schob Spinkser sich vorbei und winkte den anderen, ihm zu folgen. Er brachte sie den Gang zurück zu der Abzweigung. Diesmal führte er sie nach links. Der zweite Korridor war länger und lief an Treppenaufgängen, in Finsternis gehüllten Nischen und zahlreichen Türen vorbei, die alle verschlossen und verriegelt waren. Der Gnom blieb einige Male unentschlossen stehen und setzte dann seinen Weg fort. Die Minuten vergingen, und Jair empfand wachsendes Unbehagen.

Dann endlich endete der Gang, diesmal vor zwei massiven Eisentoren, die so riesenhaft waren, daß Spinkser sich strecken mußte, um die Griffe zu fassen zu bekommen. Sie ließen sich mit überraschender Leichtigkeit betätigen, und der rechte Türflügel schwenkte lautlos auf. Die Mitglieder der kleinen Gruppe spähten vorsichtig hindurch. Hinter der Tür dehnte sich ein weiteres, mit Vorräten angefülltes Gewölbe. Doch hier lichtete sich das Dunkel ein wenig, wo es durch schwaches, graues Licht vertrieben wurde, das durch schmale Spalten in den Wänden kurz unterhalb der hohen Decke sickerte.

Spinkser wies auf die Schlitze und dann auf die gegenüberliegende Wand des Gewölbes, wo sich eine zweite verschlossene eiserne Flügeltür befand. Die anderen verstanden. Sie befanden sich in den Außenmauern von Graumark.

Unter der Führung Spinksers schlichen sie sich vorsichtig in den Raum. Hier lag kein Staub am Boden; keine Spinnennetze überzogen Kisten und Fässer. Der Gestank hing immer noch erstickend und beißend in der Luft, doch nun schien er ebenso von draußen hereingetragen wie von den Mauern umschlossen zu werden. Jair zog angeekelt die Nase kraus. Der Gestank könnte sie umbringen, bevor die finsteren Wesen sie aufspürten. Es stank so scheußlich wie ...

Etwas scharrte leise in der Dunkelheit auf der einen Seite; Garet Jax fuhr mit Dolchen in beiden Händen herum und stieß einen Schrei aus, um die anderen zu warnen.

Zu spät. Etwas Riesenhaftes, Schwarzes, Geflügeltes schien aus dem Schatten hervorzubrechen. Es erhob sich im Schummerlicht und spreizte den lederhäutigen Körper wie eine riesenhafte Fledermaus. Zähne und Klauen blitzten elfenbeinhell, und ein grelles Kreischen brach aus seiner Kehle. Es fiel so schnell über sie her, daß keine Zeit blieb, sich zu verteidigen. Es kam im Sturzflug heran, flog an den Anführern vorüber und schoß auf Helt zu. Es prallte mit wildem Geflatter gegen den Grenzländer, und sein Kreischen wurde zu einem furchterregenden Fauchen. Helt taumelte schreiend zurück, bekam das schwarze Ding dann mit beiden Händen zu fassen und schleuderte es so heftig von sich, daß es quer durch den Raum in einen Stapel Vorräte flog.

Garet Jax sprang hinzu, die Dolche flogen aus seinen Händen und nagelten das Ding an die Holzkisten. Spinkser war am anderen Ende des Raumes angelangt und hatte einen der eisernen Türflügel aufgezerrt. »Raus hier!« brüllte er.

Sie stürzten einer nach dem anderen aus der Kammer, bis schließlich alle draußen waren. Spinkser drückte die offene Tür mit einem Knurren zu und warf die Eisenriegel in ihre Verankerung. Zitternd sank er mit dem Rücken gegen die Tür.

»Was *war* das nur?« keuchte Foraker mit grimmig zusammengezogenen buschigen Brauen und mit von einem Schweißfilm glänzendem Gesicht.

Der Gnom schüttelte den Kopf. »Ich weiß es nicht. Etwas, das sich die Wandler mit schwarzer Magie geschaffen haben – vielleicht eine Art Wächter.«

Helt war auf ein Knie niedergesunken und hielt die Hände vors Gesicht. Blut sickerte in dünnen, scharlachroten Rinnsalen zwischen seinen Fingern hervor. »Helt!« flüsterte Jair und ging auf ihn zu. »Helt, du bist verletzt ...«

Der Grenzländer hob langsam den Kopf. Böse Kratzer zerschnitten sein Gesicht. Ein Auge war angeschwollen und begann sich zu schließen. Er betupfte die Wunden mit seinem Hemdärmel und winkte den Talbewohner zurück. »Nein, es sind bloß ein paar Schrammen. Nichts Schlimmes.«

Doch er zuckte vor Schmerzen zusammen. Unter Mühe kam er auf die Beine und stützte sich gegen die Wand. In seinen Augen stand ein unruhiger Blick.

Spinkser stand wieder aufrecht und schaute sich geheimnisvoll um. Sie befanden sich mitten auf einem schmalen Korridor, der auf der einen Seite zu einer geschlossenen Flügeltür, auf der anderen zu einem Treppenschacht führte, der ins Tageslicht mündete.

»Hier entlang!« winkte er und lief auf das Licht zu. »Beeilt euch – ehe etwas anderes uns entdeckt!«

Sie rannten alle hinter ihm her bis auf Helt, der noch immer an der Wand des Ganges lehnte. Jair schaute zurück und verlangsamte seine Schritte. »Helt?« rief er.

»Lauf weiter, Jair.« Der hünenhafte Mann tupfte immer noch Blut von seinem Gesicht. Dann stieß er sich von der Wand ab und setzte sich hinter ihnen her in Bewegung. »Nun geh weiter. Bleib dicht bei den anderen!«

Jair tat, wie geheißen, in dem Bewußtsein, daß der Grenzländer ihnen folgte, aber auch wohlwissend, daß ihm das äußerst schwerfiel. Irgend etwas stimmte ganz und gar nicht mit ihm.

Sie gelangten ans Ende des Korridors und stürmten die Stufen hinauf. Die gespenstische Stille der Festung wurde durch das Geräusch anderer Schritte und Stimmen durchbrochen, die wirr durcheinander, fern und unverständlich klangen. Das Kreischen des Flügelwesens hatte sie gewarnt, daß sich Eindringlinge in der Burg aufhielten. Jairs Gedanken arbeiteten wie rasend, während er mit den anderen die lange Treppe hinaufhetzte. Er durfte nicht vergessen, daß er das Wünschlied zu seinem Schutz besaß – das konnte er sinnvoll einsetzen, wenn er es nur schaffte, den Kopf nicht zu verlieren ...

Etwas zischte an seinem Gesicht vorüber, daß er strauchelte und fiel. Ein Pfeil schlug in eine Wand des Treppenhauses. Sogleich war Helt neben ihm und zerrte ihn wieder in die Höhe. Pfeile pfiffen rund um sie her, als die Gnomen-Jäger im Korridor unten und auf den Brustwehren oben auftauchten. Die Gefährten befanden sich in den Mauern von Graumark, aber ihre Widersacher wußten es nun und versammelten sich. Jair erreichte das obere Ende der Treppe und stürmte hinter den anderen her an einer Reihe von Zinnen vorbei, die einen weiten Innenhof und ein Labyrinth von Türmen und Befestigungen überragten. Von überall her tauchten nun Gnomen mit Waffen in Händen und wildem Geschrei auf. Eine Handvoll lag niedergemacht von Garet Jax vor ihnen auf dem Wehrgang, wo der schwarz gekleidete Waffenmeister den Weg freikämpfte. Die Sechs rannten auf der Brustwehr entlang zu einer Turmtreppe, wo Spinkser sie zum Anhalten aufforderte.

»Die Falltür – dort!« Er deutete über den Innenhof zu einem eisernen Gatter, das über einem Torbogen in der dicken Quadermauer hochgezogen war. »Der Weg führt am schnellsten zum Croagh!« Sein gelbes Gesicht verzog sich zu einer Grimasse, als er nach Atem rang. »Die Gnomen werden binnen kurzem merken, daß wir dort hinaus wollen. Und dann lassen sie das Gatter herunter, um uns abzufangen. Wenn wir aber vor ihnen dort sind, können wir es benutzen, um ihnen statt dessen den Weg abzuschneiden!«

Garet Jax nickte und wirkte eigentümlich gelassen inmitten der

Hektik dieses Augenblicks. »Wo sind das Räderhaus und die Winde?«

Spinkser deutete wieder in eine bestimmte Richtung. »Unter dem Tor – auf dieser Seite. Wir werden die Räder blockieren müssen!«

Rund um sie her ertönten Rufe und Schreie. Im Innenhof unten begannen die Gnomen zusammenzuströmen.

Garet Jax richtete sich auf. »Schnell dann – ehe es zu viele für uns sind.«

Die kleine Gesellschaft raste hinter Spinkser her die Turmtreppe hinunter. Unten angelangt, durchquerten sie einen dunklen, geschlossenen Flur zu einer einzelnen Tür, die auf den Innenhof führte. Auf dem ganzen Hof machten Gnomen-Jäger Front, um sich ihnen entgegenzustellen.

»Gütige Geister!« keuchte Spinkser.

Sie liefen los und stürmten auf das Tor zu.

Brin Ohmsford stand langsam auf und ließ eine Hand sanft auf Wispers massigem Kopf ruhen. In der Höhle herrschte wieder Stille, und nichts rührte sich. Einen Augenblick lang stand sie auf der Mitte der Felsbrücke und schaute über den Abgrund zu der Stelle, wo das Tageslicht die hohe, gewölbte Grotte erhellte, die ins Freie führte. Sie rieb zärtlich Wispers Kopf und fühlte deutlich die Schwielen und bösen Striemen, die er in dem schrecklichen Kampf mit den schwarzen Wesen davongetragen hatte, und die weiteren Verletzungen, die ihm zugefügt worden waren.

»Das ist nun vorbei«, flüsterte sie leise.

Dann wandte sie sich nach vorn. Sie trat rasch und ohne noch einmal zurückzuschauen über die Brücke und schritt über den Höhlenboden auf die Öffnung zu. Wisper begleitete sie; er tappte lautlos hinter ihr her, und seine blauen Kulleraugen leuchteten. Ohne sich umzudrehen wußte sie, daß er da war. Vorsichtig suchte sie das rissige Gestein nach Anzeichen für die unheilvollen Wesen oder andere aus der schwarzen Magie geborenen Schrecknisse ab, doch es waren keine zu sehen. Nur sie und die Katze waren übriggeblieben.

Minuten später erreichte sie die Grotte mit ihren hohen, glatten, aus dem Stein gehauenen Wänden und den komplizierten Mustern daran, die sie schon vorher gesehen hatte. Sie schenkte ihnen wenig Beachtung und trat sogleich zur Öffnung und in das dahinter scheinende Tageslicht. Nun kannte sie nur noch ein Ziel.

Sie ließ den Höhleneingang hinter sich zurück und stand wieder im Sonnenschein. Es war um die Mitte des Nachmittags, die Sonne sank westwärts den Baumwipfeln entgegen, und ihre Helligkeit war gedämpft durch den Nebel und die Wolken, die wie ein Tuch den ganzen Himmel über ihr bezogen. Sie befand sich auf einem Felssims mit Blick über ein tiefes, von einer Reihe kahler, zerklüfteter Gipfel umsäumtes Tal. Die Szenerie von Bergen, Wolken und Nebel hatte eine eigenartig traumhafte Tönung. Das gesamte Tal war in glänzendes Bleigrau getaucht. Sie schaute sich langsam um und blickte dann hinter sich hoch. Dort erhob sich, kühn auf dem Fels errichtet, eine einsame, düstere Burg. Graumark. Von ihren Höhen und noch weiter darüber, wohin ihr Blick schon nicht mehr reichte, wand sich die Treppe hinab, die der Croagh hieß. Sie führte an ihrem Felssims vorüber, streifte es knapp und verlief dann im Zickzack ins Tal hinunter.

An diesem Tal blieb ihr Blick schließlich haften. Es entzog sich als tiefer, schattiger Abgrund dem Licht, bis sich seine unteren Hänge ganz in nebelverhangenem Dunkel verloren. Der Croagh schlängelte sich abwärts in diese Finsternis, in ein Gewirr von Bäumen, Ranken, Sträuchern und wucherndem Unterholz, das so dicht gewachsen war, daß kein Licht es zu durchdringen vermochte. Dieser Wald stellte eine bedrohliche, verschlungene Wildnis dar, die keinen Anfang und kein Ende zu besitzen, sondern in ihrem üppigen Wachstum nur durch die Felswände der Berge begrenzt schien.

Brin starrte hinunter. Von hier erklang das Zischen, das sie schon vorher in den Abwasserkanälen gehört hatte. Es erinnerte an Atemholen. Sie zwinkerte in das blendende, graue Zwielicht. Hatte sie gesehen, wie ...?

Der Wald in der Talsenke rührte sich.

»Du lebst«, sagte sie leise und stählte sich gegen das Gefühl, das diese Erkenntnis in ihr auslöste.

Sie trat weit hinaus auf das Sims bis zu seinem äußersten Rand, wo der Croagh sich mit ihm vereinte. Derbe Stufen waren in den Stein gehauen, und sie folgte ihnen mit dem Blick hinab bis zu der Stelle, wo sie hinter einer Felsbiegung verschwanden. Dann schaute sie wieder daran vorbei ins Tal darunter.

»Maelmord, ich komme zu dir«, flüsterte sie.

Dann drehte sie sich wieder zu Wisper um. Sie kniete neben ihm zu Boden und kraulte ihm zärtlich die Ohren. Ihr Lächeln war traurig und sanft. »Du darfst mich nicht weiter begleiten, Wisper. Auch wenn deine Herrin dich geschickt hat, auf mich aufzupassen, du darfst nicht weiter. Du mußt hierbleiben und warten, bis sie dich holt. Verstehst du?«

Der Kater blinzelte mit seinen leuchtenden Augen und rieb sich an ihr. »Schütze meinen Rückweg, wenn du mich überhaupt beschützen willst«, bat sie ihn. »Vielleicht verläuft es anders, als der Finsterweiher vorhergesagt hat – vielleicht muß ich doch nicht hier sterben. Vielleicht komme ich zurück. Halte mir den Weg frei, Wisper. Paß auf deine Herrin und meine Freunde auf. Laß nicht zu, daß sie mir folgen. Warte, und wenn ich die mir gestellte Aufgabe vollbracht habe, werde ich zu dir zurückkommen, wenn ich kann. Ich verspreche es dir.«

Dann sang sie dem Kater vor und benutzte das Wünschlied diesmal nicht, um zu überreden oder zu täuschen, sondern um zu erklären. In Bildern, die für das Denken der Moorkatze verständlich waren, ließ sie Wisper fühlen, was sie wünschte, und ihn begreifen, was sie tun mußte. Als sie fertig war, beugte sie sich vor und drückte die große Katze einen Augenblick lang fest an sich, grub ihr Gesicht ins rauhe Fell und fühlte, wie die Wärme des Tieres in sie floß und ihr neue Kraft verlieh.

Sie stand auf und trat zurück. Langsam ließ Wisper sich auf seine Hinterläufe und Vorderpfoten nieder, bis er ausgestreckt vor ihr lag. Sie nickte und lächelte. Er überwachte ihren Abstieg. Er würde sich so verhalten, wie sie es wünschte.

»Leb wohl, Wisper«, sagte sie zu ihm und trat auf den Croagh.

Der Gestank, der aus dem Abgrund hinter ihr aufgestiegen war, wehte ihr erneut aus den dampfenden Tiefen des Tales unter ihr entgegen. Sie beachtete ihn nicht und ließ den Blick einen Moment lang über die Klippen zu der Stelle schweifen, wo die Sonne den Horizont erhellte. Dann mußte sie an Allanon denken und fragte sich, ob er sie jetzt sah – ob er vielleicht auf irgendeine Weise bei ihr sein konnte.

Schließlich atmete sie tief ein, um sich zu fangen, und machte sich an den Abstieg.

9

Wie ein Mann stürzten sich die sechs, die von Culhaven gekommen waren, aus dem Schutz der Turmtür und rasten auf den Innenhof dahinter. Rund um sie her erschallten Alarmschreie, und weitere Gnomen strömten aus allen Richtungen herbei.

Inmitten des Chaos verfolgte Jair seltsam unbeteiligt, wie der Kampf sich entwickelte. Die Zeit zerfiel in Bruchteile, und ihm entglitt alles Realitätsgefühl. Dicht umringt von seinen Freunden, die ihn zu schützen trachteten, schwebte er schweigend und flüchtig als Geist, den keiner sehen konnte, in ihrer Mitte. Erde, Himmel und die ganze Welt jenseits dieser Mauern existierten nicht mehr zusammen mit allem, was jemals gewesen war oder jemals sein würde. Es gab nur das Jetzt und die Gesichter und Gestalten jener, die in diesem Innenhof kämpften und starben.

Garet Jax leitete den Angriff und schoß schnell und geschmeidig zwischen den Gnomen, die ihm den Weg versperren wollten, hindurch und tötete sie. Er glich einem schwarz gekleideten Tänzer, ganz Grazie, Kraft und scheinbar mühelose Bewegung. Gnomen-Jäger, aus zahllosen Schlachten vernarbt und zermürbt, warfen sich ihm wild entschlossen entgegen, und ihre Waffen hackten und hieben mit todbringender Kraft. Doch genauso hätten sie versuchen können, Quecksilber aufzuhalten. Keiner konnte Hand an den Waffenmeister legen, und die sich nahe genug heranwagten, es zu versuchen, erkannten ihn als den schwarzen Schatten des Todes, der gekommen war, ihr Leben zu fordern.

Die anderen der Gruppe kämpften an seiner Seite und waren dabei keinen Deut weniger entschlossen, nur einen Hauch weniger todbringend. Foraker deckte seine eine Seite, und das schwarzbärtige Gesicht des Zwergs war grimmig, als er die große Doppelaxt schwenkte und die Angreifer mit bestürztem Geschrei davonliefen. Edain Elessedil flankierte ihn auf der anderen Seite, wo ein schlankes Schwert blitzschnell wie eine Schlange zustieß und ein langes Messer Gegenangriffe parierte. Spinkser hielt sich dicht hinter ihnen allen mit gezückten Langmessern und qualvollem Ausdruck in den schwarzen Augen. Helt bildete die Nachhut als riesenhafter Schild; sein verwundetes Gesicht blutete wieder und war schrecklich anzuschauen. Eine große Pike, die er einem Angreifer entrissen hatte, stieß und hieb nach allen, die sich an ihm vorbeidrängen wollten.

Ein seltsames Hochgefühl durchströmte Jair. Es war, als könnte nichts sie aufhalten.

Wurfgeschosse sausten aus allen Richtungen vorbei, und die Schreie der Verwundeten und Sterbenden erfüllten den grauen Nachmittag. Sie hatten nun die Mitte des Innenhofs erreicht, und die Burgmauer ragte vor ihnen in die Höhe. Dann traf ein plötzlicher Hieb den Talbewohner, daß er unter der Wucht ins Wanken geriet. Benommen schaute er hinab und sah eine Pfeilspitze wie einen Haken aus seiner Schulter ragen. Von der Wunde durchströmte Schmerz seinen Körper, und er erstarrte. Spinkser sah ihn stolpern, war sogleich neben ihm, schlang die Arme um seine Taille und zerrte ihn hinter den anderen her. Helt brüllte vor Zorn auf und drosch mit der langen Pike auf die Gnomen ein, die herbeistürmten, sie zu ergreifen. Jair preßte die Augen gegen den Schmerz zusammen. Er war verletzt, dachte er ungläubig, als er unter Spinksers Geleit weiterwankte.

Vor ihnen tauchte hoch das Fallgatter auf. Gnomen befanden sich jetzt darunter, rannten wild umher und stießen warnende Schreie aus. Die Türen zum Blockhaus wurden zugeschlagen, eiserne Kurbeln begannen sich zu drehen. Langsam sank das Fallgatter herab.

Garet Jax sprang so schnell nach vorn, daß die anderen ihm kaum folgen konnten. Innerhalb von Sekunden stand er am Tor und stürzte sich auf die Gnomen, die dort Posten bezogen hatten. Doch die Winden im Blickhaus drehten sich weiter und wickelten die eisernen Ketten ab. Das Fallgatter sank immer tiefer.

»Garet!« brüllte Foraker warnend und wurde fast unter einem Gnomen-Angriff begraben.

Aber es war Helt, der nun handelte. Er stürmte mit gesenkter Pike zwischen den Gnomen-Jägern hindurch und fegte sie beiseite wie Blätter in einem Herbststurm. Schläge regneten auf ihn herab, doch er schüttelte sie ab, als spürte er sie gar nicht und setzte seinen Lauf fort. Von den Wällen hinter ihnen nahmen Bogenschützen den hünenhaften Grenzländer unter konzentrierten Beschuß. Zweimal wurde er getroffen; beim zweiten Mal sank er in die Knie. Er schleppte sich immer noch weiter.

Dann hatte er das Blockhaus erreicht und warf seinen massigen Körper gegen die geschlossenen Türen. Die gaben mit einem Knirschen nach, brachen entzwei, und der Grenzbewohner stand drinnen. Er stürmte in eine Schar Verteidiger, schleuderte sie wie Puppen von dem Getriebe fort und schloß die riesigen Hände um die Kurbeln der Winde, um sie wieder aufzudrehen. Das Fallgatter wurde langsamer und blieb mit einem Ächzen stehen, seine Zacken waren kaum drei Meter mehr vom Erdboden entfernt.

Garet Jax vertrieb die Gnomen, die noch vor dem Tor ausharrten, und Spinkser und Jair stolperten hindurch in einen dahinterliegenden Hof. Der war zumindest im Augenblick menschenleer. Jair brach auf ein Knie nieder und fühlte, wie durch die Bewegung sengender Schmerz von der Wunde ausstrahlte. Dann stand Spinkser vor ihm. »Tut mir leid, Junge, aber ich muß das tun.«

Eine knochige Hand umfaßte seine Schulter, die andere den Pfeilschaft. Mit einem Ruck zog der Gnom den Pfeil heraus. Jair schrie auf und verlor fast das Bewußtsein, doch Spinkser fing ihn auf, stopfte ein Stoffbündel in Jairs Hemdausschnitt und schnürte es mit seinem Gürtel fest über die Wunde. Unter dem Fallgatter kämpften Garet Jax, Foraker und Edain Elessedil in einer Reihe gegen die vorrückenden Gnomen. Ein Dutzend Schritte dahinter löste Helt, der immer noch im Blickhaus stand, wieder die Kurbeln der Winde. Erneut setzte sich das Fallgatter in Bewegung.

Jair blinzelte durch die Tränen hindurch, die ihm vor Schmerzen in die Augen geschossen waren. Etwas stimmte nicht. Der Grenzländer unternahm keinen Versuch, ihnen zu folgen. Er lehnte sich schwer an das Räderwerk und sah zu, wie das Tor sich herabsenkte.

»Helt?« flüsterte Jair schwach.

Dann durchschaute er die Absicht des Grenzländers. Helt wollte das Gatter herablassen und es von der anderen Seite verkeilen. Wenn er das machte, säße er in der Falle. Das würde seinen sicheren Tod bedeuten.

»Helt, nein!« schrie er und sprang auf die Beine.

Doch es war schon geschehen. Das Tor kam herunter und rammte sich mit der Wucht seines gelösten Gewichts in die Erde. Die Gnomen-Jäger brüllten vor Zorn und stürzten sich auf den Mann im Blockhaus. Helt stemmte sich ab und warf sich mit voller Wucht gegen die Windenkurbeln, riß sie aus ihren Verankerungen und ruinierte so das Getriebe.

»Helt!« schrie Jair abermals und versuchte, sich von Spinkser loszureißen.

Der Grenzländer wankte mit ausgestreckter Pike zur Tür des Blockhauses. Gnomen stürzten sich von allen Seiten auf ihn. Er bückte sich vornüber, taumelte angesichts ihres Ansturms, konnte ihnen aber einen Augenblick lang standhalten. Dann schwärmten sie über ihn hinweg, und er war nicht mehr zu sehen.

Jair stand wie versteinert hinter dem Gittertor, als Garet Jax wieder zu ihm trat. Der Waffenmeister riß ihn grob herum und stieß ihn fort. »Geh!« knurrte er. »Schnell, Jair Ohmsford, lauf jetzt!«

Der Talbewohner wankte noch völlig benommen von dem Gatter weg. Der Waffenmeister ging neben ihm her. »Er war bereits vom Tode gezeichnet«, erklärte Garet Jax. Jairs Kopf fuhr herum, die grauen Augen waren auf ihn gerichtet. »Das geflügelte Ding in dem Lagerkeller hat ihn vergiftet. Es war in seinen Augen zu sehen, Talbewohner.«

Jair nickte dumpf und mußte an den Blick denken, den der Grenzländer ihm zugeworfen hatte. »Aber wir ... wir hätten vielleicht ...«

»Wir hätten vielleicht vieles tun können, befänden wir uns nicht da, wo wir jetzt sind«, schnitt Garet Jax ihm mit ruhiger, eisiger Stimme das Wort ab. »Das Gift war tödlich. Er wußte, daß er sterben würde. Er entschied sich für diesen Weg, es zu Ende zu bringen. Nun lauf!«

Der hünenhafte Helt! Jair mußte daran denken, wie freundlich der große Mann auf ihrer langen Reise nordwärts immer zu ihm gewesen war. Er mußte an seine sanften Augen denken. Helt, von dem er so wenig wußte ...

Er senkte den Kopf, um seine Tränen zu verbergen, und lief weiter.

Am Rande des Croagh, wo er auf seiner halben Höhe an das Felssims unterhalb Graumark stieß, lauschte Wisper, wie das Getöse der Schlacht, die oben ausgetragen wurde, immer schlimmer wurde. Der Länge nach auf dem schattigen Stein ausgestreckt wachte er bis zu Brins Rückkehr oder der Ankunft seiner Herrin. Sein Gehör war feiner als das eines jeden Menschen, und er hatte die Geräusche schon lange wahrgenommen. Doch der Lärm bedrohte ihn nicht, so daß er weiter Wache halten konnte und sich nicht von der Stelle rührte.

Aber dann drang ein neues Geräusch an seine Ohren, das nicht von dem Kampf in Graumark stammte, sondern ganz aus der Nähe kam. Leise, flüchtige Schritte erklangen auf den Steinstufen des Croagh. Die Moorkatze hob den Kopf. Jemand kam herunter. Krallen scharrten über Stein. Wisper ließ den Kopf wieder sinken und schien mit dem Fels zu verschmelzen.

Die Sekunden verstrichen, dann tauchte ein Schatten auf. Wispers zusammengekniffene Augen nahmen die Bewegung wahr, und er blieb völlig bewegungslos liegen. Eines der schwarzen Wesen schlich die Stufen des Croagh nach unten – eines wie jene, gegen die er in den Berghöhlen gekämpft hatte. Es glitt den steinernen Pfad herab, tote Augen starrten blicklos ins Leere. Es sah Wisper nicht. Die Moorkatze wartete.

Als dann das Ungeheuer keine sechs Schritte mehr von der Stelle entfernt war, wo Wisper sich duckte, sprang er. Er prallte gegen das Wesen, ehe das auch nur begriff, daß er da war, und bewegte sich dabei so schnell, daß er nur verschwommen wahrzunehmen war. Mit rudernden Armen stürzte die Kreatur vom Croagh, um wie ein Stein ins Tal hinabzufallen. Wisper beobachtete vom Rand der langen Treppenspirale aus den Absturz des Wesens. Als es aufschlug, vibrierte der ganze Wald ringsum von wie rasend umherfliegenden Ästen und belaubten Ranken. Es erinnerte unangenehm an eine Kehle, die etwas verschlang. Endlich wurde er wieder still.

Wisper wandte sich vom Croagh ab, die Ohren angelegt in einer Mischung von Angst und Haß. Der Geruch des dampfenden Dschungels stieg in die Nüstern des Katers, und er hustete und fauchte voller Abscheu. Er trottete auf das Felssims zurück.

Dann ließ ein neues Geräusch ihn mit leisem Fauchen herumfahren. Auf dem Croagh über ihm standen weitere, dunkle Gestalten – noch zwei von den schwarzen Wesen, und hinter ihnen eine hohe, verhüllte und mit Kapuze bekleidete Person. Wispers blaue Kulleraugen blinzelten und verengten sich zu Schlitzen. Es war zu spät, sich zu verstecken. Sie hatten ihn bereits gesehen.

Lautlos ging er ihnen entgegen, die dunklen Lefzen weit über blitzenden Zähnen gefletscht.

Jair Ohmsford und seine Gefährten liefen nun durch Schatten und Zwielicht tief im Innern der Feste Graumark. Sie rannten Gänge hinab, in denen schwer der Gestank von Moder und Abwässern hing, Korridore mit verrosteten Eisentüren und bröckeligem Stein, durch Gewölbe, in denen ihre Schritte widerhallten, und über ausgetretene, verfallene Treppen. Die Burg von Graumark war ein dahinsiechender Bau, hinfällig von Alter und Unbewohntheit, und modrig vom Zerfall. Nichts, was hier lebte, ließ anderes Leben zu; die hier herrschten, genossen nur den Tod.

Und sie verlangen nach meinem Tod, dachte Jair beim Laufen, während seine Wunde schmerzhaft pochte. Das Haus will mich verschlingen und sich einverleiben.

Vor ihm schoß die dunkle Gestalt von Garet Jax wie ein lockendes Gespenst weiter. Die Dunkelheit um sie her lag leer, still und erwartungsvoll. Die Gnomen hatten sie abgeschüttelt; die Mordgeister waren noch nicht aufgetaucht. Der Talbewohner kämpfte die Furcht nieder, die ihn durchflutete. Wo waren die Geister? Warum hatten sie sie noch nicht zu Gesicht bekommen? Sie waren hier in der Burg, lagen irgendwo innerhalb dieser Mauern verborgen, jene Wesen, die Psyche und Körper vernichten konnten. Sie waren hier und mußten unweigerlich kommen.

Aber wo steckten sie?

Er stolperte, fiel auf Spinkser und wäre fast zu Boden gestürzt. Doch der Gnom fing ihn, indem er rasch einen kräftigen Arm um ihn schlang. »Paß auf, wo du hintrittst!« schrie Spinkser.

Jair biß die Zähne zusammen, als der Schmerz von seiner Schulter ausstrahlte. »Es tut weh, Spinkser. Jeder Schritt ...«

Das kräftige Gesicht des Gnomen wandte sich von ihm ab. »Solange du Schmerzen spürst, weißt du, daß du noch am Leben bist, Junge. Nun lauf!«

Jair Ohmsford rannte. Sie rasten einen gewundenen Gang hinab, und vor ihnen erklang der Lärm anderer Laufschritte und rufender Stimmen. Gnomen hatten einen anderen Weg genommen und suchten nach ihnen.

»Waffenmeister!« warnte Spinkser dringend, und Garet Jax kam schlitternd zum Stehen. Der Gnom winkte sie in eine Nische, wo eine kleine Tür in ein schmales Treppenhaus führte, das nach oben ins Dunkel mündete.

»Dort können wir über ihnen hinwegschleichen«, keuchte Spinkser und lehnte sich erschöpft an die Steinquader der Mauer. »Aber laßt den Jungen einen Augenblick Kräfte sammeln.«

Er öffnete rasch seine Bierflasche und setzte ihm das Mundstück an die Lippen. Jair trank dankbar in großen Zügen. Das bittere Gebräu durchströmte ihn heiß; es schien fast augenblicklich seine Schmerzen zu lindern. Er lehnte sich zu dem Gnomen an die Mauer zurück und beobachtete, wie Garet Jax weiter die Treppe hinaufschlich, um die Finsternis über ihnen zu erkunden. Hinter ihnen standen Foraker und Edain Elessedil am Zugang zum Treppenschacht Wache und kauerten sich dazu tief in die Dunkelheit.

»Besser jetzt?« fragte Spinkser ihn knapp.

»Besser.«

»Wie damals in den Schwarzen Eichen, was? Nachdem Spilk dich durchgeprügelt hatte?«

»Wie damals.« Jair lächelte bei der Erinnerung. »Hilft gegen alles, dieses Gnomenbier.«

Der Gnom lachte bitter. »Alles? Nein, Junge – nicht gegen das, was die Wandler mit uns anstellen werden, wenn sie uns erwischen. Dagegen nicht. Die sind hinter uns her, weißt du – wie damals in den Schwarzen Eichen. Tauchen als lautlose, schwarze Wesen aus der Finsternis auf. Ich kann sie riechen.«

»Das ist nur der Gestank der ganzen Festung, Spinkser.«

Der Gnom ließ den groben Kopf sinken, als hätte er ihn nicht gehört. »Helt – einfach tot. Hätte nicht gedacht, daß wir einen so kräftigen Mann so schnell verlieren würden. Grenzländer sind ein harter Schlag; und Spurensucher noch härter. Hätte nicht gedacht, daß es so schnell mit ihm geht.«

Jair schluckte. »Ich weiß. Aber wir übrigen werden es schaffen, Spinkser. Die Gnomen sind hinter uns. Wir kommen durch, wie wir bisher auch durchgekommen sind.«

Spinkser schüttelte langsam den Kopf. »Nein, Junge, diesmal

werden wir nicht durchkommen. Diesmal nicht.« Er stieß sich von der Wand ab, seine Stimme war nur noch ein Flüstern. »Wir werden alle tot sein, ehe es vollbracht ist.«

Er zerrte den Talbewohner derb hinter sich her, winkte rasch Foraker und Edain Elessedil zu und begann, die Treppe zu erklimmen. Der Zwerg und der Elf folgten ihm sogleich. Ein paar Dutzend Stufen höher holten sie Garet Jax ein, und gemeinsam stiegen die fünf weiter hinauf in die Dunkelheit. Schritt für Schritt gingen sie ihren Weg, nur geleitet durch einen winzigen Lichtschimmer irgendwo oben. Das Innere von Graumark war wie eine Gruft, die sie nicht mehr freigeben wollte. Jair verharrte einen Augenblick lang bei diesem Gedanken und war sich kläglich seiner eigenen Sterblichkeit bewußt. Er könnte ebenso leicht umkommen wie Helt. Es stand nicht fest, wie er einst geglaubt hatte, daß er das Ende des ganzen Unternehmens noch erleben würde.

Dann verdrängte er diese Vorstellung. Wenn er nicht überlebte, wäre da niemand, der Brin helfen könnte. Es wäre ihrer beider Ende, denn ohne ihn bestand für sie keine Hoffnung. Folglich mußte er überleben, mußte eine Möglichkeit zum Überleben finden.

Der Treppenaufgang endete an einer kleinen Holztür mit einem vergitterten Fenster. Durch dieses hindurch sickerte das Tageslicht in die Dunkelheit, wo sie sich niederkauerten. Spinkser drückte sein derbes, gelbes Gesicht eng an die Gitterstäbe und spähte hinaus, um zu sehen, was sie draußen erwartete. Von irgendwo aus der Nähe erschallten die Schreie ihrer Verfolger.

»Werden wieder laufen müssen«, erklärte Spinkser über seine Schulter hinweg. »Geradeaus, durch die große Halle. Bleibt dicht zusammen!«

Er riß die hölzerne Tür auf, und sie stürzten sich in das Tageslicht dahinter. Sie befanden sich in einem langen, hohen, mit Dachsparren verzierten Gang mit schmalen Bogenfenstern über seiner ganzen Länge. Spinkser führte sie nach links vorbei an in Dunkelheit getauchten Nischen und Türrahmen, verrosteten Rüstungen auf Sockeln und an den Steinwänden angebrachten Waffensammlungen.

Der Lärm wurde lauter, und es schien, als liefe die Gruppe geradewegs darauf zu. Dann erschallten die Rufe rund um sie her. Hinter ihnen, nur wenige Meter entfernt, wurde eine Tür aufgestoßen, und Gnomen-Jäger ergossen sich in den Flur. Erregte Schreie brachen aus ihren Kehlen, und sie bogen in den Gang, um ihre Verfolgung aufzunehmen.

»Schnell!« rief Spinkser.

Ein Pfeilhagel pfiff an ihnen vorüber, als sie auf zwei hohe, mit geschnitzten Schnörkeln verzierte, spitzbogenartige Türen zuhielten. Spinkser und Garet Jax warfen sich dagegen, dicht gefolgt von den anderen, die Türen brachen aus ihren Angeln und gaben den Durchgang frei. Die Gruppe stürzte hindurch und polterte einer über den anderen eine lange Treppe hinab. Sie befanden sich in der großen Halle, die Spinkser gesucht hatte, einem gewaltigen, hell von Tageslicht, das durch hohe Gitterfenster hereinströmte, erleuchteten Saal. Alte, vom Lauf der Zeit rissige, kreuzweise angeordnete Balken stützten ein Deckengewölbe, das sich über unordentlich am Boden verteilte Tisch- und Bankreihen spannte. Die fünf von Culhaven rappelten sich hastig auf, rasten zwischen Tischen und Bänken hindurch und bogen verzweifelt um das Gerümpel. Hinter ihnen platzten ihre Verfolger in den Raum.

Jair folgte Spinkser nach rechts und behielt Garet Jax im Auge, der mit Foraker und Edain Elessedil im Gefolge den Weg links herum nahm. Seine Lungen stachen, und die Wunde an seiner Schulter pochte wieder schmerzhaft. Pfeile und Bolzen pfiffen bedrohlich vorbei und schlugen in das Holz von Bänken und Tischen. Rund um sie her tauchten Gnomen-Jäger auf.

»Zur Treppe!« brüllte Spinkser wie von Sinnen.

Vor ihnen wand sich ein langer, geschwungener Treppenaufgang zu einer Galerie hinauf, und auf den stürzten sie jetzt zu. Doch mehrere Gnomen waren vor ihnen dort, verteilten sich über die unteren Stufen und schnitten ihnen den Fluchtweg ab. Garet Jax ging geradewegs auf sie los. Er sprang auf eine der aufgebockten Bänke, schlitterte auf ihr entlang und setzte mitten in die Gnomenschar. Irgendwie gelang es ihm, auf den Füßen zu landen wie eine schwarze Katze, und er hieb nach den fassungslosen Gnomen. Mit langen Messern in beiden Händen schlüpfte er an ihren unhandlichen Spießen und Breitschwertern vorbei und machte sie einen nach dem anderen nieder, als wären sie nichts als hilflose Zielscheiben. Bis die anderen der Gruppe bei ihm angelangt waren, lagen die meisten Gnomen tot am Boden und der Rest hatte die Flucht ergriffen.

Garet Jax wirbelte zu Spinkser herum, Blut rann über sein mageres Gesicht. »Wo liegt der Croagh, Gnom?«

»Den Gang entlang hinter der Galerie!« Spinkser lief kaum langsamer, während er Antwort gab. »Schnell jetzt!«

Sie stürmten die Stiege hinauf. Hinter ihnen sammelte sich eine neue Gruppe von Verfolgern auf den Treppen und setzte ihnen nach. Auf halber Höhe holten sie sie ein. Der Waffenmeister, der Zwerg und der Elf drehten sich zum Kampf um. Spinkser zerrte Jair ein Dutzend Stufen weiter hinauf, um ihn zu beschirmen. Gnomenbreitschwerter und -streitkolben holten aus, und ein ohrenbetäubendes Metallklirren erfüllte den Raum. Garet Jax wich zurück, als er von der Wucht des Angriffs von den anderen abgedrängt wurde. Dann ging Elb Foraker zu Boden, als eine abgelenkte Klinge ihm den Kopf bis auf den Knochen aufhieb. Er wollte aufstehen, Blut strömte über sein bärtiges Gesicht, und Edain Elessedil sprang hinzu, um ihm zu Hilfe zu kommen. Einen Augenblick lang hielt der junge Elf die Angreifer in Schach, und sein schlankes Schwert stieß immer wieder zu. Doch eine Pike durchbohrte seinen Schwertarm. Als er seiner Deckung beraubt war, gelang es einem der Gnomen, seinen Streitkolben gegen das Bein des Prinzen zu schmettern. Der Elf kippte mit einem schmerzerfüllten Aufschrei vornüber, und sogleich fielen die Gnomen über ihn her.

Einen Moment lang sah es so aus, als wären sie alle am Ende. Doch dann trat Garet Jax wieder in Aktion, stürzte seine schwarzgekleidete Gestalt in die Masse der Angreifer und warf sie zurück. Die Gnomen-Jäger fielen, starben verwundert und waren fast tot, ehe sie wußten, was ihnen widerfahren war. Der letzte Jäger ging zu Boden, und die Angehörigen der kleinen Gruppe waren wieder einmal allein.

Foraker wankte zu der Stelle, wo Edain Elessedil sich unter Schmerzen wand, und griff mit knorrigen Händen hinab, um das verletzte Bein abzutasten. »Gesplittert«, hauchte er leise und wechselte einen vielsagenden Blick mit Garet Jax.

Er verband das Bein mit Streifen von seinem kurzen Umhang und benutzte abgebrochene Pfeile als Schienen. Spinkser und Jair hasteten die Stufen zu ihnen hinab, und der Gnom flößte dem Elf etwas von dem bitteren Bier, das er bei sich trug, in die Kehle. Edain Elessedils Gesicht war weiß und schmerzverzerrt, als Jair sich über ihn beugte. Der Talbewohner sah sofort, daß das verletzte Bein nicht mehr zu gebrauchen war.

»Helft mir, ihn hinaufbringen«, forderte Foraker. Mit Spinksers Hilfe trugen sie den Elf zum oberen Treppenabsatz. Dort stützten sie ihn gegen das Geländer und knieten um ihn herum.

»Laßt mich liegen«, wisperte er und zog eine Grimasse, als er sein Gewicht verlagerte. »Ihr müßt. Bringt Jair zum Croagh. Beeilt euch!«

Jair schaute hastig zu den anderen. Sie machten finstere, entschlossene Gesichter. »Nein!« rief er zornig.

»Jair.« Die Hand des Elfs schloß sich fest um seinen Arm. »Es war abgemacht, Jair. Wir haben es geschworen. Was immer uns übrigen widerfährt, du mußt den Himmelsbrunnen erreichen. Ich kann dir nicht mehr helfen. Du mußt mich zurücklassen und weiterziehen.«

»Er sagt die Wahrheit, Ohmsford – er kann nicht weiter.« Elb Forakers Stimme klang merkwürdig gedämpft. Er legte seine Hand auf die Schulter des Talbewohners, kam langsam auf die Füße und sah nacheinander Spinkser und Garet Jax an. »Ich denke, daß ich vielleicht auch soweit gekommen bin, wie ich kann. Dieser Schwerthieb hat mich zu schwindlig gemacht für lange Kletterpartien. Ihr Drei geht weiter. Ich denke, ich werde hierbleiben.«

»Elb, nein, das kannst du nicht machen«, versuchte der verletzte Mann einzuwenden.

»Das ist meine Entscheidung, Edain Elessedil«, fiel der Zwerg ihm ins Wort. »Meine Entscheidung, so wie es die deine war, mir zu Hilfe zu kommen. Uns bindet ein Treueschwur – ein Bündnis zwischen Elfen und Zwergen, das weiter zurückreicht, als jemand sich erinnern kann. Wir stehen einander immer bei. Nun ist für mich die Zeit gekommen, den Schwur in die Tat umzusetzen.«

Darauf wandte er sich an Garet Jax. »Diesmal bleibt über die Frage meines Bleibens nichts zu diskutieren, Garet.«

Eine Reihe Gnomen-Jäger tauchte am anderen Ende der Halle auf. Sie verlangsamten vorsichtig ihren Schritt und riefen anderen, die ihnen folgten, Warnungen zu.

»Beeilt euch nun«, flüsterte Foraker. »Nehmt Ohmsford und geht.«

Garet Jax zögerte nur einen Augenblick und nickte dann. Er streckte die Hand aus und faßte nach der des Zwergen. »Viel Glück, Foraker.«

»Dir auch«, entgegnete der andere.

Seine dunklen Augen suchten flüchtig den Blick des Gnomen. Dann legte er wortlos einen Eschenholzbogen, Pfeile und die schlanke Elfenklinge neben Edain Ellessedil. Seine eigene Hand umspannte den Streitkolben.

»Geht jetzt!« sagte er rauh, ohne sich umzuwenden, und seine Miene wirkte stolz und gefaßt.

Jair blieb trotzig stehen, sein Blick wanderte vom Gesicht des Waffenmeisters zu dem von Spinkser. »Komm, Junge«, mahnte der Gnom ruhig.

Derbe Hände schlossen sich um den unverletzten Arm des Talbewohners und zerrten ihn über die Galerie. Garet Jax folgte ihnen mit starrem kalten Blick in den grauen Augen. Jair wollte seinen Protest hinausschreien, sagen, daß sie sie doch nicht so zurücklassen konnten, doch er wußte, daß es keinen Sinn hatte. Der Entschluß stand fest. Er blickte über seine Schulter hinweg zurück zu der Stelle, wo Foraker und der Elfenprinz am Rande der Treppe warteten. Keiner schaute sich nach ihm um. Ihre Blicke ruhten auf den heranrückenden Gnomen-Jägern.

Dann führte Spinkser sie durch eine Tür in einen anderen Saal und lief ihn eilends hinab. Wieder erklangen Schreie der Verfolger, diesmal vereinzelt und fern aus der Richtung, aus der sie geflohen waren. Jair lief schweigsam neben Spinkser her und zwang sich, nicht zurückzuschauen.

Der Gang, den sie entlangrannten, endete an einer Art Torbogen. Sie traten hinaus ins graue, dunstige Tageslicht, und die Mauern der Burg lagen hinter ihnen. Vor ihnen dehnte sich ein weiter Hof bis zu einem Geländer. Dahinter fielen Felswände und die Festungsmauern in ein Tal hinab; aus dem Tal schlängelte sich ein einziger, in den Fels gehauener Steig hinauf und am Hof vorbei. Hoch und höher wand er sich hinauf, um schließlich weit oben um eine einsame Bergspitze zu führen.

Der Croagh mit dem Himmelsbrunnen auf dem Gipfel.

Die drei, die von der kleinen Gruppe von Culhaven noch übriggeblieben waren, hasteten nach vorn zu der Stelle, wo die Treppe an den Hof grenzte und machten sich an den Aufstieg.

10

Hunderte von Stufen zogen unter Brins Füßen dahin, als sie die Steintreppe des Croagh in den Maelmord hinabstieg. Das schlanke Felsband zog sich in großen Schleifen von den bleiernen Türmen Graumarks in den Nebel und die dampfende Hitze des Dschungels unten hinab und bildete einen schmalen, schwindelerregenden Abstieg durch den Raum. Das Talmädchen beging es mit steifen Schritten, ihr Denken war getrübt von Furcht und Erschöpfung und gequält durch leise geraunte Zweifel. Eine Hand ruhte leicht auf dem steinernen Geländer, um das Gefühl einer gewissen Stütze zu haben. Im Westen sank die umwölkte Sonne langsam hinter die Berge.

Während ihres ganzen Abstiegs blieben ihre Augen auf die Grube unten geheftet. War der Maelmord anfänglich eine düstere, dunstige Masse gewesen, so wurde er nun mit jedem Schritt deutlicher umrissen. Langsam nahm das hier verwurzelte Leben Gestalt und Form an und zeichnete sich vom weiten Hintergrund des Tales ab. Die Bäume waren riesenhaft, gebeugt und altersgrau und irgendwie im Vergleich zu der Art, wie die Hand der Natur sie erschaffen hatte, entstellt. Zwischen ihnen wuchsen dicke Stengel von Unkraut und Gestrüpp zu unverhältnismäßiger Größe heran, und Ranken drehten und wanden sich um alles wie kopf- und schwanzlose Schlangen. Die Farbe dieses Dschungels war kein lebhaftes Frühlingsgrün, sondern ein stumpfes Grau, das die Tönung von etwas im Winter Erfrorenem trug.

Und doch war die Hitze unerträglich. Für Brin fühlte sich der Maelmord an, als ob an einem Tag im Hochsommer die Erde aufgerissen, das Gras braun verbrannt und alles Wasser an der Oberfläche zu Staub verdunstet war. Hier nahm der scheußliche Gestank der Abwasserkanäle seinen Anfang, stieg in ekelerregenden Wogen von Boden und Dschungelblattwerk auf, hing in der stillen Nachmittagsluft und sammelte sich wie vergorene Suppe in der Schale des Berggesteins. Anfänglich war er selbst mit Coglines Salbe, die noch dick an ihren Nasenflügeln hing, fast nicht auszuhalten, doch nach einer Weile nahm sie ihn nicht mehr so wahr, als ihr Geruchssinn zum Glück betäubt war. Auf diese Weise paßte sich auch ihre Körpertemperatur an. Hitze und Gestank waren nicht mehr ganz so unerträglich, und es blieb nur noch der öde, faulige Anblick der Grube, der sich nicht verdrängen ließ.

Da war auch noch das Zischen und das An- und Abschwellen des Laubwerks, als atmete ein Körper. Da war die Gewißheit, daß das gesamte Tal ein lebendiges Wesen darstellte, und trotz all seiner verschiedenen Teile, die zum Handeln, Denken und Fühlen fähig waren, ein einheitliches Ganzes. Und obgleich es keine Augen besaß, fühlte das Mädchen, wie es sie anschaute, beobachtete und abwartete.

Doch sie ging weiter. Einen Gedanken an Umkehr konnte es nicht geben. Eine lange, beschwerliche Reise hatte sie an diesen Ort und in diese Zeit geführt und viele Opfer gefordert. Sie hatte Menschenleben gekostet, und die Charaktere jener, die überlebt hatten, waren für immer verändert. Sie selbst war nicht mehr das Mädchen, das sie gewesen war, denn der Zauber hatte sie zu etwas Neuem und Schrecklichem gemacht. Sie schreckte zusammen bei dem Eingeständnis, das sie nun rücksichtslos treffen konnte. Sie hatte sich verändert, und das hatte die Magie bewirkt. Sie schüttelte den Kopf. Nun, vielleicht hatte sie letztlich doch keine Veränderung erfahren, sondern lediglich eine neue Erkenntnis gewonnen. Vielleicht hatte ihr die Bekanntschaft mit dem erschreckenden Ausmaß der Macht des Wünschliedes nur das geoffenbart, was immer existiert hatte, und ihr gezeigt, wie sie immer gewesen war, ohne irgend etwas zu verändern. Vielleicht konnte sie es nur jetzt erst richtig verstehen.

Die Überlegungen lenkten sie nur geringfügig vom dichten Maelmord ab, der nun mit einer letzten Biegung der Steintreppe des Croagh näherrückte und das Ende ihres Abstiegs anzeigte. Sie ging langsamer, musterte starr die Dschungelmasse unten, sah das bizarre Labyrinth von Stämmen, Ästen und Schlingpflanzen, das in Nebelfetzen gehüllt lag, und das Ansteigen und Absinken des hier verwurzelten Lebens, das in beständigem Rhythmus zischend atmete. Im wüsten Innern dieser Hölle ließ sich kein anderes Leben erkennen.

Doch irgendwo in diesem Gewirr lag der Ildatch verborgen.

Wie sollte sie ihn finden?

Sie stand zwei Dutzend Stufen vom unteren Ende des Croagh entfernt, und der Maelmord schwoll rings um sie her sanft an. Sie ließ verwirrt den Blick darüber schweifen, kämpfte Ekel und Angst nieder, die sie durchfluteten, und versuchte verzweifelt, ruhig zu bleiben. Sie wußte, daß sie jetzt das Wünschlied anstimmen mußte, hatte Allanon ihr doch zugesichert, daß sie es konnte. Die Bäume, Sträucher und Ranken dieses Urwalds ähnelten den ineinander verschlungenen Bäumen droben am Regenbogensee. Sie konnte das Wünschlied einsetzen, um sie zu teilen. Damit ließe sich ein Durchgang schaffen.

Aber in welche Richtung sollte dieser Weg führen?

Sie zögerte. Etwas in ihr mahnte zur Vorsicht, daß die Macht des Wünschliedes diesmal auf andere Weise angewendet werden müßte, daß Kraft allein nicht genügen würde. Der Maelmord war zu ausgedehnt, zu übermächtig, um sich auf diese Weise bewältigen zu lassen. Hier mußten List und Schlauheit benutzt werden. Dieses Ding war lediglich eine Ausgeburt der gleichen Magie, über die sie verfügte, die alle Zeitalter von der Feenwelt her überdauert hatte und aus einer Zeit stammte, da Zauberei die einzige Macht darstellte ...

Sie brach den Gedanken ab und blickte wieder zum Himmel hinauf. Der Sonnenschein wärmte ihr Gesicht auf ganz andere Weise als die Hitze der Grube. In seiner Wärme und Helligkeit lag Leben. Er lockte sie mit solcher zielstrebigen Kraft, daß sie einen Augenblick lang das unerklärliche und kaum zügelbare Bedürfnis empfand, zurückzulaufen.

Sie zwang sich, den Blick abzuwenden und wieder auf die dampfenden Tiefen des Urwalds zu richten. Noch immer zögerte sie, weiter hinabzusteigen. Der Weg lag noch nicht klar und sicher vor ihr. Sie konnte sich nicht blindlings in den Rachen dieses Dings stürzen. Zuerst mußte sie herausfinden, wohin sie ginge und wo der Ildatch versteckt lag. Ihr dunkelhäutiges Gesicht spannte sich. Sie mußte dieses Ding verstehen. Sie mußte in es hineinschauen.

Die Worte des Finsterweihers klangen ihr höhnisch im Ohr, ein Flüstern, das sie aus den Tiefen ihrer Erinnerung boshaft foppte: Sieh hinein, Brin von Shannara. Siehst du?

Und plötzlich und voller Schreck begriff sie alles. Es war ihr im Schiefertal mitgeteilt worden, doch sie hatte es nicht verstanden. Retterin und Zerstörerin hatte Brimen sie genannt, der aus den Tiefen des Hadeshorns aufgefahren war, Allanon zu rufen. Nicht im Maelmord mußte sie nach den Antworten suchen – nicht in diesem Höllenschlund.

In sich selbst mußte sie danach forschen!

Daraufhin straffte sie die Schultern, ihr dunkelhäutiges Gesicht wirkte wild entschlossen angesichts der Gewißheit dessen, was sie nun wußte. Wie leicht sollte es für sie sein, den Maelmord zu betreten und zu finden, was sie suchte! Es bestand keine Notwendigkeit, sich einen Weg in dieses Wesen zu erkämpfen, das den Ildatch bewachte – es war nicht einmal nötig, den Ildatch zu suchen. Es würde kein Ringen werden, kein Widerstreit verschiedener Zauberkräfte.

Vielmehr wäre es eine Vereinigung!

Sie trat die letzten Stufen des Croagh hinab, bis sie schließlich an seinem Ende stand. Plötzlich schien sich über ihr das Dach des Dschungels zu schließen, sperrte das Sonnenlicht aus und hüllte sie in Schatten, Hitze und unerträglichen Gestank. Doch es störte sie nicht mehr, hier zu sein. Sie wußte jetzt, was sie zu tun hatte, alles andere war unwichtig.

Leise sang sie. Das Wünschlied entrollte sich leise, hart und begierig. Die Melodie überströmte das dichte Gewirr von Ästen, Ranken und üppigem Gestrüpp. Sie streichelte und liebkoste mit geschickten Berührungen und umhüllte und umarmte dann liebevoll und beruhigend. Nimm mich auf, Maelmord, flüsterte es. Nimm mich in dich auf, denn ich bin wie du. Zwischen uns gibt es keine Unterschiede der Art. Wir sind uns gleich, wenn unsere Zauberkräfte vereinigt sind. Wir sind eins.

Die Worte, die aus der Melodie klangen, hätten ihr Entsetzen hervorrufen müssen, doch sie waren seltsam wohltuend. War das Wünschlied ihr einst als großartiges Spielzeug erschienen, mit dem sie sich vergnügen konnte – ein Spielzeug, um mit Farbe, Form und Geräusch zu spielen – so hatte sich ihr nun die ganze Breite seiner Anwendungsmöglichkeit enthüllt. Es war zu allem fähig. Selbst hierhin, wo das Böse selbst zu Hause war, konnte sie gehören. Der Maelmord war geschaffen, allem den Zutritt zu verwehren, das nicht mit ihm harmonierte. Selbst die Kraft, die dem Zauber des Wünschliedes innewohnte, vermochte nicht, seinen ursprünglichen Daseinszweck zu überwinden. Doch die Zauberkraft war so flexibel, daß sie Kraft gegen Schläue tauschen und Brin Ohmsford als allem artverwandt erscheinen lassen konnte, das sich ihr entgegenstellen mochte. Sie konnte in Übereinstimmung mit dem Leben in dieser Grube sein – und das so lange, bis sie fände, was sie suchte.

Ein Hochgefühl durchflutete sie, als sie den Maelmord ansang und seine Reaktion spürte. Sie weinte, so intensiv war die Empfindung, die sie mit der Musik verband. Rings um sie her wogte der Dschungel zur Antwort, daß seine Äste sich neigten und Schlingpflanzen und Gestrüpp sich wie Schlangen ringelten. Die Melodie, die sie sang, flüsterte vom Tod und Entsetzen, die dem Tal Leben schenkten. Sie spielte damit und tauchte in ihre Eigenschöpfung ein, daß sie als genau das erschien, als was sie sich ausgeben wollte.

Sie zog sich im Bann ihres eigenen Liedes tief in ihr Selbst zurück. Allanon und die Reise, die sie hierhergeführt hatten, waren ebenso vergessen wie Rone, Kimber, Cogline und Wisper. Sie erinnerte sich kaum noch an die Aufgabe, zu deren Erfüllung sie gekommen war: den Ildatch zu suchen und zu vernichten. Die freie Entfaltung des Zaubers rief wieder jenes eigentümliche und furchterregende Triumphgefühl hervor. Sie spürte, wie sie die Kontrolle verlor, genau wie bei der Anwendung des Wünschliedes gegen den Spinnengnom am Tofferkamm und die schwarzen Wesen in den Abwasserkanälen. Sie fühlte, wie sich die Fäden ihres Selbst entwirrten. Aber sie mußte das Risiko eingehen, das wußte sie. Es war notwendig.

Der Atem des Maelmords schwoll nun schneller an und ab, und das Zischen war deutlicher. Er wollte sie, brauchte sie. Er fand in ihr ein lebendiges Teil seiner selbst, das Herz des Körpers, der hier verwurzelt lag, das so lange vermißt und nun zurückgekehrt war. Komm zu mir, zischte er. Komm zu mir.

Brins Gesicht glühte vor Aufregung und Verlangen, als sie vom Croagh in den Dschungel trat.

»Diese Kanäle müßten doch einmal ein Ende nehmen, um der Katze willen!« meinte Rone starrsinnig zu Kimber und Cogline, als er aus dem Tunnelgang in die Höhle dahinter trat. Ihm kam es bei seinem Überdruß vor, als wären sie schon ewig durch die Kanalisation von Graumark gestolpert.

»Gar nichts dergleichen muß sein!« keifte Cogline streitsüchtig wie immer.

Doch der Hochländer hörte ihn kaum und richtete seine Aufmerksamkeit statt dessen auf die Höhle, in welche sie gelangt waren. Es war eine Kammer mit dicken Wänden und rissiger Decke, wo das dunstige Sonnenlicht in hellen Strahlen hereinströmte, und am Boden klaffte ein gewaltiger Abgrund. Wortlos hastete Rone an den Rand der Kluft, und seine Augen schweiften zu der Felsbrücke, die sie überspannte. Jenseits der Brücke dehnte sich die Höhle zu einer hohen, gewölbten Grotte von poliertem Stein, in den alte Schriftzeichen eingeritzt waren, und dahinter führte eine Öffnung ans Tageslicht und in das Grün eines nebelverhangenen Tales.

Der Maelmord, dachte er sofort.

Und dort wird Brin sein.

Er sprang auf die Brücke und überquerte sie, der alte Mann und das Mädchen eilten hinterdrein. Er ging geradewegs auf die Grotte zu, als Kimbers lautes Rufen ihn herumfahren ließ.

»Sieh dir das an, Hochländer!«

Er machte kehrt und lief schnell zurück. Sie wartete auf der Mitte der Brücke und deutete wortlos hinab, als er bei ihr angelangte. Ein großes Stück der Eisenkette, die das Brückengeländer bildete, war gerissen und zerbrochen. Zu ihren Füßen zogen sich frische Blutspuren, die noch nicht ganz trocken waren.

Das Mädchen kniete nieder und berührte das Blut mit den Fingern »Nicht sehr alt«, stellte sie leise fest. »Nicht älter als eine Stunde.«

Er starrte sie in sprachlosem Entsetzen an, und zwischen ihnen flog der gleiche unausgesprochene Gedanke hin und her. Seine Hand fuhr rasch in die Höhe, als wollte er ihn abwehren. »Nein, es kann nicht ihres sein ...«

Dann erfüllte ein gellender, furchterregender Schrei die Luft – der Schrei eines von Zorn und Furcht erfüllten Tieres. Er zerriß die

Stille und ihre Gedanken und ließ sie wie versteinert zurück. Er kam von jenseits der Grotte.

»Wisper!« rief Kimber.

Rone fuhr herum. Brin!

Er sprang von der Brücke auf den Höhlenboden, schoß den Gang durch die Grotte und griff dabei mit beiden Händen über seine Schulter hinweg nach dem Breitschwert, das dort festgeschnallt war. Er war schnell, aber Kimber war noch schneller. Sie huschte wie ein verängstigtes Tier an ihm vorüber und flitzte aus der Dunkelheit der Höhle in die Grotte und das Licht dahinter. Cogline zockelte hinter ihnen her und keifte wütend, daß sie langsamer machen sollten; seine Stimme klang hell und schrill vor Verzweiflung, aber seine krummen Beine trugen ihn nicht mehr schnell genug.

Dann gelangten sie von der Grotte ans Tageslicht, Kimber mit zehn Metern Vorsprung vor Rone. Dann war Wisper zu sehen, auf dem Felssims vor ihnen in einen Kampf mit zwei der gesichtslosen, schwarzen Wesen verwickelt, nur als dunkle, verschwommene Bewegung auszumachen. Dahinter auf einer Steintreppe, die von den Felswänden zu dem Sims und dann ins Tal hinabführte – einer Treppe, die Rone sogleich als den Croagh erkannte – stand einer der Mordgeister und beobachtete das Ganze.

Als das Mädchen und der Hochländer näher kamen, drehte der Mordgeist sich um.

»Kimber, paß auf!« brüllte Rone, um sie zu warnen.

Doch das Mädchen hatte schon zwei lange Messer gezogen und eilte Wisper zu Hilfe. Der Geist deutete auf das Mädchen, und rote Flammen brachen aus seinen Fingern. Das Feuer schoß an Kimber vorbei, verfehlte sie irgendwie, und wo es auftraf, schossen Steinsplitter durch die Luft. Rone sprang mit einem Schrei hinzu und streckte die ebenholzschwarze Klinge des Schwertes von Leah vor. Sogleich drehte sich der Mordgeist zu ihm und ein zweites Mal flackerte Feuer auf. Es prasselte auf den Hochländer nieder, verfing sich an der Schwertklinge, und die Luft um ihn her loderte hell auf. Die Wucht des Angriffs riß ihn von den Füßen und schleuderte ihn zurück.

Dann tauchte Cogline aus den Höhlen auf; alt, gebückt und starrsinnig wie er war, schleuderte er dem Geist seine Herausforderung entgegen. Als winziges bißchen Haut, Knochen und Kleidung huschte er auf die schwarz gekleidete Gestalt zu. Der Wandler schwenkte herum und deutete auf ihn. Doch der stockdürre Arm des Alten holte aus, ein dunkler Gegenstand flog aus seiner Hand und trudelte ins blutrote Feuer des Geistes. Eine gewaltige Explosion erschütterte die ganze Bergwand. Vom Croagh schossen Flammen und Rauch himmelwärts, und überall flogen Steinsplitter herum.

Einen Augenblick lang ging alles in Rauch und Sand unter. Rone rappelte sich verzweifelt in die Höhe.

»Koste ein wenig von meiner Magie, du elender Wurm!« heulte Cogline triumphierend. »Sieh zu, was du dagegen vermagst!«

Ehe der Hochländer ihn aufhalten konnte, schoß er an Rone vorbei, tänzelte in irrer Freude, und seine stockdürre Gestalt verschwand im Rauch. Von irgendwo vorne ertönte Wispers Fauchen, dann Kimbers gellender Schrei. Rone fluchte wütend und sprang hinzu. Verrückter Alter!

Direkt vor ihm schoß rotes Feuer durch den Nebel. Coglines magere Gestalt flog zur Seite, als ob ein wütendes Kind eine Puppe von sich schleuderte. Der Hochländer biß die Zähne zusammen und raste auf den Feuerherd zu. Fast sogleich stieß er auf den Geist, der in seinem schwarzen Umhang zerfetzt und zerschunden aussah. Das Schwert von Leah hieb in einen roten Flammenstoß und zerschlug ihn. Der Geist verschwand. Etwas rührte sich hinter dem Hochländer, und er fuhr herum. Doch es war Wisper, der durch eine Rauchfahne setzte. Das eine Wesen klammerte sich an seinen Rücken, das andere trug er mit den Zähnen vor sich her. Rasch hieb Rone zu, zerteilte die Kreatur, die auf dem Rücken der Moorkatze hing, und stieß sie herunter.

»Kimber!« schrie er.

Ganz in seiner Nähe brach rotes Feuer aus, doch er konnte es erneut mit dem Schwert abwehren. Sogleich tauchte im Rauch eine verhüllte Gestalt auf, und er stürzte sich auf sie. Diesmal reagierte der Geist nicht schnell genug. An die Steintreppe des Croagh zurückgedrängt versuchte er, links vorbeizuschlüpfen, und ließ das Feuer aus seinen Fingern schießen. Rone war sofort bei ihm. Das Schwert von Leah sauste herab, und der Geist explodierte zu einem Häufchen Asche.

Dann wurde alles still bis auf Wispers Keuchen, der wie ein Geist durch den Dunst auf Rone zutrottete. Langsam trieb der Rauch ab, und das ganze Felssims und der Croagh kamen wieder zum Vorschein. Das Sims war übersät mit Steinsplittern, und ein ganzes Stück des Croagh, wo er das Sims berührte und wo der Mordgeist gestanden hatte, als er von Cogline herausgefordert wurde, war verschwunden.

Rone schaute sich schnell um. Der Geist und die schwarzen Wesen waren ebenfalls fort. Er wußte nicht so recht, was aus ihnen geworden war – ob sie nun vernichtet oder nur vertrieben waren –, aber er konnte sie nirgendwo sehen.

»Rone.«

Beim Klang von Kimbers Stimme wirbelte er herum. Sie tauchte von der anderen Seite des Simses auf, hinkte ein wenig und sah schwach und verschmutzt aus. Wut und Erleichterung durchströmten ihn. »Kimber, warum in Dreiteufelsnamen hast du ...?«

»Weil Wisper das gleiche für mich getan hätte. Wo ist Großvater?«

Rone verschluckte den Rest dessen, was er ihr noch sagen wollte. Gemeinsam suchten sie das von Steinbrocken übersäte Felssims ab. Schließlich entdeckten sie ihn halb verschüttet unter einem Haufen Steinschutt an der Felswand, und er war so schwarz wie die Asche, die von dem Feuer und ihrem Kampf mit den Geistern übriggeblieben war. Sie liefen rasch hinzu und hoben ihn heraus. Im Gesicht und auf den Armen hatte er Verbrennungen erlitten, sein Haar war versengt, und er war völlig mit Ruß beschmiert. Zärtlich barg Kimber den Kopf des alten Mannes in ihren Armen. Er hielt die Augen geschlossen und atmete anscheinend nicht mehr.

»Großvater?« flüsterte das Mädchen mit einer Hand auf seiner

Wange.

»Wer ist da?« rief der Alte unvermittelt, so daß das Mädchen und der Hochländer gleichermaßen erschraken. Arme und Beine begannen um sich zu schlagen. »Fort aus meinem Haus, Eindringlinge! Raus hier!«

Dann blinzelte er und schlug die Augen auf. »Mädchen?« murmelte er schwach. »Was ist aus den schwarzen Dingern geworden?«

»Fort, Großvater.« Sie lächelte, und Erleichterung stand in ihren dunklen Augen. »Fehlt dir auch nichts?«

»Mir fehlen?« Er schaute etwas benommen drein, nickte aber entschieden, und seine Stimme nahm einen empörten Ton an. »Natürlich fehlt mir nichts. Ich bin nur ein Stück über mich selbst hinausgewachsen, das ist alles. Hilf mir auf!«

Rone atmete tief ein. Du kannst froh sein, daß du noch am Leben bist, alter Mann, du und auch das Mädchen, dachte er grimmig. Mit Kimbers Hilfe zerrte er Cogline wieder auf die Beine und ließ ihn prüfen, ob er allein stehen konnte. Der alte Mann sah aus, als hätte man ihn aus einem Ascheimer gefischt, doch augenscheinlich war er unverletzt. Das Mädchen drückte ihn herzlich an sich und begann ihn abzuklopfen.

»Du mußt vorsichtig sein, Großvater«, tadelte sie ihn. »Du bist nicht mehr so schnell wie früher. Die Wandler werden dich erwischen, wenn du noch einmal versuchst, dich an ihnen vorbeizumogeln so wie vorhin.«

Rone schüttelte ungläubig den Kopf. Wer müßte hier wen schelten – das Mädchen den alten Mann oder umgekehrt? Was hatten Brin und er sich nur gedacht, als sie ...

Er riß sich zusammen. Brin. Brin hatte er ganz vergessen. Er blickte zum Croagh. Wenn das Mädchen aus dem Tal so weit gekommen war, mußte es höchstwahrscheinlich in den Maelmord hinuntergestiegen sein. Und genau dorthin mußte er auch.

Er wandte sich von Kimber und ihrem Großvater ab und hastete über das Felssims auf die Stelle zu, wo es an die Stufen des Croagh grenzte. Er hielt das Schwert von Leah noch immer fest umklammert. Wieviel Zeit hatte er hier verloren? Er mußte Brin einholen, ehe sie sich zu weit in das hineinwagte, was sie da unten im Tal erwartete ...

Unvermittelt verlangsamte er seinen Schritt und blieb stehen. Wisper versperrte ihm direkt den Weg und die Treppe nach unten. Die Moorkatze starrte ihn flüchtig an, setzte sich dann auf ihre Hinterläufe zurück und blinzelte.

»Aus dem Weg!« keifte Rone.

Der Kater rührte sich nicht. Der Hochländer zögerte und setzte sich dann ungeduldig wieder in Bewegung. Wisper fletschte die Zähne, und aus seiner Kehle grollte tiefes Knurren.

Rone blieb augenblicklich stehen und schaute sich verärgert nach Kimber um. »Ruf deinen Kater aus meinem Weg, Kimber. Ich gehe hinunter.«

Das Mädchen rief zärtlich nach der Moorkatze, aber Wisper rührte sich nicht von der Stelle. Erstaunt trat sie hinzu, beugte sich tief über ihn, sprach mit leiser, ruhiger Stimme und kraulte ihm den wuchtigen Kopf an Ohren und Hals. Der Kater stupste sie zurück, stieß ein leises Schnurren aus, blieb aber reglos sitzen. Schließlich trat das Mädchen zurück.

»Brin ist wohlauf«, informierte sie ihn mit einem knappen Lächeln. »Sie ist in die Grube hinuntergestiegen.«

Rone nickte erleichtert. »Dann muß ich auch dorthin.«

Doch das Mädchen schüttelte den Kopf. »Du mußt hierbleiben, Hochländer.«

Rone starrte sie an. »Hierbleiben? Das kann ich nicht. Brin ist allein dort unten! Ich werde sie suchen!«

Doch das Mädchen schüttelte wieder den Kopf. »Du kannst nicht. Sie will nicht, daß du das tust. Sie hat das Wünschlied benutzt, um das zu verhindern. Sie hat Wisper zu ihrem Wächter gemacht. Niemand darf vorbei – nicht einmal ich.«

»Aber er ist dein Kater! Sorg dafür, daß er Platz macht! So stark ist der Zauber doch nicht, oder?«

Sie betrachtete ihn und ihr Koboldgesicht strahlte Gelassenheit aus. »Es ist nicht nur der Zauber. Die Zauberkraft wirkt bei ihm nicht; wohl aber sein Verstand. Er weiß, daß jede Gefahr, die im Tal lauert, zu groß ist. Er wird dich nicht vorbeilassen.«

Der Hochländer wendete kein Auge von dem Mädchen, Zorn und Ungläubigkeit zeichneten sein Gesicht. Sein Blick wanderte zu der riesenhaften Katze und zurück.

Was sollte er jetzt tun?

Euphorie durchdrang Brin, flutete in warmem Schwall über sie hinweg und durchströmte sie, als wäre sie ihr ureigenster Lebenssaft. Sie fühlte, wie sie davon hinabgerissen wurde wie ein winziges Blatt von den Wassern eines großen Flusses. Sehen, Hören und Schmekken vermischen sich zu einer berauschenden Mixtur wilder Phantasien, einige hell und schön, andere böse mißgestaltet und alle in dem wechselnden Auf und Ab ihres geistigen Auges. Nichts war wie zuvor, sondern neu, exotisch und von wundersamem Leben erfüllt. Es war eine Reise der Selbstentdeckung, wie sie Denken und Fühlen überstieg und aus sich selbst heraus ihre Daseinsberechtigung hatte.

Sie sang, und die Melodie des Wünschliedes waren die Speise und der Trank, die sie nährten, bei Kräften hielten und ihr Leben verliehen.

Nun befand sie sich tief im Maelmord, weit von der Treppe des Croagh und der Welt entfernt, die sie zurückgelassen hatte. Hier existierte eine völlig andere Welt. Als sie sich mühte, eins mit ihr zu werden, reckte sie sich Brin entgegen und zog sie an sich. Gestank, Hitze und die Fäulnis des Lebenden umschlangen sie und entdeckten in ihr ihr Kind. Knorrige Äste, verdrehte, fleckige Ranken und hohe Halme von Gestrüpp und Unkraut streichelten ihren Leib, als sie vorüberschlüpfte, genossen die Lebhaftigkeit ihres Gesangs und fanden darin ein Elixier, das ihnen das Leben wiederschenkte. Aus großer Ferne fühlte Brin ihre Liebkosungen und lächelte zur Antwort.

Es war, als hätte sie aufgehört zu existieren. Ein winziger Teil von ihr wußte, daß sie hätte entsetzt sein müssen über die Dinge, die sich da so liebevoll nach ihr reckten und an ihr rieben. Doch sie ging nun in der Musik des Wünschliedes auf und war nicht mehr jene, die sie gewesen war. Alle die Empfindungen und Überlegungen, welche die ihren gewesen waren, die sie zu der gemacht hatten, die sie war, waren verschleiert von der schwarzen Magie, und sie wurde zu einem Wesen, das mit dem identisch war, in das sie jetzt eintauchte. Sie war ein verwandter Geist, der von einem fernen Ort zurückgekehrt war, und das Böse in ihr war ebenso stark wie das Böse, das sie erwartete. Sie war so unheilvoll geworden wie der Maelmord und das Leben, das hier keimte. Sie war eins mit ihm. Sie gehörte dazu.

Ein kleiner Teil in ihr begriff, daß es die Brin Ohmsford von einst nicht mehr gab und daß sie vom Zauber des Wünschliedes neu erschaffen worden war. Er verstand, daß sie sich selbst zu dem anderen Wesen hatte werden lassen – einem so abstoßenden Wesen, wie sie es ansonsten nicht hätte ertragen können – und daß sie nicht zu sich selbst zurückkehren würde, ehe sie ihren Weg zum Kern des Bösen gefunden hätte, das sie umgab. Die Euphorie, das Hochgefühl, welche die furchterregende Macht des Wünschliedes hervorgerufen hatte, drohte, sie sich völlig zu entfremden, ihr alle Vernunft zu rauben und sie für ewig zu dem zu machen, als das sie sich ausgab. All die eigentümlichen, wundersamen Phantasien waren nichts als Zierwerk des Wahnsinns, der sie auslöschen würde. Von ihrem ehemaligen Ich blieb nur ein kleiner Rest, den sie sorgfältig verschlossen aufbewahrte. Alles übrige war zum Kind des Maelmords geworden.

Die Mauer des Dschungels wich beiseite und schloß sich wieder, und alles blieb unverändert. Dunkelheit umhüllte sie so sanft wie schwarzer Samt und so lautlos wie der Tod. Der ganze Himmel blieb verdeckt, und nur das Dämmerlicht der hereinbrechenden Nacht durchdrang die Düsternis. Die ganze Zeit, da sie durch das Labyrinth von Dunkelheit und erstickender Hitze schritt, stieg der zischende Atem des Maelmords von der Erde auf, und seine Äste,

Stämme, Halme und Ranken schaukelten und wiegten sich in dessen Bewegung. Bis auf das Fauchen herrschte nur Stille – angespannte, erwartungsvolle Stille. Es gab kein Anzeichen für anderweitiges Leben – kein Anzeichen für die Wandler, die schwarzen Wesen, die ihnen dienten, oder den Ildatch, der sie alle zum Leben erweckt hatte.

Sie ging weiter, angetrieben von dem Fünkchen Gedächtnis, das sie tief in ihrem Innern behütete. Suche den Ildatch, flüsterte es mit seiner feinen, schwachen Stimme. Such das Buch der schwarzen Magie. Die Zeit brach entzwei und entglitt ihr, bis sie völlig bedeutungslos geworden war. War sie eine Stunde hier? Oder länger? Sie hatte das eigentümliche Gefühl, schon sehr lange hier gewesen zu sein, vielleicht schon immer.

In weiter Ferne, daß sie es im Gewirr des Urwalds fast nicht wahrnahm, stürzte etwas von den Klippen oben und fiel in die Grube herab. Sie konnte seinen Sturz fühlen und seinen Schrei hören, als der Maelmord sich schnell darum schloß, es zerdrückte, zermalmte und verzehrte, bis es verschwunden war. Sie genoß seinen Tod und kostete von dem Blut des Verschlungenen. Als es fort war, verlangte sie nach mehr.

Dann streiften sie hingeraunte Warnungen. Aus einer vage erinnerten Vergangenheit sah sie Allanon wieder. Groß und gebeugt, mit ergrautem schwarzem Haar, von Alter zerfurchtem Gesicht, streckte er ihr die Arme über einen Abgrund entgegen, den sie nicht zu überbrücken vermochte, und seine Worte erklangen wie Regentropfen, die an ein Fenster schlugen, das vor ihr geschlossen war. Hüte dich. Das Wünschlied und seine Macht gleichen nichts, was ich jemals erlebt habe. Benutze es mit Vorsicht. Sie hörte die Worte, sah sie gegen die Scheiben prasseln und lachte unwillkürlich über die Weise, wie sie zerschellten. Die Gestalt des Druiden wich zurück und war verschwunden. Er ist jetzt tot, erinnerte sie sich überrascht. Für immer aus den Vier Ländern verschwunden.

Sie rief ihn zurück, als würde sein Wiedererscheinen ihr dazu dienen, sie an etwas zu mahnen, das sie irgendwie vergessen hatte. Er kam, segelte aus dem Dunst herbei und überschritt die Kluft, die sie trennte. Seine kräftigen Hände sanken herab und legten sich liebevoll auf ihre Schultern. In seinen Augen spiegelten sich Weisheit und Entschlossenheit, und er erweckte in ihr ein Gefühl, als hätte er sie niemals ganz verlassen, sondern wäre stets da gewesen. Du spielst jetzt kein Spiel, flüsterte er. Tu das nicht! Hüte dich! Und sie schüttelte den Kopf. Ich bin Retterin und Zerstörerin, erwiderte sie flüsternd. Aber wer bin ich nun? Sag es mir jetzt! Sag es mir ...

Ein Kräuseln im Gewebe ihres Bewußtseins trug ihn, einen Geist, fort und plötzlich stand sie wieder im Maelmord. Ein Rumpeln von Unbehagen erschütterte den Maelmord, ein Laut des Mißfallens klang aus seinem Zischen. Er hatte eine kurze Veränderung in ihr gespürt und empfand sie als störend. Sie verwandelte sich augenblicklich zurück in das Wesen, das sie erschaffen hatte. Das Wünschlied stieg auf und schwebte in den Urwald, besänftigte ihn und lullte ihn wieder ein. Unbehagen und Unzufriedenheit ließen nach.

Sie schlüpfte erneut ins Nichts und ließ sich vom Maelmord verschlingen. Die Dunkelheit sank weiter nieder, das Licht verblaßte. Das Atmen der Grube schien schwerer zu werden. Das Gefühl der Seelenverwandtschaft, das das Wünschlied zwischen ihnen hervorgebracht hatte, band sie enger und ließ sie atemlos vor Spannung zurück. Nun war sie nahe – nahe an dem Ziel ihrer Suche. Diese Empfindung durchströmte sie wie ein plötzlicher Blutschwall, und sie sang mit verstärkter Intensität. Die Magie des Wünschliedes schwoll in der Düsternis an, und der Maelmord erbebte zur Antwort.

Dann wich die Mauer des Dschungels, und sie stand auf einer weiten, dunklen Lichtung, die dicht von Bäumen, Sträuchern und Schlingpflanzen umschlossen war. In ihrer Mitte erhob sich ein alter, baufälliger Turm, der im Dunkeln kaum mehr zu sehen war. Steinmauern ragten zum Dach des Waldes empor und bildeten eine Reihe spiralenartig auslaufender Türme und eingekerbter Zinnen, die so kahl und blank aussahen wie ein gebleichtes Gerippe. Nirgendwo überwucherte das Laubwerd des Waldes den Turm. Der Dschungel hatte ihn ausgespart, als bedeutete seine Berührung den Tod.

Brin blieb stehen, und die Melodie des Wünschliedes wurde zu einem erwartungsvollen Flüstern, als sie den Turm anstarrte.

Hier! Hier sitzt das Herz des Bösen. Der Ildatch!

Sie schlang die Schichten der Magie, die sie umhüllten, eng um sich und ging ihm entgegen.

11

Verwitterte und vom Alter rissige Holztüren standen halb geöffnet im dunklen Eingang des Turmes und hingen schräg in gebrochenen und von mangelnder Benutzung verrosteten Scharnieren. Eingehüllt in die Melodie ihres Liedes trat das Talmädchen hindurch. Im Innern herrschte bedrückende Düsternis, doch es war gerade hell genug, daß sie sehen konnte, wo ein verwaschener, dunstiger Schimmer in dünnen Streifen durch die Spalten und Risse in den bröckeligen Turmmauern sickerte. Staub überzog den Steinboden und bildete eine Schicht aus feinem Sand, der in Wölkchen aufstieg, wenn die Stiefel des Mädchens auftraten. Es war kühl hier, die Hitze und der Gestank des Dschungels blieben irgendwie ausgesperrt.

Brin verlangsamte ihre Schritte. Ein Korridor wand sich vor ihr ins Dunkel. Sie drehte sich um, als eine Warnung tief aus ihrem Innern sie veranlaßte, einen wachsamen Blick zurück in den Urwald zu werfen, der diesen Turm einschloß.

Sie ging weiter. Die Macht der Magie durchfuhr sie wie eine plötzliche Hitzewallung, daß sie zu schweben schien. Sie schritt den Korridor hinab mit seinen Biegungen und Windungen und war sich kaum des Staubs bewußt, der wie Dampf unter ihren Füßen aufstieg. Einmal kam ihr die Frage in den Sinn, weshalb außer den ihren keine andere Fußabdrücke auf dem Gang, dem sie folgte, zu sehen waren, wo doch gewiß auch die Mordgeister diesen Weg benützt hatten, aber dann vergaß sie die Sache wieder.

Stufen stiegen vor ihr an, und sie begann sie zu erklimmen – es war ein langsamer, endloser Aufstieg ins Innerste des Turmes. Stimmen schienen ihr zuzuraunen, die keinen Ursprung und keine Identität besaßen, sondern aus der Luft selbst stammten, die sie atmete. Rings herum flüsterten sie ihr zu. Schatten und Zwielicht verschwammen ineinander und vermischten sich. Es war, als flösse sie in den Stein des Turmes selbst, wie sie so geisterhaft durch seine Räume schwebte, und als dehnte sie sich aus, eins mit ihm zu werden, wie sie mit dem Maelmord eins geworden war. Sie fühlte, wie es geschah, wie ihr Körper Stück für Stück aufgesogen wurde. Der Zauber des Liedes bewirkte es, der immer noch nach dem Bösen suchte, das hier verborgen lag und in ihr Innerstes eindrang, als wäre sie wirklich eins mit ihm ...

Dann endete die Treppe, und sie stand auf der Schwelle zu einem gewölbeartigen Rundbau, der grau, düster und verlassen dalag. Fast wie aus eigenem Entschluß wurde das Wünschlied leiser und die Stimmen in der Luft um sie her verstummten.

Sie betrat den Raum und war sich dabei kaum der Bewegung ihres Körpers bewußt, schien sie doch immer noch zu schweben, anstatt zu gehen. Die Schatten wichen vor ihr zurück, und ihre Augen gewöhnten sich ans Licht. Die Kammer war nicht leer, wie sie zuerst geglaubt hatte. Da erhob sich ein Podium, das in der Düsternis fast unterging; auf ihm stand ein Altar. Sie trat einen Schritt hinzu. Auf dem Altar lag etwas Großes, Rechteckiges, eingehüllt in die Finsternis, die es selbst auszustrahlen schien. Sie ging noch näher heran. Heftige Erregung durchströmte sie.

Es war der Ildatch!

Sie wußte es augenblicklich, noch ehe sie recht erkannte, was sie sah. Das war der Ildatch, das Herz alles Bösen. Die Macht des Wünschliedes erfüllte sie und durchflutete sie mit wilder, heißer Glut.

Sie durchquerte den Raum in düstere Gedanken versunken und zuckte in sich selbst zurück wie eine zusammengeringelte Schlange. Die Musik des Wünschliedes wurde zu einem giftigen Zischen. Der Raum schien sich vor ihr zu dehnen, und die Wände wichen in die

Dunkelheit zurück, bis es nichts mehr auf der Welt gab als das Buch. Sie erklomm die Stufen der Empore und trat dort an den Altar, wo es geschlossen dalag. Es war alt und abgegriffen, die Kupferbeschläge grünlich-schwarz angelaufen, und der Ledereinband brüchig und fleckig – ein riesenhafter, schwerer Foliant, der aussah, als hätte er alle Epochen der Menschheitsgeschichte miterlebt.

Sie starrte einen Augenblick erwartungsvoll darauf hinab und genoß die tiefe Befriedigung darüber, das Buch schließlich zum Greifen nahe zu haben.

Dann streckte sie die Hände aus und umschloß es fest.

– Kind der Finsternis –

Die Stimme flüsterte leise in ihrem Innern, und ihre Finger klebten auf den angelaufenen Beschlägen.

– Kind der Finsternis –

Das Wünschlied erstarb zu einem Flüstern und verstummte ganz. Ihre Kehle schnürte sich zu und erstickte die Musik, fast ehe sie begriff, was sie da getan hatte. Sie stand schweigend vor dem Altar mit eng um das Buch geklammerten Händen. Ein Nachhall der Stimme zog fetzenweise durch ihr Denken, griff wie Tentakel nach ihr und fesselte sie, daß sie sich nicht rühren konnte.

– Ich habe auf dich gewartet, Kind der Finsternis. Ich habe gewartet, seit du, Kind des Elfenzaubers, das Licht der Welt erblicktest und den Schoß deiner Mutter verließest. Wir beide, du und ich, waren stets durch stärkere Bande als die des Blutes, die des Fleisches verknüpft. Viele Male haben wir uns Geist an Geist berührt, und obgleich ich dich niemals kennenlernte und niemals deinen Weg kannte, wußte ich doch immer, daß du eines Tages kommen würdest. –

Die Stimme klang unmoduliert und flach, war weder die eines Mannes noch die einer Frau, sondern eines Wesens, dem beide Geschlechter innewohnten, war bar aller Empfindungen und allen Gefühls, so daß ihr Flüstern eine Leere ausdrückte, die alles Leben entbehrte. Brin lauschte auf diese Stimme und war von Eiseskälte durchströmt. Tief in ihrem Innern zuckte das Ich, das sie noch barg und versteckt hielt, vor Entsetzen zurück.

– Kind der Finsternis –

Sie ließ rasch den Blick durch das schummrige Licht des Raumes schweifen. Wo war der Sprecher, der sich an sie wandte? Was war das für ein Wesen, das sie so in seinen Bann schlug? Ihr Blick wanderte mit Grauen zu dem Buch, das sie in Händen hielt. Ihre Finger waren weiß von der festen Umklammerung, und der lederne Einband verstrahlte sengende Hitze.

– Ich bin, Kind der Finsternis. Ebenso wie du. Ich besitze Leben. Es ist immer so gewesen. Stets existierten jene, die mir Leben verleihen wollten. Stets gab es jene, die mir das ihre schenkten. –

Brin öffnete den Mund, brachte aber keinen Ton hervor. Das sengende Gefühl stieg von ihren Händen in die Arme und weiter hoch.

– Erkenne mich. Ich bin der Ildatch, das Buch der schwarzen Magie aus dem Zeitalter der Feenwesen. Ich bin älter als die Elfen – so alt wie der König vom Silberfluß, so alt wie die Welt. Die mich erschufen, die mir Gestalt verliehen, sind mit dem Auftauchen der Welt der Feen und des Menschen längst verschwunden. Einst war ich nur ein Teil der Welt, den man vor aller Augen verbarg und nur im Finstern erwähnte. Ich war lediglich eine Sammlung von Geheimnissen. Dann nahm diese Sammlung Gestalt an, als jene sie niederschrieben und studierten, die meine Macht kennenlernen wollten. Es hat immer solche gegeben, die sie angestrebt haben. Durch alle Zeitalter hindurch bin ich für sie präsent gewesen und habe jenen meine Geheimnisse offenbart, die daran teilhaben wollten. Ich habe Geschöpfe aus Zauberei geschaffen und ihnen Macht verliehen. Doch niemals war da jemand wie du –

Die Worte verhallten in erwartungs- und verheißungsvollem Flüstern, und das Talmädchen fühlte sie wie umhergewehtes Laub durch ihr Denken trudeln. Die sengende Hitze durchströmte nun ihren ganzen Körper und prickelte wie die Heißluft, die einem aus einer aufgerissenen Ofentür entgegenschlägt.

– Es gab viele vor dir. Von den Druiden stammten der Dämonen-

Lord und die Schädelträger. Sie fanden in mir die Geheimnisse, die sie suchten, und wurden zu dem, was sie anstrebten. Doch ich war die Macht. Aus den von anderen Rassen ausgestoßenen Menschen wurden die Mordgeister, als die Saat schon gesät war. Aber wieder stellte ich allein die Macht dar. Immer stelle ich die Macht dar. Jedesmal haben die Betreffenden eine überragende Vorstellung, was aus der Welt und ihren Geschöpfen zu werden hat. Jedesmal verleihen die geistigen Kräfte jener, welche die innerhalb meiner Seiten gebannte Macht benutzen wollen, dieser Vision Gestalt. Und jedesmal erweist sie sich als unzulänglich, und der Bildner scheitert an der selbstgestellten Aufgabe. Kind der Finsternis, wirf nun einen Blick darauf, was ich zu bieten vermag –

Wie aus eigenem Willen schlugen Brins Hände vorsichtig den Ildatch auf, und seine Pergamentblätter begannen sich zu wenden. Worte flüsterten von einem Text, deren Schrift und Sprache älter waren als die Menschheit und wurden von Geschriebenem zu einer leisen, geheimnistuerischen Stimme. Der Geist des Talmädchens tat sich ihnen auf, und sogleich erfüllte sie das Verständnis für den Text. Da ein Hauch, dort eine leise Berührung, und finster und schrecklich enthüllten sich ihr die Geheimnisse der Macht.

Dann verstummte die Offenbarung so schnell, wie sie gekommen war, und blieb nur noch als gaukelnde Erinnerung. Die Seiten des Buches blätterten zurück, der Deckel des Einbandes klappte zu. Ihre Hände, die immer noch an dem dicken Buch klebten, begannen zu zittern.

– Nur einen Hauch meines Seins habe ich dir gezeigt. Macht, Kind der Finsternis. Macht, die jene bei weitem überträfe, über die der Druide Brona und die ihm folgten, geboten. Macht, gegen die jene der Mordgeister, die heute von mir abstammen, bedeutungslos wäre. Fühle, wie diese Macht dich durchströmt. Fühle ihre Berührung –

Die Hitzewelle durchflutete Brin. Sie fühlte, wie sie sich mit dem Schwall ausdehnte und anwuchs.

– Tausend Jahre lang wurde ich auf eine Weise benutzt, die dein

Schicksal und das der Deinen bestimmen sollten. Tausend Jahre lang haben die Feinde deiner Familie sich auf meine Macht gestützt und zu zerstören gesucht, was ihr bewahren wolltet. Alles, was dich an diesen Ort zu diesem Zeitpunkt geführt hat, entstammt meinem Tun. Ich habe dein Dasein geschaffen; ich habe dein Leben gestaltet. Alles, was geschieht, hat seinen Grund, und so auch dies. Erkennst du diesen Grund? Sieh hinein –

Plötzlich erreichte sie ein warnendes Flüstern, und sie schien sich einer hochgewachsenen, schwarz gekleideten Gestalt mit ergrauendem Haar und durchdringendem Blick zu erinnern, die zu ihr von Täuschung und Bestechung sprach. Sie rang einen Augenblick lang mit dieser Erinnerung, doch sie fand keinen Namen, und das Bild wurde durch das Feuer, das sie erfüllte, und den Nachhall der Worte des Ildatchs zurückgedrängt.

– Siehst du es denn nicht selbst? Begreifst du nicht, was du bist? Schau hinein –

Die Stimme klang kalt, flach und gefühllos, doch aus ihr sprach auch ein Drängen, das ihre Gedanken beiseite schob. Ihre Sicht verschwamm, und sie schien aus dem Wesen heraus zu sehen, zu dem sie durch den Zauber des Wünschliedes geworden war.

– Wir sind wie ein Ganzes, Kind der Finsternis, wie du es gewollt hast. Es bestand niemals die Notwendigkeit für den Elfenzauber, denn du bist, was du bist und stets warst. Deshalb sind wir eins. Bande erwachsen aus den Zauberkräften, die uns zu dem machen, was wir sind – denn wir sind nicht mehr als die Kräfte, die uns innewohnen – dir in deinem Körper aus Fleisch und Blut, mir in Pergament und Tinte. Wir sind verbündete Lebenskräfte, und was bislang geschehen ist, hat uns an diesen Punkt geführt. Darauf habe ich die ganzen Jahre gewartet . . .

Lügen! Das Wort zuckte durch Brins Denken und war fort. Ihre Gedanken drehten sich verwirrt im Kreis, ihre Vernunft setzte aus. Ihre Hände umklammerten immer noch den Ildatch, als bewahrte er in seinem Innern ihr Leben selbst, und sie empfand die Worte der körperlosen Stimme als eigentümlich überzeugend. Tatsächlich existierten Bande, die sie einten; es gab eine Verbindung. Brin glich dem Ildatch, war ein Teil von ihm, war ihm wesensähnlich.

In ihrem Innern rief sie den Namen des Druiden und suchte nach der Erinnerung, die sie nun verloren hatte. Rasch loderte das Feuer auf, sie fortzutragen, und wieder sprach die Stimme zu ihr.

– Diese ganzen Jahre habe ich auf dich gewartet, Kind der Finsternis. Aus der Zeit vor der Zeit bist du zu mir gekommen, und nun gehöre ich zu dir. Überlege, was mit mir zu geschehen hat. Flüstere es mir zu –

Die Worte strömten unheilvoll vor dem Hintergrund ihres rotverschleierten Gesichtsfeldes in ihrem Denken zusammen. Sie wollte schreien, doch der Laut zog sich in ihrer Kehle zusammen.

– Flüstere mir zu, was mit mir geschehen muß –

Nein! Nein!

– Flüstere mir zu, was mit mir geschehen muß –

Tränen stiegen ihr in die Augen und rannen langsam ihre Wangen hinab.

Ich muß dich benutzen, antwortete sie.

Rone stapfte kochend vor Wut vom Croagh weg, fuhr herum und kam zurück. Er umklammerte die ebenholzschwarze Klinge seines Schwerts mit beiden Händen, bis die Knöchel weiß hervortraten.

»Was genug ist, ist genug – scheuch die Katze aus meinem Weg, Kimber!« befahl er, trat auf sie zu und verlangsamte seinen Schritt, als Wisper den mächtigen Kopf herumschwenkte, um ihn anzusehen.

Wieder schüttelte das Mädchen den Kopf. »Das kann ich nicht, Rone. Er verläßt sich in dieser Sache auf sein eigenes Urteil.«

»Sein Urteil kümmert mich keinen Deut!« explodierte Rone. »Er ist nur ein Tier und darf keine solche Entscheidung fällen! Ich werde an ihm vorbeigehen, ob ihm das paßt oder nicht. Ich werde Brin in diesem Höllenschlund nicht allein lassen!«

Er riß das Schwert in die Höhe und wollte auf Whisper zugehen, doch im gleichen Augenblick ließ ein gewaltiges Beben den Berg erzittern, das aus dem dunklen Dschungel des Maelmord aufstieg.

Die Erschütterung war so heftig, daß der Hochländer und das Mädchen den Halt verloren und überrascht zurücktaumelten. Erschreckt versuchten sie, ihr Gleichgewicht wiederzuerlangen, und eilten zum Rand der Klippen.

»Was ist dort drunten geschehen?« flüsterte Rone besorgt. »Was ist passiert, Kimber?«

»Wandler, vermutlich«, krächzte Cogline von hinten. »Haben die schwarze Magie gegen das Mädchen aufgerufen.«

»Großvater!« Diesmal war Kimber wütend.

Rone wirbelte zornig herum. »Alter Mann, wenn Brin etwas zugestoßen ist, weil diese Katze mich hier oben aufgehalten hat . . .«

Dann verstummte er plötzlich. Auf den Stufen des Croagh erschien eine Reihe gebeugter, ins schwächer werdende Zwielicht des Spätnachmittags gehüllte Schatten. Sie schritten einer hinter dem anderen die Treppe von Graumarks bleigrauen Mauern herab und folgten ihrer Spirale geradewegs auf das Felssims zu, wo Rone und seine Begleiter warteten.

»Mordgeister!« hauchte der Hochländer leise.

Wisper fuhr bereits herum und duckte sich angriffsbereit nieder, um sie nötigenfalls zu verteidigen. Coglines plötzliches Einatmen zischte laut durch die Stille.

Rone starrte wortlos hinauf, wo die Reihe der dunklen Gestalten länger wurde und näherrückte. Es waren zu viele.

»Stell dich hinter mich, Kimber!« mahnte er sie.

Dann riß er sein Schwert in die Höhe.

Ich muß dich benutzen . . . dich benutzen . . . dich benutzen.

Die Worte kreisten unablässig in Brins Denken und schwollen zu einer Litanei der Überredung an, die alle Vernunft zu ersticken drohte. Doch ein Hauch von Logik blieb zurück und schrie ihr über die Worte des Singsangs entgegen.

Das ist die schwarze Magie, Talmädchen! Das ist das Böse, zu dessen Vernichtung du diesen Ort aufgesucht hast.

Doch die Berührung des Buches an der Haut ihrer Hände und

das Feuer, das es in ihrem Körper entfachte, hielt sie dermaßen in ihrem Bann, daß nichts dagegen ankommen konnte. Und wieder klang die Stimme an ihr inneres Ohr und umschmeichelte sie.

– Was bin ich anderes, als eine im Laufe der Zeitalter angehäufte Sammlung von Wissen, die zum Gebrauch der Sterblichen gebunden wurde? Ich bin weder gut noch böse, sondern nur ein real existierendes Ding. Aufgezeichnete und gebundene Erfahrung – existent für jedermann, der nach dem Wissen strebt. Ich nehme, was man mir bietet, von den Leben jener, die mit meinen Lehrsätzen arbeiten, und stelle nur eine Widerspiegelung von ihnen dar. Denk nach, Kind der Finsternis. Wer sind diejenigen gewesen, die mich benutzen wollten? Welchen Zweck wollten sie damit dienen? Du bist anders als sie. –

Brin stemmte sich gegen den Altar und hielt das Buch umklammert. Hör nicht zu! Hör nicht zu!

– Für über tausend Jahre befand ich mich im Besitz deiner Feinde. Nun nimmst du ihren Platz ein und hast die Gelegenheit, mich auf eine nie erprobte Weise zu benutzen. Dir wohnt meine Macht inne. Du bist Herrin der Geheimnisse, die so viele fälschlich genutzt haben. Überlege dir, was du mit dieser Macht anfangen möchtest, Kind der Finsternis. Durch mich kann alles Lebendige und Tote neugeschaffen werden. Würde sich das Wünschlied mit dem geschriebenen Wort vereinigen, Magie mit Magie – wie großartig wäre das. Du könntest fühlen, wie großartig es wäre, wenn du es nur einmal versuchen wolltest –

Doch ein Versuch war nicht nötig. Sie hatte es bereits vorher in der Macht ihres Wünschliedes gefühlt. Macht! Sie war davon mitgerissen worden, hatte in ihrer Süße geschwelgt. Als sie sie umhüllte, erhob sie sich weit über die ganze Welt und deren Geschöpfe und konnte sie an sich ziehen oder auslöschen, ganz wie sie das entschied. Wieviel mehr konnte sie demnach vollbringen – konnte sie fühlen, wenn sie auch die Macht dieses Buches besäße?

– Alles Bestehende wäre dein. Alles. Sei, wie du magst, und gestalte die Welt, wie sie deines Wissens sein sollte. Du könntest so vieles vollbringen, und es verhielte sich bei dir so, wie es sein sollte – nicht wie bei jenen, die vor dir kamen. Du verfügst über die Kraft, die ihnen abging. Du bist dem Elfenzauber entsprungen. Benutze mich, Kind der Finsternis. Erforsche die Grenzen deiner eigenen Magie und der meinen. Werde eins mit mir. Darauf habe ich gewartet, und zu diesem Zweck bist du gekommen. Das war uns ewig vorbestimmt. Ewig –

Brin schüttelte langsam den Kopf von einer Seite zur anderen. Ich bin gekommen, das zu zerstören, dem ein Ende zu bereiten ... In ihrem Innern schien alles zu zerbrechen und zu Scherben auseinanderzufallen wie Glas auf Stein. Blendende Hitzewallungen durchloderten sie, und sie hatte das Gefühl, losgelöst zu sein von ihrem Körper, der sie zurückzuhalten suchte.

– Ich habe Wissen zu bieten, das ich dir schenken würde. Ich besitze Einsicht, die alles jemals von sterblichen Wesen Erträumte übersteigt. Sie vermag dich zu allem zu machen, das du willst. Ein ganzes Leben kann neugestaltet werden, so wie es sein sollte, wie du es für richtig erkennst. Vernichte mich, und alles, was ich umschließe, ist sinnloserweise verloren. Zerstöre mich, und nichts von allem, was geschehen könnte, wird Wirklichkeit. Wahre das Gute, Kind der Finsternis, und nimm es in Besitz –

Allanon, Allanon ...

Doch die Stimme schnitt ihren lautlosen Schrei ab.

– Sieh dich um, Kind der Finsternis. Was du wirklich zerstören möchtest, steht hinter dir. Nun dreh dich um und schau. Dreh dich um und schau –

Sie fuhr herum. Eine ganze Ansammlung Wandler glitt geisterhaft als große, schwarze und abweisende Gestalten aus dem Dunkel. Sie zogen einer nach dem anderen in den runden Kuppelraum und hielten inne, als sie Brin erblickten, die in ihren Händen das Buch der schwarzen Magie hielt. Wieder flüsterte die Stimme des Ildatch ihr zu.

– Das Wünschlied, Kind der Finsternis. Gebrauche den Zauber. Vernichte sie. Vernichte sie –

Sie handelte fast ohne nachzudenken. Sie riß den Ildatch beschützend an sich und setzte die Macht ihrer Magie ein. Sie wirkte schnell und löste sich in ihr wie eine Flutwelle. Brin stieß einen Schrei aus, und das Wünschlied zerriß die finstere Stille des Turmes. Es drang durch die Düsternis des Rundbaus wie ein greifbares Ding. Es packte die Wandler in einer laut schallenden Explosion, und sie hörten einfach auf zu sein. Nicht einmal Asche blieb von ihrer ehemaligen Existenz.

Brin taumelte gegen den Altar zurück, und in ihrem Körper vermischte sich die Magie des Wünschliedes mit der des Buches.

– Fühle sie, Kind der Finsternis. Fühle die Macht, über die du gebietest. Sie erfüllt dich, und ich bin ein Teil von ihr. Wie leicht müssen deine Feinde vor dir fallen, wenn diese Macht entfesselt wird? Kannst du noch länger zweifeln, was geschehen muß? Denk nicht mehr daran, daß jemals etwas anderes geschehen könnte. Denk nicht mehr daran, daß wir nicht eins sein könnten. Nimm mich und benutze mich. Zerstöre die Geister und die schwarzen unheilvollen Wesen, die dir Widerstand leisten wollen. Mach mich zu deinem Besitz. Verleih mir Leben –

Noch immer kämpfte jener tief in ihrem Innern verborgene Teil, um der Stimme Widerstand zu leisten, doch sie hatte keine Gewalt mehr über ihren Körper. Der war nun im Besitz des Zaubers, und sie saß in seiner Hülle fest. Sie wuchs aus sich heraus zu einem neuen Wesen, und das winzige Restchen Ich sah immer noch die Wahrheit, die auf der Strecke blieb. Sie wuchs an, bis es aussah, als erfüllte sie den ganzen kleinen Raum. Hier war so wenig Platz für sie! Sie benötigte den Raum, der draußen vorhanden war!

Ein langes, qualvolles Stöhnen brach von ihren Lippen, sie streckte die Arme aus und hielt den Ildatch in die Höhe.

– Benutze mich. Benutze mich –

In ihr begann die Macht anzuschwellen.

12

Die Stufen des Croagh flogen unter Jairs Füßen dahin, als er hinter Garet Jax und Spinkser hereilte, und es schien ihm, als müßte eine jede, die er erklomm, die letzte sein. In seinem Körper verspannten und verkrampften sich die Muskeln, Schmerz von seiner Wunde durchbohrte ihn und zehrte von seiner bereits schwindenden Kraft. Er rang keuchend um Atem, seine Lungen stachen, und Schweiß rann ihm über das sonnengebräunte Gesicht.

Doch irgendwie hielt er mit ihnen Schritt. Etwas anderes stand auch niemals zur Debatte.

Sein Blick schweifte beim Laufen am Croagh entlang in die Höhe, konzentrierte sich auf das Hin und Her von Treppen und Geländer und folgten dem rauhen, verwitterten Gestein. Die Felswände und die Mauern der Burg unter ihm, die nun in immer weitere Ferne rückten und allmählich verschwanden, Graumark und das Rabenhorn, waren ihm wohl bewußt. Er wußte auch um das Tal rings umher, das im Dunst und dem Zwielicht der rasch hereinbrechenden Dämmerung unterging. Knappe Bilder glitten am Rande seines Blickwinkels vorüber und waren schnell vergessen, denn nichts von alledem war jetzt von Bedeutung. Nur der Aufstieg zählte, und was ihn am Ende erwartete.

Der Himmelsbrunnen.

Und Brin. Er würde sie in den Wassern des Brunnen wiederfinden und erfahren, was er zu ihrer Rettung tun mußte. Der König vom Silberfluß hatte ihm versprochen, er fände eine Möglichkeit, Brin sich selbst wiederzuschenken.

Plötzlich rutschte sein Stiefel unter ihm weg, als er auf eine Stelle bröckeligen Gesteins trat; er fiel nach vorn und schrammte sich die Hände auf, als er sich auffing. Schnell stieß er sich wieder in die Höhe, ohne der Verletzung Beachtung zu schenken.

Die beiden vor ihm liefen mühelos weiter – Garet Jax und Spinkser, die letzten der kleinen Gruppe, die von Culhaven gekommen waren. Bitterkeit und Zorn durchströmten den Talbewohner. Lichtblitze tanzten ihm vor Augen, als er einen Augenblick nach Atem rang und Erschöpfung ihn übermannte. Doch sie waren fast am Ende der Reise angelangt.

Die steinerne Spirale des Croagh schwenkte plötzlich nach rechts, und der Gipfel, dem sie entgegenstiegen, ragte zerklüftet und finster vor ihnen in einen grau werdenden Himmel. Die Treppe führte zu einem dunklen Höhleneingang, der in den Kern des Berges vorstieß. Es blieben keine zwei Dutzend Stufen mehr.

Garet Jax machte ihnen Zeichen zu warten, kletterte dann lautlos die wenigen letzten Stufen zum Gipfel des Croagh empor und trat auf das Felssims. Dort blieb er einen Augenblick stehen, und seine dunkle Gestalt zeichnete sich schmal und düster vom nachmittäglichen Himmel ab. Er war irgendwie unmenschlich, schoß es Jair kurz durch den Kopf, irgendwie unwirklich.

Der Waffenmeister drehte sich um und heftete die grauen Augen auf ihn. Er winkte mit einer Hand.

»Beeil dich, Junge«, murmelte Spinkser.

Er kroch das letzte Ende der zum Croagh führenden Stiege hinauf und stand neben Garet Jax. Vor ihnen dehnte sich die Höhle, eine riesenhafte, von Dutzenden von Rissen durchzogene Kammer, durch die in verwaschenen, dunstigen Streifen das Licht hereinfiel. Kurz dahinter sammelten sich die Schatten, und nichts regte sich in ihrer Schwärze.

»Von hier aus kann man nichts erkennen«, brummelte Spinkser. Er wollte weitergehen, doch Garet Jax zerrte ihn zurück.

»Wartet, Gnom«, sagte er. »Dort drinnen ist etwas ... dort liegt etwas auf der Lauer ...«

Seine Stimme verklang leise. Stille legte sich tief und bedrückend über sie. Selbst der Wind, der die Nebel des Tales aufwühlte, schien plötzlich auszusetzen. Jair hielt den Atem an. Da war wirklich etwas ... das auf der Lauer lag. Er konnte seine Präsenz fühlen.

»Garet ...«, hob er leise an.

»Schschscht.«

Dann löste sich ein Schatten von den Felsen am Höhleneingang, und Jair fuhr Eiseskälte durch Mark und Bein. Lautlos glitt der Schatten durch die Finsternis. Es war nichts, was einer von ihnen jemals zuvor gesehen hätte. Es war weder ein Gnom noch ein Geist, vielmehr ein kräftig gebautes Geschöpf von menschenähnlicher Gestalt mit einem dicken Pelz um die Lenden und großen, gekrümmten Klauen an Fingern und Zehen. Grausame, gelbe Augen hefteten sich auf sie, und eine narbige Tierfratze riß weit das Maul auf, um eine Unmasse krummer Zähne zu entblößen.

Das Wesen kam ans Licht und blieb stehen. Es war nicht schwarz wie die Geister. Es war rot.

»Was ist das?« flüsterte Jair und kämpfte gegen das Ekelgefühl an, das ihn durchströmte.

Der Jachyra stieß einen unvermittelten Schrei aus – ein Heulen, das wie ein widerliches Lachen durch die Stille drang.

»Talbewohner, das ist mein Traum!« rief Garet Jax, und ein merkwürdiger, verzückter Ausdruck breitete sich über sein hartes Gesicht. Langsam senkte er die Klinge des Schwertes, bis sie das Felssims berührte. Dann drehte er sich zu Jair um. »Das Ziel der Reise.«

Jair schüttelte verwirrt den Kopf. »Garet, was ...?«

»Der Traum! Die Vision, von der ich dir in jener Regennacht berichtet habe, als wir zum ersten Mal über den König vom Silberfluß sprachen! Der Traum, um dessentwillen ich mit dir nach Osten gezogen bin, Talbewohner – das ist er!«

»Aber der Traum zeigte Euch ein Feuerwesen ...«, stammelte Jair.

»Feuer, ja, so erschien es mir!« fiel Garet Jax ihm ins Wort. Er atmete langsam aus. »Bislang glaubte ich, ich hätte vielleicht – auf eine Weise, die ich mir nicht erklären konnte – das mißverstanden, was ich gesehen hatte. Doch als ich in jenem Traum vor dem Feuer stand und die Stimme, die mir zurief, was ich zu tun hätte, langsam verhallte, schrie das Feuer wie ein lebendiges Wesen. Dieser Schrei klang fast wie Gelächter – es war der Schrei, den diese Kreatur ausgestoßen hat!«

Seine grauen Augen glühten. »Talbewohner, das ist der Kampf, der mir versprochen war!«

Der Jachyra vor ihnen duckte sich und begann, aus der Höhle hervorzuschleichen. Sofort riß Garet Jax das Schwert hoch.

»Ihr wollt gegen dieses Ding kämpfen?« Spinkser konnte es nicht glauben.

Der andere warf ihm nicht einmal einen Blick zu. »Haltet Abstand von mir.«

»Das ist die jämmerlichste Idee, die man sich nur denken kann!« Spinkser wirkte verängstigt. »Ihr wißt nichts über dieses Geschöpf. Falls es giftig ist wie jenes, das den Grenzländer angegriffen hat ...«

»Ich bin nicht der Grenzländer, Gnom.« Garet Jax beobachtete aufmerksam, wie der Jachyra näher kam. »Ich bin der Waffenmeister. Und ich habe noch keinen Kampf verloren.«

Die kalten Augen zuckten flüchtig in ihre Richtung und hefteten sich dann wieder auf den Jachyra. Jair wollte ihm entgegentreten, aber Spinkser packte ihn grob bei der Schulter und zog ihn zurück.

»Nein, du nicht!« fauchte der Gnom. »Er will seinen Kampf – soll er ihn haben. Noch keinen Kampf verloren! Den Verstand verloren, das hat er!«

Garet Jax glitt über das Sims auf die Stelle zu, wo der Jachyra sich duckte. »Führt den Talbewohner in die Höhle und sucht die Quelle. Macht das, wenn die Kreatur mich angreift. Tut, wozu ihr hergekommen seid. Denkt an das Gelübde!«

Jair geriet außer sich. Helt, Foraker, Edain Elessedil – sie alle verloren in dem Bemühen, ihn zum Becken des Himmelsbrunnens zu bringen. Und jetzt auch noch Garet Jax?

Doch es war bereits zu spät. Der Jachyra stieß einen Schrei aus und stürzte sich auf Garet Jax, daß er nur als verschwommene Bewegung wahrnehmbar war, wie er über das Felssims schoß. Er sprang den Waffenmeister an und schlug mit seinen Krallen zu. Doch die schwarze Gestalt glitt beiseite, als wäre sie nicht mehr als der Schatten, dem sie ähnelte. Die Schwertklinge hieb in den Angreifer – einmal, zweimal – so schnell, daß das Auge ihr kaum folgen konnte. Der Jachyra heulte auf und wich zurück, um den anderen für einen neuen Angriff zu umkreisen.

Garet Jax wirbelte mit erhitztem Gesicht herum, seine Augen funkelten vor Erregung. »Geh, Jair Ohmsford!« brüllte er. »Geh, wenn es sich wieder auf mich stürzt!«

Wut und Enttäuschung quälten den Talbewohner, als Spinkser ihn fortzerrte. Er wollte nicht gehen!

»Junge, ich bin es leid, mit dir herumzustreiten!« schrie Spinkser wütend.

Der Jachyra griff erneut an, abermals wich Garet Jax dem Sprung aus, und sein schlankes Schwert zuckte empor. Doch diesmal war er für den Bruchteil einer Sekunde zu langsam. Die Klauen des Jachyras stießen durch den Ärmel seiner Bluse in seinen Arm. Jair schrie auf und riß sich von Spinkser los.

Spinkser wirbelte ihn im Halbkreis herum und schlug zu. Der Hieb traf ihn voll gegen das Kinn. Einen Augenblick lang sah Jair blendendes Licht, dann wurde alles schwarz.

Er spürte nur noch, wie er fiel.

Als er wieder zu sich kam, kniete Spinkser neben ihm. Der Gnom hatte ihn in eine sitzende Stellung hochgezerrt und schüttelte ihn grob.

»Hoch, Junge! Steh auf!«

Die Worte klangen hart und so voller Zorn, daß Jair sich schnell aufrappelte. Sie befanden sich nun tief in der Höhle. Spinkser mußte ihn getragen haben. Das wenige Licht, das hier herrschte, stammte von den Ritzen in der Höhlendecke.

Der Gnom riß ihn herum. »Was hattest du dort hinten eigentlich vor?«

Jair war immer noch schwindelig. »Ich konnte doch nicht zulassen ...«

»Wolltest ihn wieder mit deinen Tricks retten, was?« fiel der andere ihm ins Wort. »Du kapierst auch gar nichts – weißt du das? Du kapierst wirklich absolut gar nichts. Was glaubst du eigentlich, was wir hier machen? Eine Art Spielchen?« Spinkser kochte. »Die Entscheidungen über Leben und Sterben fielen schon vor langer Zeit, mein Lieber! Daran kannst du nichts ändern. Du hast nicht das Recht dazu! Alle die anderen – alle – starben, weil es so sein sollte! So wollten sie es haben! Und was war deiner Ansicht nach der Grund dafür?«

Der Talbewohner schüttelte den Kopf. »Ich ...«

»Du warst der Grund! Sie starben, weil sie an das glaubten, was du hier tun wolltest – jeder einzelne von ihnen! Selbst ich wäre ...« Er hielt sich zurück und holte tief Luft. »Es wäre wirklich sehr sinnvoll gewesen, wenn du dich dort hinten eingemischt hättest und dabei selber umgekommen wärst, nicht wahr? Das wäre wirklich sehr sinnvoll gewesen!«

Er schleuderte Jair herum und stieß ihn weiter in die Höhle hinein. »Genug Zeit damit vergeudet, dir Dinge zu erklären, die du wissen müßtest – Zeit, die wir nicht haben! Ich bin als letzter übrig, und ich werde dir keine große Hilfe bedeuten, wenn die Wandler uns jetzt entdecken. Die anderen – sie waren die eigentlichen Beschützer und paßten ebenso sehr auf mich wie auf dich auf!«

Der Talbewohner ging langsamer und drehte sich zur Seite. »Was ist aus Garet geworden, Spinkser?«

Der andere schüttelte grimmig den Kopf. »Er trägt seinen versprochenen Kampf aus – genau, wie er es sich gewünscht hat.« Er schubste Jair noch einmal und drängte ihn vorwärts. »Nun such schnell deine Quelle, Junge. Finde sie und tu, was zu tun du hergekommen bist. Laß den ganzen Wahnsinn wenigstens einen Sinn gehabt haben!«

Jair rannte mit ihm weiter und schwieg; Scham rötete sein Gesicht. Er verstand den Zorn des Gnomen. Spinkser hatte recht. Er hatte gehandelt, ohne zu denken – ohne in Betracht zu ziehen, welche Opfer die anderen für ihn gebracht hatten. Seine Absichten mochten gut gewesen sein, aber seine Überlegung war wirklich kläglich gewesen.

Vorne löste sich die Dunkelheit in einem Schleier verblassenden Sonnenlichts, das sich durch eine breite Spalte im Berggestein ergoß. Am Höhlenboden blubberte im Schein des Zwielichts faules Wasser aus dem Fels in ein weites Becken, das auf irgendeine unmögliche Weise über Hunderte von Metern von den Tiefen der Erde durchs Gestein heraufgepumpt wurde. Es sammelte sich sprudelnd, schoß dann durch einen Einschnitt an einem Ende des Beckens in einen tief eingegrabenen Kanal und ergoß sich durch eine Öffnung in der Bergwand und stürzte in die darunterliegenden Schluchten, wo es seine lange Reise westwärts antrat, um zum Silberfluß zu werden.

Gnom und Talbewohner verlangsamten vorsichtig ihren Schritt und ließen die Blicke durch Düsternis und nebelhafte Gischt in die tiefen Ecken und Nischen am dunklen Ende der Höhle schweifen. Nichts rührte sich. Nur die Strömung des geschwärzten Wassers deutete so etwas wie Leben an, das in einem üblen Giftschwall dampfte und kochte, wo es aus der Quelle hervorsprudelte. Über allem hing wie ein Leichentuch der Gestank des Maelmord.

Jair ging weiter, den Blick auf das Becken geheftet, das den Himmelsbrunnen darstellte. Wie grotesk ihm dieser Namen nun erschien, wenn er das verseuchte Wasser betrachtete. Das verdient nicht mehr den Namen Silberfluß, dachte er niedergeschlagen, und er fragte sich, wie die Magie des alten Mannes ihn in das zurückverwandeln sollte, was er einmal gewesen war. Langsam griff er in sein Hemd, und seine Finger schlossen sich um den winzigen Beutel Silberstaub, den er auf dem ganzen langen Weg nach Westen bei sich getragen hatte. Er zog die Kordeln auf und spähte hinein. Drinnen lag das Häufchen Staub wie gewöhnlicher Sand.

Und wenn es nur Sand wäre?

»Vergeude nicht noch mehr Zeit!« keifte Spinkser.

Jair trat an den Beckenrand und bemerkte deutlich den Schlamm, der die dunklen Wasser des Brunnens erstickte, und den überwältigenden Gestank. Es durfte einfach nicht nur Sand sein! Er schluckte seine Angst hinab und mußte an Brin denken ...

»Nun wirf schon!« rief Spinkser wütend.

Jairs Hand zuckte hoch, schüttete den Silberstaub aus dem Beutel und streute ihn im weiten Bogen über die Oberfläche des vergifteten Brunnens. Die winzigen Körnchen flogen aus ihrem dunklen Behältnis; im Licht der Höhle schienen sie plötzlich zu funkeln und zu schillern. Sie fielen ins Wasser und erwachten zu Leben. Eine Flamme strahlenden Silberfeuers schoß aus dem dunklen Becken empor. Jair und Spinkser wichen zurück und beschirmten ihre Augen mit den Händen, als der grelle Schein sie blendete.

»Der Zauber!« rief Jair.

Zischend und brodelnd schossen die Wasser des Himmelsbrunnens in die Höhe, regneten über die ganze Länge und Breite der Höhle hernieder und ergossen sich über die beiden, die an der Brunneneinfassung kauerten. Dann schien mit dem Wasserschauer eine Bö frischer Luft aufzukommen, Gnom und Talbewohner verfolgten das Ganze ungläubig und ehrfurchtsvoll. Vor ihnen sprudelten die Wasser des Himmelsbrunnens klar und rein aus dem Bergfels. Der Gestank und die schwarze, verseuchte Farbe waren fort. Der Silberfluß war wieder sauber.

Schnell zog Jair den Sehkristall an seiner Silberkette von seinem Hals. Nun gab es kein Zögern mehr. Er trat wieder ans Becken und trat auf einen kleinen Felsüberhang, der über das Wasser reichte. In seinem Innern hörte er wieder die Worte des Königs vom Silberfluß, was er tun mußte, wenn er Brin retten wollte.

Seine Hand spannte sich um den Kristall, und er schaute in das Wasser im Becken hinab. In diesem einzigen Augenblick schienen alle Erschöpfung und Schmerzen zu verfliegen.

Er warf den Kristall und die Kette in die Tiefen des Brunnens. Ein gleißender Lichtblitz zuckte auf – ein größerer, als ihn die Ausstreuung des Silberstaubs hervorgerufen hatte – und die ganze Höhle schien lichterloh in Flammen zu stehen. Jair sank erschreckt auf die Knie, hörte hinter sich Spinksers heiseren Aufschrei, und dachte einen Augenblick lang, alles wäre auf entsetzliche Weise schiefgegangen. Doch dann tauchte das Licht in das Wasser des Beckens, und das wurde so glatt und klar wie Glas.

Die Antwort – zeig mir die Antwort!

Langsam breitete sich ein Bild auf der Wasseroberfläche aus, schillerte erst durchscheinend und verdichtete sich dann. Ein gewölbeartiges, von staubigem, grauem Licht durchzogenes Turmzimmer erschien, und die bedrückende Atmosphäre des Dargestellten war fast greifbar. Jair bekam Angst vor dem, was er da empfand, während er zusah, wie der Raum sich ausdehnte und ihn in sich hineinzuziehen begann.

Und dann erschien das Gesicht seiner Schwester …

Brin Ohmsford fühlte den Blick auf sich ruhen, der alles erkannte, was sie war und werden wollte, und dann versuchte, sie an sich zu ziehen. Obgleich sie in dicke Schichten der Magie geschlungen war, als die Macht des Ildatch in ihr aufstieg, fühlte sie den Blick und riß ihre Augen auf.

Bleib mir vom Leib! brüllte sie. Ich bin das Kind der Finsternis!

Doch jener winzige Teil von ihr, den die Magie nicht verwandelt hatte, erkannte den Blick und suchte seine Hilfe. Zurückgehaltene Gedanken rissen sich in ihrem Innern aus ihren Fesseln los, flohen wie Schafe vor dem Wolf, der sie hetzte, und schrien und kämpften, das sichere Obdach zu erreichen. Sie sah sie, und die Entdeckung erfüllte sie mit blinder Wut. Sie griff nach den flüchtigen Gedanken und verscheuchte sie, einen nach dem anderen. Kindheit, Zuhause, Eltern, Freunde – die einzelnen Teile, die ihr Ich ausgemacht hatten, ehe sie ihre weiteren Möglichkeiten entdeckt hatte – sie zermalmte sie alle.

Dann entlud sich ihre Stimme in einem qualvollen Jammern, und selbst die alten Mauern des finsteren Turmes bebten angesichts der Heftigkeit ihrer Wehklage. Was hatte sie getan? Schmerz erfüllte sie nun, ausgelöst durch den Schaden, den sie angerichtet hatte. Die Einsicht eines kurzen Augenblicks durchströmte sie, und sie hörte das Echo der Prophezeiung des Finsterweihers. Tatsächlich war sie in den Maelmord gekommen, hier ihren Tod zu finden – und sie hatte ihn gefunden! Doch es war nicht der Tod, den sie erwartet hatte. Es war der Tod ihres Ichs durch die Verlockung der Magie!

Doch selbst angesichts dieser entsetzlichen Erkenntnis vermochte sie nicht, den Ildatch loszulassen. Sie war überwältigt von dem

Gefühl der wachsenden Zaubermacht in ihr, die sich wie steigende Flut ausbreitete. Sie hielt das Buch in tödlichem Griff von sich gestreckt und hörte die ermutigenden und verheißungsvollen Zuflüsterungen der unbeteiligten Stimme. Sie lauschte auf die Worte, weil sie nicht anders konnte, und die Welt begann sich ihr zu erschließen ...

Jair taumelte am Beckenrand vom Bild seiner Schwester zurück. War das tatsächlich Brin, die er da gesehen hatte? Entsetzen überwältigte ihn, als er sich zwang, sich die Erscheinung noch einmal vorzustellen, die das Wasser ihm vorgeführt hatte. Es war seine Schwester, allerdings zu etwas kaum Wiederzuerkennendem entstellt – eine Verzerrung des menschlichen Wesens, das sie einmal gewesen war. Sie hatte sich selbst verloren – genau wie der König vom Silberfluß es vorausgesagt hatte.

Und Allanon? Wo steckte Allanon? Wo war Rone? Hatten sie sie im Stich gelassen, wie er, der zu spät an den Himmelsbrunnen gelangt war?

Tränen rannen über Jair Ohmsfords Gesicht. Es war so gekommen, wie der alte Mann ihn gewarnt hatte – alles, wie es vorherbestimmt war. Entsetzliche Verzweiflung übermannte den Jungen aus dem Tal. Er blieb als letzter übrig. Allanon, Brin, Rone, die kleine Gruppe von Culhaven – alle dahin.

»Junge, was machst du eigentlich?« hörte er Spinkser rufen. »Komm zurück und benutze, was von deinem gesunden Menschenverstand noch übrig ist ...«

Jair verschloß Ohren und Denken für den Rest dessen, was der Gnom ihm sagen wollte, und heftete seinen Blick wieder auf die Erscheinung im Wasser des Beckens. Es war Brin, die in den Maelmord hinabgestiegen, vom Buch des Ildatch angezogen und irgendwie von der Magie zerstört worden war, die sie hatte vernichten wollen.

Und er mußte zu ihr. Selbst wenn es zu spät wäre, müßte er versuchen, ihr zu helfen.

Er stand wieder auf und erinnerte sich an das letzte Geschenk des Königs vom Silberfluß. »Nur ein einziges Mal wird das Wünschlied dir nutzen, nicht nur Trugbilder, sondern Wirklichkeit zu schaffen.«

Er verdrängte Verwirrung, Entsetzen, Furcht und Verzweiflung und sang. Die Melodie des Wünschliedes stieg in die Stille der Höhle auf, überflutete sie und erstickte die unvermittelten Protestschreie, die Spinkser ausstieß. Schmerz und Erschöpfung wurden zu Vergangenheit, als er nach dem Wunsch rief. Das funkelnde, weiße Licht des Beckenwassers erstrahlte erneut in der Luft über dem Himmelsbrunnen, und wieder schoß die Gischt in einem Geysir himmelwärts.

Spinkser taumelte geblendet und betäubt zurück. Als er endlich wieder sehen konnte, war Jair Ohmsford in dem Licht verschwunden.

13

Dann kam ein Augenblick, da Jair den Eindruck hatte, aus sich selbst herauszutreten. Er stand im Licht und war gleichzeitig daraus verschwunden. Er durchquerte Gestein und Raum wie ein körperloser Geist, und das ganze Land begann sich wild um ihn zu drehen. Aus dem Strudel tauchten einzelne, kurze Bilder auf. Da war Spinkser mit seinem derben, gelben Gesicht, auf dem sich Schock und Ungläubigkeit abzeichneten, als er auf das leere Becken starrte, von dem Jair verschwunden war. Garet Jax war in einen tödlichen Kampf mit dem roten Ungeheuer verstrickt, sein mageres Gesicht glühte vor wilder Entschlossenheit, und seine dunkle Gestalt war zerfetzt und blutbesudelt. Gnomen-Jäger stürmten in wildem Durcheinander durch die Hallen von Graumark und suchten nach den Eindringlingen, die ihnen irgendwie entwischt waren. Helt lag am Boden des Torhäuschens, durchbohrt von Schwert und Pike. Foraker und der Elfenprinz waren dicht eingekesselt...

Schluß damit!

Er schrie die Worte, entriß sie wie verwurzelte Teile der Musik seines Liedes, und die Bilder erloschen. Er segelte hinab, glitt dahin auf der glatten Oberfläche des Wünschliedschreis. Er mußte zu Brin gelangen!

Unten flog das Gewirr des Maelmord ihm entgegen. Er sah, wie seine dunkle Masse wie ein Lebewesen an- und abschwoll, und hörte das widerliche Zischen seines Atems. Bergwände flogen an ihm vorüber, während er fiel, und er sah den Urwald die Arme emporrecken, um ihn aufzufangen. Panik erfüllte ihn. Dann tauchte er in den Maelmord ein; das weit aufgerissene Maul schloß sich um ihn, Gestank und Dunst umhüllten ihn, und alles verschwand.

Jair kam langsam wieder zu sich. Dunkelheit hatte sich wie ein Leichentuch über sein Gesichtsfeld gebreitet, und ihm drehte sich der Kopf. Er blinzelte, und das Licht kehrte zurück. Er fiel nicht mehr durch den Strudel seines Wünschliedes und segelte nicht mehr ins wirre Dunkel des Maelmord hinab. Seine Reise war beendet. Die Mauern des Turmes, den er gesucht hatte, umgaben ihn mit ihrem uralten, bröckeligen Gestein. Er stand im Innern und war Teil des Bildes, das die Wasser im Becken vom Himmelsbrunnen ihm gezeigt hatten.

»Brin!« flüsterte er heiser.

Eine in Schatten und graues Zwielicht getauchte Gestalt, deren zarte Hände ein dickes, metallgebundenes Buch fest umspannten, drehte sich um.

Brin war ein verzerrtes Abbild der Frau, die sie einst gewesen war, und ihre Züge waren kaum wiederzuerkennen, so entstellt wirkten sie. Die ganze außergewöhnliche Schönheit und Ausstrahlung ihres Äußeren war zu etwas erstarrt, das aus Stein hätte gemeißelt sein können. Sie war eine Erscheinung, aus der alle Farbe gewichen war und deren zierlicher Körper sich gebückt und knochendürr ins Dunkel drängte. Entsetzen erfüllte Jair. Was hatte man ihr angetan?

»Brin?« rief er noch einmal mit versagender Stimme.

Eingehüllt in die furchteinflößende Macht des Ildatch-Zaubers, der in sie strömte, um sich mit ihrer Magie zu vermischen, wurde Brin kaum der einsamen Gestalt gewahr, die da auf der anderen Seite des Turmzimmers stand. Jair rief nach ihr – ein leises, vertrautes Rufen. Sie kämpfte sich einen Augenblick durch die Schichten von Magie, die sie umschlangen, zu ihrer Vernunft vor, die sich tief in ihr Innerstes geflüchtet hatte, und die Erinnerung kehrte zurück. Jair! Ach, gütige Geister – es war Jair!

Doch die schwarze Magie straffte sich und zerrte sie zurück. Die Macht durchströmte sie, spülte alles Wiedererkennen der Person, die ihr gegenüberstand, fort und machte Brin wieder zu der Kreatur, zu der sie sich hatte werden lassen. Zweifel und Mißtrauen durchzuckten sie, und die ausdruckslose Stimme des Ildatch flüsterte ihr eine Warnung zu.

– Er ist böse, Kind der Finsternis. Eine Täuschung, der die Mordgeister Leben verliehen haben. Halte ihn dir fern. Vernichte ihn –

Nein, es ist Jair ... irgendwie ist er gekommen ... Jair ...

– Er will dir deine Macht stehlen. Er will uns töten –

Nein, Jair ... ist gekommen ...

– Zerstöre ihn, Kind der Finsternis. Zerstöre ihn –

Sie kam offenbar nicht gegen sich an. Ihr Widerstand zerbrach, ihre Stimme erhob sich zu einem furchterregenden Klagen. Doch Jair hatte den plötzlichen, haßerfüllten Ausdruck im Gesicht seiner Schwester gesehen und sich bereits in Bewegung gesetzt. Er sang, auf daß seine eigene Magie ihn beschützte, als er aus sich heraustrat und nur ein Abbild zurückließ. Selbst damit konnte er ihr kaum entkommen. Der Ausbruch von Lauten, die über Brins Lippen kamen, löste das Bild auf, sogleich erbebte die Wand dahinter von der Nachwirkung und schleuderte ihn wie einen leeren Sack auf den Steinboden. Staub und Sand wirbelten durchs Dämmerlicht, und der alte Turm zitterte von der Wucht des Angriffs.

Langsam kroch Jair wieder auf die Knie und duckte sich in den

Schleier von Trümmerstückchen, der in der Luft hing. Einen Augenblick lang wankte seine Gewißheit, daß er den dritten Zauber klug eingesetzt hatte. Als er Brin in den Wassern des Himmelsbrunnen erblickt hatte, war es ihm so klar erschienen. Er hatte gewußt, daß er zur ihr gehen mußte. Aber was sollte er jetzt, da er bei ihr war, nur tun? Sie hatte sich von ihrem wahren Ich abgekehrt, wie der König vom Silberfluß es vorhergesagt hatte. Sie war nicht wiederzuerkennen, wie die schwarze Magie des Ildatch sie entstellt hatte. Doch es war mehr als das, denn sie hatte nicht nur sich verändert, sondern auch der Zauber ihres Wünschliedes war ein anderer geworden. Es hatte sich zu einem Ding von furchterregender Macht entwickelt, zu einer Waffe, die sie gegen ihn einsetzen wollte, da sie nicht wußte, wer er war, und sich nicht im geringsten an ihn erinnern konnte. Wie sollte er ihr helfen, wenn sie ihn auslöschen wollte?

Ihm blieb nur ein Augenblick Zeit, das Dilemma abzuwägen. Er kam wieder auf die Beine. Allanon hätte vielleicht die Kraft gehabt, solcher Macht zu widerstehen. Rone wäre vielleicht schnell genug, ihr zu entkommen. Die kleine Gruppe aus Culhaven wäre vielleicht zahlenmäßig stark genug gewesen, sie zu überwinden. Aber sie waren von ihm gegangen. Alle, die ihm hätten beistehen können, waren nicht mehr am Leben. Welche Hilfe er auch mobilisieren könnte, er würde sie in sich selbst finden müssen.

Rasch schlüpfte er durch den Schleier von Dunst und Staub. Er wußte, wenn er Brin irgendwie nützlich sein wollte, müßte er sie zuerst von dem Ildatch losreißen.

Die Luft vor ihm klärte sich, zehn Meter entfernt tauchte Brins dunkle Gestalt auf. Sofort begann er zu singen; das Wünschlied erfüllte die Stille mit laut summendem Klang und vermittelte mit seiner Melodie eine geflüsterte Bitte. Brin, rief es. Das Buch ist zu schwer, sein Gewicht zu groß. Laß es los, Brin. Laß es fallen!

Für eine kurze Sekunde fielen Brins Hände herab, und sie senkte zweifelnd den Kopf. Es hatte den Anschein, als würde die Illusion funktionieren und sie ließe den Ildatch los. Dann schoß Raserei durch ihr hageres Gesicht und der Schrei des Wünschliedes zerschlug die Luft in Geräuschintervallen, die Jairs Trugbild zerschmetterten.

Der Talbewohner taumelte zurück. Er versuchte es erneut und erweckte diesmal die Vorstellung von Feuer, das mit einem Zischen Flammen rund um den Einband des alten Buches aufloderten. Brin stieß einen Schrei wie ein Tier aus, riß dann aber das Buch an ihren Körper, als könnte sie die Flammen damit ersticken. Ihr Kopf fuhr mit hektischem Blick herum. Sie wollte ihn unbedingt finden, um die Magie dazu zu benützen, ihn zu vernichten.

Wieder schlug sein Lied um und schuf diesmal das Bild von Rauch, der in dicken Schwaden durch den Raum zog. Doch sie würde sich nur wenige Augenblicke täuschen lassen. Er schlich sich an den Mauern des Turmes entlang und versuchte, sich ihr aus einer anderen Richtung zu nähern. Wieder sang er, und erzeugte diesmal einen Hauch tiefer, undurchdringlicher Dunkelheit. Er mußte schneller sein als sie. Er mußte dafür sorgen, daß sie ihr Gleichgewicht nicht wiedererlangte.

Wie ein Geist huschte er im Schatten des Turmes dahin und setzte jeden Trick gegen Brin ein, den er kannte – mit Hitze und Kälte, Dunkelheit und Licht, Schmerz und Wut. Zweimal schlug sie blindlings mit ihrer Magie zurück, daß ein sengender Energiestoß ihn von den Füßen riß und erschüttert zurückließ. Sie wirkte verwirrt, irgendwie unsicher – als könnte sie sich nicht entschließen, ob sie nun die ganze Macht, über die sie gebot, zum Einsatz bringen sollte. Aber trotzdem hielt sie den Ildatch fest umklammert und drückte ihn an sich, als wäre er ihre ganze Lebenskraft. Nichts, was Jair versuchte, konnte sie bewegen, das Buch loszulassen.

Das ist kein Spiel, was du hier treibst, dachte er finster und mußte an Spinksers vernichtenden Tadel denken.

Er begann zu ermüden. Geschwächt durch sein Ringen, zum Himmelsbrunnen zu gelangen, durch seine Wunde und die Anstrengung des unablässigen Einsatzes vom Wünschlied war er bald völlig erschöpft. Im Gegensatz zu Brin stärkte ihn nicht die Macht der schwarzen Magie; er besaß nur seine eigene Willenskraft. Und er fürchtete, die würde nicht ausreichen. Er lief durch Dunkelheit und

Schatten hin und her und suchte nach einem Weg, die Abwehr seiner Schwester zu durchbrechen. Er atmete mühsam und stoßweise, und seine Kraft war bald aufgezehrt.

Verzweifelt setzte er das Wünschlied wie vor dem Ältestenrat der Zwerge in Culhaven ein, um eine Vision von Allanon hervorzurufen. Aus dem Dunst, der über dem übel zugerichteten Raum hing, ließ er den Druiden erstehen, der düster und gebieterisch einen Arm ausstreckte. Laß das Buch Ildatch los, Brin Ohmsford! mahnte eine tiefe Stimme. Laß es fallen.

Das Talmädchen wankte gegen den Altar zurück, ein Ausdruck des Wiedererkennens huschte über ihr Gesicht. Ihre Lippen zuckten, flüsterten hektisch dem Ildatch zu – als wollte sie ihn warnen. Dann war der Ausdruck des Erkennens erloschen. Sie hob das Buch hoch über ihren Kopf, und ihr Lied erklang als zorniges Klagen. Allanons Bild löste sich in nichts auf.

Jair schlich wieder in einen Schleier von Unsichtbarkeit gehüllt davon. Allmählich verließ ihn alle Hoffnung. Sollte Brin nichts mehr helfen können? Würde nichts sie zurückzubringen vermögen? Was sollte er machen? Verzweifelt war er bemüht, sich an die Worte des alten Mannes zu erinnern: Wirf den Sehkristall hinterher, dann wirst du die Antwort finden. Was für eine Antwort war ihm gegeben worden? Er hatte alles versucht, was ihm nur einfiel. Er hatte das Wünschlied benutzt, um jede erdenkliche Illusion zu erwecken, die er nur zustande brachte. Was blieb noch?

Er hielt inne. Illusionen! Trugbilder!

Kein Trugbild – sondern Realität!

Und plötzlich wußte er die Antwort.

Blutrotes Feuer loderte rings um Rone auf und wurde von der Klinge seines Schwerts zurückgeworfen, als er dem furchterregenden Angriff der Mordgeister standhielt. Die Wandler kauerten auf der Steintreppe des Croagh als eine Reihe finsterer Gestalten, die sich von den Höhen der Felsen und Festung herabschlängelte, welche vor dem Hintergrund des verblassenden Nachmittagshimmels in

Rauch und Nebel gehüllt lagen. Ein halbes Dutzend Arme fuhr empor, und Flammen schossen auf den Hochländer zu, daß er unter ihrer Wucht zurücktaumelte. Kimber kauerte hinter ihm und hatte zum Schutz gegen Hitze und herumfliegende Steine die Hände vor Gesicht und Augen geschlagen. Wisper brüllte haßerfüllt aus dem Schatten der Stufen hinauf und stürzte sich auf die Gestalten, die an ihm vorüberhuschen wollten.

»Cogline!« rief Rone verzweifelt aus Rauch und Feuer auf der Suche nach dem alten Mann.

Langsam rückten die Mordgeister näher. Es waren zu viele, die Macht der schwarzen Magie war zu groß. Sie alle konnte er nicht abwehren.

»Cogline! Bei der heiligen Katze!«

Aus dem Schatten weiter oben stieß eine verhüllte Gestalt auf ihn herab, von deren beiden Händen Feuerstöße schossen. Rone erhob blitzschnell das Schwert, traf den Feuerstrahl und konnte ihn ablenken. Doch der Wandler lag fast auf ihm, und der Klang seiner Stimme war ein unvermitteltes Zischen, das die Explosion übertönte. Dann stürzte Wisper aus seinem Versteck, erwischte das schwarze Wesen und riß es mit sich. Moorkatze und Geist taumelten in einer Woge von Feuer und Rauch und verschwanden außer Sicht.

»Cogline!« brüllte Rone ein letztes Mal.

Unvermittelt tauchte der alte Mann auf und kam mit wehendem weißen Haar krumm und gebückt aus einer Rauchwolke gewankt. »Halt aus, Südländer! Ich werde den Schwarzen Feuer vorführen, das wirklich brennt!«

Er heulte auf, als wäre er von Sinnen und schleuderte eine Handvoll Kristalle mitten zwischen die Mordgeister. Die Körnchen funkelten wie Obsidiansplitter, als sie zwischen die schwarzen Gestalten rieselten und in die hell lodernden Flammen fielen. Sofort explodierten sie, und weißglühendes Feuer, gleißend und grell, schoß himmelwärts. Donner erschütterte die Bergwand, ganze Teile des Croagh wurden fortgeschleudert und rissen die dunklen Gestalten der Mordgeister mit sich.

»Brennt, ihr schwarzen Wesen!« kreischte Cogline triumphierend.

Doch die Wandler waren nicht so leicht zu erledigen. Als dunkle Schatten schwebten sie aus dem Schleier von Staub und Trümmerstückchen wieder heran, und Feuer schoß von ihren Fingern. Cogline schrie auf, als es ihn erreichte, und verschwand. Flammen umloderten Rone und das Mädchen, dem er Deckung gab, und die Wandler stürzten auf sie zu. Der Hochländer stieß den Kampfruf seiner Vorfahren aus und hieb mit der ebenholzschwarzen Klinge mitten in sie hinein. Zwei waren auf der Stelle zerschmettert und zerfielen zu Asche, doch die anderen strömten weiter heran. Krallenbewehrte Finger schlossen sich um das Schwert und drängten Rone zurück.

Und dann stürzten sich auch schon alle auf ihn.

Ausgezehrt von den Anstrengungen, die der Strom der Magie in ihrem Körper ausgelöst hatte und verwirrt von den widerstreitenden Gefühlen, die sie erschütterten, stand Brin vor dem Altar auf dem Podium, der den Ildatch beherbergte, und hielt das Buch fest an sich gedrückt. Das Licht in dem Turmzimmer wurde schwächer, Staub und Sand hingen schwer in der Luft. Dort ging immer noch jenes Ding um, das sie so quälte und die Gestalt ihres Bruders Jair angenommen hatte. Obgleich sie es aufspüren und vernichten wollte, war sie augenscheinlich nicht dazu in der Lage. Die Zauberkräfte in ihr waren irgendwie noch beschränkt – als wollten sie sich aus irgendeinem Grund nicht mischen. Sie wußte, daß sie eins waren, das Buch und sie. Sie waren verbündet. Die Stimme flüsterte ihr zu, daß es so war – raunte von der Macht, die ihnen beiden gehörte. Warum fiel es ihr dann aber so schwer, diese Macht zur Anwendung zu bringen?

– Du wehrst dich dagegen, Kind der Finsternis. Du leistest Widerstand. Gib dich ganz hin –

Dann explodierte die Luft um sie her, und der Zauber dessen, den sie jagte, brach durch Staub und Zwielicht, und Dutzende Bilder ihres Bruders erfüllten den Raum. Sie tauchten überall um sie herum auf, schlichen durch den Dunst auf das Podium zu und riefen ihren Namen. Sie taumelte verblüfft zurück. Jair! Bist du tatsächlich hier? Jair …?

– Sie sind böse, Kind der Finsternis. Vernichte sie. Vernichte –

Obgleich sie irgendwo tief in ihrem Innern wußte, daß es falsch war, gehorchte sie der Stimme des Ildatch und schlug mit ihrer Zauberkraft zu, daß der Klang des Wünschliedes das ganze Gewölbe des Raumes erfüllte. Eins nach dem anderen lösten die Bilder sich vor ihr auf, und es war, als tötete sie Jair immer wieder und vernichtete ihn mit jedem zerschmetterten Abbild erneut. Doch die Bilder kamen weiter heran, die verbliebenen überbrückten die Kluft zwischen ihnen, streckten ihr die Arme entgegen, streichelten sie …

Dann schrie sie auf. Arme hielten sie umfangen, Arme aus Fleisch und Blut, warm und lebendig, und Jair stand vor ihr und drückte sie fest an sich. Er war real, nicht phantasiert, er war ein lebendiges Wesen und sprach durch das Wünschlied zu ihr. Bilder erfüllten ihr Denken, Bilder dessen, wer sie gewesen waren und heute waren, Bilder der Kindheit und der Zeit danach – von allem, was ihr Leben ausgemacht hatte und ausmachte. Da war Shady Vale, die dicht zusammengedrängten Häuser des Dorfes, in dem sie aufgewachsen waren, holzverschalte Häuschen zwischen Steinbauten und reetgedeckten Hütten, wo die Leute sich von ihrem Tagwerk zum Abendessen und den kleinen Vergnügungen niederließen, die aus dem Zusammensein mit Familie und Freunden erwuchsen. Das Gasthaus war von Lachen und Unterhaltungen erfüllt und von Kerzen und Öllampen erhellt. Sie sah ihr Zuhause mit den Wegen und den schattigen Hecken, den alten Bäumen in herbstlichen Farben, durch welche verblassende Streifen nachlassenden Sonnenlichts fielen. Das kräftige Gesicht ihres Vaters lächelte zuversichtlich, ihre Mutter streckte die dunkelhäutige Hand aus, sie zu streicheln. Da waren Rone Leah und ihre Freunde und … Eine nach der anderen wurden die Stützen, die ihr entrissen und so rücksichtslos vernichtet worden waren, wieder aufgerichtet. Die Bilder durchströmten sie warm und süß, auf eigentümliche Weise läuternd, voller Liebe und Zuversicht.

Brin sank weinend in die Arme ihres Bruders.

Dann geißelte sie die Stimme des Ildatch.

– Vernichte ihn! Vernichte ihn! Du bist das Kind der Finsternis –

Doch sie vernichtete ihn nicht. Verfangen in dem Netz der Bilder, die sie durchströmten, und tief eingetaucht in den Quell der Erinnerungen, die sie auf immer verloren geglaubt hatte, konnte sie fühlen, wie die Persönlichkeit, die sie einmal gewesen war, zurückkehrte. Jener Teil von ihr, der verloren schien, wurde wieder aufgebaut. Die Bande der Magien, die sie zu fesseln begonnen hatten, lockerten sich allmählich, fielen ab und gaben sie frei.

Die Stimme des Ildatch klang plötzlich heftig.

– Nein! Du darfst mich nicht loslassen! Du mußt mich festhalten. Du bist das Kind der Finsternis –

Ach, das war sie doch gar nicht! Sie ahnte und fühlte es nun durch das Gespinst der Lügen hindurch, die anzunehmen sie sich hatte überreden lassen. Sie war nicht das Kind der Finsternis!

Jairs Gesicht stieg aus tiefem Nebel zu ihr empor. Seine vertrauten Züge, zunächst verschwommen, waren nun deutlich umrissen, und er sprach zärtlich zu ihr.

»Ich liebe dich, Brin. Ich liebe dich.«

»Jair«, entgegnete sie flüsternd.

»Vollende jetzt die Aufgabe, zu deren Erfüllung du gekommen bist, Brin – was Allanon dir aufgetragen hat. Mach es schnell!«

Ein letztes Mal reckte sie den Ildatch hoch über ihren Kopf. Sie war weder das Kind der Finsternis, noch war das Buch der Diener, als den es sich ausgegeben hatte. Es hatte behauptet, sie würde Herrin seiner Magie, doch das war gelogen. Kein Lebewesen konnte Herr der schwarzen Magie werden – nur ihr Sklave. Es konnte keine Vereinigung von Fleisch und Blut mit der Magie geben, wie gut die Absicht auch sein mochte. Letzten Endes mußte jede Benutzung den Benutzer zerstören. Sie begriff das jetzt deutlich und fühlte plötzliche Panik von dem Buch ausgehen. Es war lebendig und empfindungsfähig; also laß es los! Es hätte sie von Grund auf verändert; es hätte ihr die Lebenskraft ausgesaugt wie schon so vielen vor ihr, und sie in ein ebenso böses, entstelltes Wesen verwandelt wie die Mordgeister, die Schädelträger vor ihnen oder den Dämonen-Lord selbst. Es wollte sie auf die Vier Länder hetzen und alle, die sie bewohnten, um wieder Finsternis über sie zu bringen ...

Sie holte aus und schleuderte das Buch von sich. Es schlug mit unheimlicher Wucht auf den Steinboden. Die Metallschlösser brachen und fielen herab. Seiten rissen heraus und flogen verstreut umher.

Dann wandte Brin Ohmsford das Wünschlied an. Es erschallte hart und schnell, als es die Überreste des Buches mit seiner Macht erfaßte und in nutzlosen Staub verwandelte.

Am Rande des Croagh auf den Klippen unterhalb Graumark fühlte Rone, wie die Mordgeister den Griff ihrer Klauenfinger lösten, als würden sie von einem Feuer erfaßt, gegen das sie nicht ankamen. Die verhüllten Gestalten wichen zurück, drehten und wanden sich im grauen Licht des langsam dunkler werdenden Himmels. Ihre Stimmen klangen wie eine einzige in der plötzlichen Stille, und es erschallte ein wütendes, entsetzes Kreischen. Über die ganze Länge des Croagh bis hinab zu dem Sims, wo Rone gekämpft hatte, um sie zurückzuschlagen, zuckten die Mordgeister wie umhergeschüttelte Stoffpuppen.

»Rone!« rief Kimber und zerrte ihn von der Stelle, wo der vorderste der schwarzen Geister blindlings umhertaumelte.

Flammen schossen aus den Fingerspitzen der Geister und brachen aus ihren kapuzenverhüllten Gesichtern. Dann lösten sie sich einer nach dem anderen auf, zerfielen wie zerschmetterte Tonskulpturen, und die Mordgeister existierten nicht mehr.

»Rone, was ist mit ihnen geschehen?« flüsterte das Mädchen heiser, und ihre fassungslosen Worte zogen durch die Stille.

Die Hand des Hochländers umfaßte immer noch den Knauf des Schwertes von Leah, als er aufstand und langsam den Kopf schüttelte. Rauch und Trümmerpartikel zogen in der Luft über die Bergwand und schwebten träge um sie her. Wispers zerschundene Gestalt tauchte wie ein Geist aus diesem Dunstschleier auf.

»Brin«, murmelte Rone leise zur Antwort auf Kimbers Frage. Er schüttelte ungläubig den Kopf. »Es war Brin.«

Und dann fühlte er, wie das erste Erdbeben die Bergwand des Maelmord erschütterte.

Erschöpft starrte Brin Ohmsford auf den geschwärzten Stein am Boden des Turmes, wo die Überreste des Ildatch als feiner Staub zurückblieben.

»Da hast du dein Kind der Finsternis«, flüsterte sie bitter, und Tränen rannen ihr übers Gesicht.

Ein heftiges Beben, das aus der Erde emporstieg und sich durch die betagten Mauern ausbreitete, ließ den Turm erzittern. Steine und Balken begannen zu ächzen und nachzugeben und zerbröckelten durch die Vibration, der sie ausgesetzt waren. Brins Kopf fuhr in die Höhe, ihre Augen blinzelten in den Schauer von Sand und Staub, der auf ihr Gesicht niederregnete.

»Jair?« versuchte sie, ihn zu sich zu rufen.

Doch ihr Bruder entglitt ihr, Fleisch und Blut lösten sich wieder in dunstige Luft auf, und er war erneut nur eine Erscheinung. Ein ungläubiger Ausdruck stand im Gesicht des Talbewohners, und es sah aus, als wollte er ihr etwas mitteilen. Seine verdüsterte Gestalt schwebte noch einen Augenblick länger im Schummerlicht des Turms und war dann verschwunden.

Niedergeschlagen starrte Brin ihm hinterdrein. Nun begannen große Steinbrocken des Turmes um sie her herabzufallen, und sie wußte, daß sie nicht bleiben durfte. Mit der schwarzen Magie des Ildatch war es zu Ende, und alles, was aus ihm hervorgegangen war, starb nun.

»Aber ich werde weiterleben!« flüsterte sie leidenschaftlich.

Sie raffte ihren Umhang um sich, machte kehrt und lief aus dem leeren Raum.

14

Das Silberlicht flackerte über den im Becken des Himmelsbrunnens gesammelten Wassern auf, und ein ängstlicher Spinkser stolperte wieder einmal zurück. Eine hell blitzende Explosion ereignete sich mit der intensiven und blendenden Strahlung der Sonne, wie sie sich bei Morgendämmerung über den Horizont schiebt und den Rest der Nacht durchdringt. Sie zuckte durch die dunklen Schatten der Höhle, zersplitterte in weißes Feuer und war vorüber.

Spinkser zuckte zusammen, als er wieder zum Steinbecken blickte. Dort am Rand stand todmüde und zerschlagen Jair Ohmsford.

»Junge!« rief der Gnom mit einem Gemisch von Besorgnis und Erleichterung in der Stimme, als er auf den Talbewohner zustürzte.

Jair sackte erschöpft nach vorn, und der andere fing ihn mit einem Griff um die Taille auf. »Ich konnte sie nicht herausholen, Spinkser«, wisperte er. »Ich habe es versucht, aber die Zauberkraft reichte nicht aus. Ich mußte sie zurücklassen.«

»Nun, nun – laß dir erst einmal einen Augenblick Zeit, um zu Atem zu kommen«, brummte Spinkser, als der Talbewohner über seine Worte stolperte. »Setz dich hier ans Becken.«

Er lehnte Jair gegen die Steinmauer und kniete neben ihm. Der Junge aus dem Tal schaute hoch. »Spinkser, ich war drunten im Maelmord – oder zumindest ein Teil von mir. Ich habe den dritten Zauber angewendet – den der König vom Silberfluß mir geschenkt hat, um Brin zu helfen. Er trug mich ins Licht und dann aus mir heraus – als ob ich aus zwei Persönlichkeiten bestünde. Ich fuhr in die Grube hinab, in der der Sehkristall mir Brin gezeigt hatte. Sie befand sich dort in einem Turm und hielt den Ildatch. Aber der hatte sie verändert, Spinkser. Sie war zu etwas ... Schrecklichem geworden ...«

»Ganz ruhig, Junge. Ganz langsam erst mal.« Der Gnom sah ihm in die Augen. »Hast du ihr denn helfen können?«

Jair nickte und schluckte dabei. »Sie war völlig verändert, doch ich wußte, wenn ich sie erreichen und berühren könnte und sie mich ebenfalls – dann würde alles gut. Ich benutzte das Wünschlied, ihr zu zeigen, wer sie war und was sie mir bedeutete ... um ihr klarzumachen, daß ich sie liebte!« Er kämpfte gegen seine Tränen an. »Dann hat sie den Ildatch zerstört – sie hat ihn in Staub verwandelt! Doch als sie das tat, begann der Turm einzustürzen, und irgend etwas geschah mit der Magie. Ich konnte nicht bei ihr bleiben. Und ich konnte sie auch nicht mitbringen. Ich habe es versucht, aber es ging alles so schnell. Ich schaffte es nicht einmal, ihr zu sagen, was geschah! Sie ... verschwand einfach, und ich war wieder hier oben ...«

Er ließ den Kopf zwischen die Knie sinken und schluchzte. Spinkser umfaßte mit rauhen, knorrigen Händen seine Schultern und drückte sie.

»Du hast das Beste für sie getan, was du konntest, Junge. Du hast alles getan, wozu du in der Lage warst. Du darfst dir keinen Vorwurf machen, daß du nicht mehr geschafft hast.« Er schüttelte seinen schrumpeligen Kopf. »Gütige Geister, ich kann gar nicht glauben, daß du noch am Leben bist! Ich fürchtete, die Magie hätte dich umgebracht. Ich dachte nicht, daß ich dich noch einmal wiedersehen würde!«

Dann drückte er Jair impulsiv an sich und flüsterte: »Du hast mehr Mumm als ich, Junge – entschieden mehr!«

Dann wich er zurück, weil ihm sein Verhalten peinlich war, und murmelte etwas, daß man in diesem Chaos schon nicht mehr richtig wußte, was man tat. Er wollte noch etwas sagen, als die Beben begannen – eine Reihe tiefer, schwerer Erschütterungen, die den Berg bis in sein Innerstes aufwühlten.

»Was geschieht jetzt?« rief er aus und blickte über seine Schulter hinweg in die Schatten, die den Gang verhüllten, der sie hereingeführt hatte.

»Das ist der Maelmord«, erklärte Jair sogleich und rappelte sich schnell wieder hoch. Die Wunde an seiner Schulter stach und schmerzte, als er sich am Beckenrand aufrichtete, und er faßte nach dem Gnomen, um sich aufzustützen. »Spinkser, wir müssen zurück, Brin holen. Sie ist allein dort unten. Wir müssen ihr helfen.«

Der Gnom schenkte ihm daraufhin ein knappes, verbissenes Lächeln. »Natürlich machen wir das, Junge. Du und ich. Wir gehen hier raus. Wir steigen hinunter in den Höllenschlund und werden sie suchen. So, nun leg deinen Arm um meine Schultern und halte dich fest.«

Und so klammerte Jair sich fest an den Gnomen, als der ihren Weg durch die Höhle zu der Treppe, die sie hierhergebracht hatte, zurückverfolgte. Die Abenddämmerung war über das Land hereingebrochen, die Sonne glitt hinter den Gebirgsrand. Schmale Strahlen schwindenden Lichts fielen durch Spalten im Fels und mischten sich ins Zwielicht der Schatten, als die beiden Gefährten unerschütterlich weiterstolperten. Die Beben hielten an, langsam und stetig, um sie eindringlich daran zu erinnern, daß ihnen nicht viel Zeit blieb. Rund um sie her polterten Steinbrocken und Dreck herab und wirbelten Staub auf, der wie Nebel in der stillen Abendluft hing. In der Ferne ertönte gedämpftes Donnern wie von einem aufziehenden Gewitter.

Dann brachten sie die Höhle hinter sich und traten aus dem dunklen Eingang auf das Sims, das zum Croagh hinabführte. Im Osten erstrahlten schon der Mond und vereinzelt Sterne am samtenen Himmel. Schatten warfen kunstvolle Muster an die Felswand und schlossen sich um die letzten Flecken verlöschenden Lichts, wie Tintenkleckse sich auf neuem Papier ausbreiteten.

Inmitten von Schatten und Halblicht lag Garet Jax.

Völlig fassungslos traten Jair und Spinkser hinzu. Der Waffenmeister lag mit zerfetzten schwarzen Gewändern und blutverschmiert an ein paar Felsbrocken gelehnt und hielt das schlanke Schwert noch mit einer Hand umklammert. Er hatte die Augen geschlossen, als ob er schliefe. Zögernd kniete Spinkser neben ihn.

»Ist er tot?« flüsterte Jair und konnte sich kaum überwinden, die Worte auszusprechen.

Der Gnom beugte sich einen Augenblick vor und wich wieder

zurück. Er nickte langsam. »Ja, Junge – er ist tot. Er hat endlich etwas gefunden, das es schaffte, ihn umzubringen – etwas, das so gut war wie er.« Aus seiner Stimme klang widerwillige Ungläubigkeit. »Er hat lange und angestrengt genug danach gesucht, wie?«

Jair antwortete nicht. Er dachte an die Male, da der Waffenmeister ihm das Leben gerettet hatte und ihm zu Hilfe gekommen war, wenn kein anderer mehr dazu in der Lage war. Garet Jax, sein Beschützer.

Er hätte gerne geweint, wenn es ihm möglich gewesen wäre, doch er hatte keine Tränen mehr zu vergießen.

Spinkser stand auf und blickte auf die reglose Gestalt hinab. »Ich habe mich immer gefragt, was es letzten Endes sein würde, das ihn umbrächte«, murmelte der Gnom. »Wahrscheinlich mußte es ein Geschöpf der schwarzen Magie sein. Etwas von dieser Welt konnte es nicht sein. Nicht bei ihm.«

Er drehte sich um und ließ ängstlich den Blick umherschweifen. »Was wohl aus dem roten Ding geworden ist?«

Beben erschütterten den Berg, und Donner rollte aus dem Tal herauf. Jair hörte es kaum. »Er hat es vernichtet, Spinkser. Garet Jax hat es vernichtet. Und als der Ildatch zerstört wurde, hat die schwarze Magie es zurückgeholt.«

»So könnte es gewesen sein.«

»Es war so. Das war der Kampf, auf den er sein Leben lang gewartet hat. Er hat ihm alles bedeutet. Er hätte ihn niemals verloren.«

Der Gnom sah ihn scharf an. »Das kannst du nicht mit Sicherheit behaupten, Junge. Du weißt nicht, ob er diesem Ding gewachsen war.«

Jair schaute ihn an und nickte. »Doch, Spinkser. Ich weiß es. Er war allem gewachsen. Er war der Beste.«

Ein langer Augenblick der Stille trat zwischen sie. Dann nickte der Gnom ebenfalls. »Ja, das war er wohl.«

Erneut erschütterten die Beben den Berg aus dem tiefen Gestein heraus. Spinkser faßte nach Jairs Arm und zog ihn sanft fort. »Wir können nicht bleiben, Junge. Wir müssen jetzt deine Schwester suchen.«

Jair betrachtete ein letztes Mal die reglose Gestalt des Waffenmeister und zwang sich dann, den Blick abzuwenden. »Leb wohl, Garet Jax«, flüsterte er.

Gemeinsam eilten Gnom und Talbewohner zur Treppe des Croagh und machten sich an den Abstieg.

Brin lief durch den düsteren, nebligen Dschungel des Maelmord, nachdem sie Turm und Ildatch endlich hinter sich gelassen hatte. Heftige Erschütterungen ließen den Talgrund erbeben und setzten sich bis zu den Berggipfeln ringsum fort. Die schwarze Magie war aus dem Land gewichen, und ohne sie konnte der Maelmord nicht fortbestehen. Das An- und Abschwellen seines Atems und das Zischen, das von seinem unnatürlichen Leben kündete, hatten ausgesetzt.

Wo bin ich? fragte Brin sich wie von Sinnen, während sie ihre Blicke durch das hereinbrechende Dunkel schweifen ließ. Was ist aus dem Croagh geworden?

Sie wußte, daß sie sich hoffnungslos verirrt hatte. Sie hatte sich sogleich verlaufen, als sie den Turm verlassen hatte. Der Einbruch der Nacht legte sich über das ganze Tal, und sie befand sich mitten auf einem Friedhof, wo alle Zeichen wie eins erschienen und kein Weg zu erkennen war. Durch das Gewirr von Ästen und Schlingpflanzen über sich konnte sie den Rand des Gebirges erkennen, das den Talkessel umschloß, doch der Verlauf des Croagh lag in Dunkelheit gehüllt vor dessen Hintergrund. Der Maelmord war zu einem unmöglichen Labyrinth geworden, und sie saß mittendrin gefangen.

Sie war erschöpft, ihre Kraft aufgezehrt durch den fortgesetzten Gebrauch des Wünschliedes und ihre lange Wanderung in den Maelmord. Sie hatte sich verirrt, und der Zauber konnte ihr nicht mehr den Weg weisen. Und rund herum erschütterten Erdbeben den Talboden und kündigten die Vernichtung des Maelmord und alles dessen an, was sich in ihm befand. Nur ihre Entschlossenheit blieb stark, und sie war es, die sie weiter nach einem Fluchtweg suchen ließ.

Plötzlich fiel der Boden vor ihren Füßen steil ab und sackte so unvermittelt in die Tiefe, daß es erschreckend war. Brin stolperte und wäre fast gefallen. Der Maelmord brach auf. Er zerfiel unter ihren Füßen, und sie begriff nun, daß sie mit ihm in die Tiefe gerissen würde.

Sie ging langsamer und kam erschöpft zum Stehen, um keuchend nach Atem zu ringen. Es war sinnlos weiterzugehen. Sie lief ziellos, blind und ohne jedes Orientierungsgefühl. Selbst der berühmte Zauber des Wünschliedes, sollte sie sich entschließen, ihn anzuwenden, konnte sie jetzt nicht retten. Warum hatte Jair sie im Stich gelassen? Warum war er gegangen? Enttäuschung überwältigte sie angesichts dieses schrecklichen Gefühls von Verrat – Enttäuschung und blinde Wut. Doch sie kämpfte dagegen an, weil sie sie als sinnlos und ungerecht erkannte. Jair hätte sie niemals zurückgelassen, würde er eine andere Wahl gehabt haben. Was immer ihn zu ihr geführt hatte, es hatte ihn einfach zurückgeholt.

Vielleicht war auch das, was sie für Jair gehalten hatte, gar nicht Jair, und was sie gesehen und empfunden hatte, nicht einmal real gewesen. Vielleicht hatte sie es in ihrem Wahnsinn geträumt...

»Jair!« schrie sie.

Das Echo ihrer Stimme brach sich am Poltern der Erde und war dann verhallt. Der Boden sackte weiter unter ihr ab.

Entschieden und starrsinnig machte sie kehrt und ging weiter. Sie rannte nicht mehr, zum Rennen war sie zu müde. Ihr dunkelhäutiges Gesicht verhärtete sich vor Entschlossenheit, und sie verdrängte alles aus ihrem Denken außer der Notwendigkeit, einen Fuß vor den anderen zu setzen. Sie durfte nicht aufgeben. Sie war fest entschlossen, weiterzugehen. Und wenn sie nicht mehr aufrecht laufen könnte, würde sie kriechen. Aber sie würde ihren Weg fortsetzen.

Dann sprang plötzlich ein Schatten aus dem wirren Dunkel: riesenhaft, geschmeidig und gespenstisch. Er kam auf sie zu, und sie schrie entsetzt auf. Ein mächtiger Kopf mit Schnurrhaaren rieb sich an ihrem Körper, und leuchtende, blaue Augen blinzelten sie zur Begrüßung an. Es war Wisper! Voll dankbarer Erleichterung ließ sie sich gegen die Moorkatze fallen, weinte rückhaltlos und schlang die Arme um den zottigen Hals. Wisper war sie holen gekommen!

Die Moorkatze drehte sich um, setzte sich wieder in Bewegung und zog sie mit. Sie krallte eine Hand in seine Mähne und stolperte hinterdrein. Sie schlüpften durch den Irrgarten des sterbenden Urwaldes. Rings umher wurde das Donnern lauter, und weitere Beben erschütterten die Erde. Verfaulte Baumstämme brachen um sie nieder. Aus Rissen, die sich in der harten Erde auftaten, schoß beißend und faul stinkender Dampf empor. Findlinge und Erdrutsche lösten sich von den Felswänden, die das Tal umschlossen, und kamen durch die Dunkelheit herabgepoltert.

Doch irgendwie erreichten sie den Croagh, dessen gewundener Verlauf unvermittelt aus der Dunkelheit heraus Gestalt annahm und vom Talboden in die Nacht aufstieg. Die Riesenkatze sprang auf die Treppe, Brin folgte ihr auf den Fersen. Das Talmädchen kletterte höher und ertastete sich unsicher seinen Weg, als das Rumpeln immer lauter wurde. Heftige Erschütterungen ließen den Croagh erzittern, von denen eine kurz auf die vorangegangene folgte. Brin wurde auf die Knie geschleudert. Unter ihr begann das Gestein aufzubrechen und zu splittern. Ganze Teile der Treppe brachen ab und stürzten in die Grube hinab. Noch nicht! schrie sie lautlos. Nicht, ehe ich oben bin! Wispers lautes Gebrüll übertönte das Gepolter, und sie hastete hinter dem großen Kater her. Unter ihnen barsten riesige Bäume wie Reisig. Das letzte Dämmerlicht erstarb, als die Sonne hinter den Horizont glitt, und das ganze Land war in Dunkelheit gehüllt.

Und dann erhob sich das Felssims wieder vor ihr, sie taumelte hinauf und weinte los, als die dunklen Schatten sie umringten. Arme streckten sich ihr entgegen, zerrten sie von den zerfallenden Stufen und fort von dem Abgrund. Kimber drückte und küßte sie, ihr Koboldgesicht strahlte vor Glück, und Tränen standen ihr in den Augen. Cogline brummelte und knütterte und tupfte ihre Wangen mit einem schmutzigen Tuch ab. Und Rone war da, dessen schlankes, sonnengebräuntes Gesicht ausgezehrt und verschrammt war, doch seine grauen Augen strahlten vor Liebe. Er flüsterte ihren Namen, schlang die Arme um sie und drückte sie fest an sich. In diesem Augenblick begriff sie endlich, daß sie in Sicherheit war.

Wenige Augenblicke später stießen Spinkser und Jair zu ihnen, die auf ihrer verzweifelten Suche nach Brin vom Himmelsbrunnen den Croagh heruntergelaufen kamen. Es gab erstaunte Blicke und erleichterte Ausrufe. Dann fielen Brin und Jair sich wieder in die Arme.

»Also warst du das doch, der im Maelmord zu mir kam«, flüsterte Brin und streichelte über den Kopf ihres Bruders. Sie lächelte durch ihre Tränen hindurch. »Du hast mich gerettet, Jair.«

Jair erwiderte ihre Umarmung, um seine Verlegenheit zu überspielen. Rone trat hinzu und umschlang sie alle beide. »Bei der heiligen Katze, Tiger – wir dachten, du wärst in Shady Vale! Du hältst dich wohl nie an das, was man dir sagt?«

Spinkser hielt sich erst einmal etwas abseits und beäugte alle mit gespieltem Argwohn, angefangen bei den Dreien, die sich da unablässig umarmten und küßten bis hin zu dem spillerigen, alten Mann, dem Mädchen aus den Wäldern und der riesenhaften Moorkatze, die neben ihnen ausgestreckt lag. »Das ist der merkwürdigste Haufen, auf den ich jemals gestoßen bin«, brummelte er vor sich hin.

Dann zog das Poltern vom Talboden wie Donnergrollen durchs Berggestein, und die Erschütterungen ließen den ganzen Croagh bersten. Er stürzte in den Höllenschlund hinab und war verschwunden. Die ganze kleine Gesellschaft, die auf dem Felssims versammelt stand, eilte an den Rand und spähte durch die Finsternis hinab. Helle Flecken von Mond und Sternen sprenkelten die Dunkelheit. Schatten wogten, und die Hölle des Maelmord begann zu versinken. Sie sank hinab, tief in die Erde, als würde sie von Treibsand verschlungen. Erde, Gestein und sterbender Wald brachen in Stücke und gingen unter. Die Schatten wurden länger und zogen sich zusammen, bis das Mondlicht nicht mehr die geringste Spur dessen zeigen konnte, was einmal gewesen war. Innerhalb von Augenblicken hatte der Maelmord für immer zu existieren aufgehört.

15

Der Herbst war übers Land gekommen, und überall erstrahlten und glänzten die Farben der Jahreszeit im warmen Sonnenschein. Es war ein klarer, kühler Tag in den Ostlandwäldern, wo der Mangold-Fall aus dem Wolfsktaag herabschoß und der Himmel sich in tiefem Blau wölbte. Der Morgen hatte Frost gebracht, und schmelzender Rauhreif hing noch im hohen Gras, auf der harten Erde und den moosbewachsenen Steinen am Flußufer entlang und vermischte sich mit der Gischt von den schäumenden Wassern des Flußbettes.

Brin machte am Rand dieser Wasser halt, um ihre Gedanken zu sammeln.

Es war nun eine Woche her, daß die kleine Freundesgruppe das Rabenhorn verlassen hatte. Mit der Vernichtung des Ildatch, dem Untergang der schwarzen Magie und all jener Dinge, die sie hervorgebracht hatte, waren die Gnomen-Jäger, die Graumark verteidigt hatten, in die Berge und die Waldgebiete des tiefen Anar geflüchtet – zurück zu den Stämmen, von denen man sie geholt hatte. So waren Brin, Jair und ihre Freunde allein in der Festung zurückgeblieben, hatten die Leichname des Grenzländers Helt, des Zwergen Elb Foraker und des Elfenprinzen Edain Elessedil gefunden und zur Ruhe gebettet. Nur Garet Jax hatten sie zurückgelassen, wo er gestorben war, denn mit der Zerstörung des Croagh war jeglicher Zugang zum Himmelsbrunnen abgeschnitten. Vielleicht war es richtig, daß der Waffenmeister dort blieb, wo kein anderer Sterblicher jemals einen Fuß hinsetzen könnte, hatte Jair feierlich erklärt. Vielleicht sollte es für Garet Jax im Tode nicht anders sein als im Leben.

In jener Nacht hatten sie in den Wäldern unterhalb Graumark südlich der Stelle, wo die Festung sich ans Rabenhorn schmiegte, gelagert, und hier hatte Brin den anderen von ihrem Versprechen erzählt, zu Allanon zurückzukehren, wenn der Ildatch zerstört und ihre Aufgabe erfüllt wäre. Jetzt, da ihre Reise in den Maelmord abgeschlossen war, mußte sie ihn ein letztes Mal aufsuchen. Es gab noch Fragen, die zu beantworten waren, und Dinge, die sie wissen mußte.

Und so hatten alle sie begleitet – ihr Bruder Jair, Rone, Kimber, Cogline, die Moorkatze Wisper und sogar der Gnom Spinkser. Sie waren mit ihr wieder aus dem Rabenhorn gewandert, südwärts zwischen den öden Flächen des Altmoors und dem Gebirge entlanggezogen, hatten den Tofferkam zu den Wäldern des Dunkelstreif überquert, das Tal vom Kamin passiert und waren dann dem gewundenen Verlauf des Mangold-Stroms westwärts gefolgt, bis sie die kleine Lichtung erreicht hatten, wo Allanon sein letztes Gefecht ausgetragen hatte. Diese Reise hatte eine ganze Woche in Anspruch genommen, und am Abend des siebten Tages hatten sie am Rand der Lichtung ihr Lager aufgeschlagen.

Nun stand sie ruhig im Frost des frühen Morgens und starrte hinaus über die Strömung des Flusses. In der Senke der kleinen Lichtung hinter ihr warteten die anderen geduldig. Sie waren nicht mit ihr ans Flußufer gekommen; sie hatte es nicht gewollt. Das war eine Sache, die sie allein hinter sich bringen mußte.

Wie soll ich ihn nur rufen? fragte sie sich. Soll ich singen? Soll ich den Zauber des Wünschliedes gebrauchen, damit er weiß, daß ich hier bin? Oder wird er kommen, ohne daß ich ihn rufen muß, weil er weiß, daß ich warte ...?

Wie zur Antwort beruhigten sich die Wasser des Mangold-Stroms vor ihr, die Oberfläche wurde so glatt wie Glas. Rings umher schwiegen die Wälder, und selbst das ferne Donnern der Wasserfälle wurde leiser und verstummte. Langsam begannen die Wasser zu brodeln, sich zu kräuseln und zu schäumen wie der umgerührte Inhalt eines Kessels, und ein einziger, süßer Schrei stieg in die Morgenluft.

Dann fuhr Allanon aus dem Mangold-Strom auf mit seiner hochgewachsenen, mageren, aufrechten Gestalt in den schwarzen Gewändern. Er schritt über die reglosen Wasser des Flusses, hob den Kopf in der dunklen Kapuze, und sein Blick war hart und durchdringend. Er sah nicht aus wie Brimen damals; sein Körper wirkte eher fest als durchschimmernd, war nicht wie der Geist seines Vaters in Nebelfetzen gehüllt, und er war frei von dem Leichentuch, das den alten Mann eng umschlungen hatte. Es war, als lebte er noch, dachte

Brin plötzlich, als wäre er niemals gestorben.

Er kam näher und hielt dann inne, um in der Luft über dem Wasser des Flusses zu schweben.

»Allanon«, flüsterte sie.

»Ich habe darauf gewartet, daß du kommst, Brin Ohmsford«, antwortete er leise.

Sie schaute genauer hin und sah nun den schwachen Schimmer des Flußwassers sanft durch die dunklen Gewänder funkeln; nun begriff sie, daß er wirklich tot war und nur sein Geist vor ihr stand.

»Es ist vollbracht«, erklärte sie ihm, und das Sprechen fiel ihr plötzlich schwer. »Der Ildatch ist zerstört.«

Der Kopf in der Kapuze neigte sich leicht zur Seite. »Zerstört durch die Macht des Elfenzaubers, dem das Wünschlied seine besondere Gestalt verlieh. Doch auch durch eine bedeutendere Macht, Talmädchen – durch Liebe, Brin; durch die Liebe, die deinen Bruder an dich band. Er liebte dich zu sehr, um aufzugeben, auch wenn er fast zu spät gekommen wäre.«

»Ja, Allanon, auch durch die Liebe.«

»Retterin und Zerstörerin.« Die schwarzen Augen verengten sich. »Die Macht deiner Magie wollte dich zu beidem machen, und du hast gesehen, wie korrumpierend solche Macht sein kann. Die Verlockung ist so groß und so schwer abzuwägen. Ich hatte dich davor gewarnt, doch diese Warnung hat nicht ausgereicht. Ich habe dich kläglich im Stich gelassen.«

Sie schüttelte rasch den Kopf. »Nein, nicht Ihr habt mich im Stich gelassen. Ich selbst habe mich im Stich gelassen.«

Der Druide hob die Hände im Innern seiner Gewänder, und sie bemerkte, daß sie hindurchsehen konnte. »Ich habe nicht viel Zeit, so hör mich aufmerksam an, Brin Ohmsford. Ich verstand von der schwarzen Magie nicht soviel, wie ich hätte verstehen müssen. Ich habe mich getäuscht – genau wie der Finsterweiher dir sagte. Ich wußte, daß die Magie des Wünschliedes wirken konnte, wovor mein Vater gewarnt hatte – als Segen und als Fluch –, und daß derjenige, der diese Macht innehat, folglich zum Retter und zum Zerstörer werden konnte. Doch du besaßest Herz und Verstand, und ich hielt die Gefahr nicht für so groß, weil diese Eigenschaften dich stützten. Ich habe die Wahrheit über den Ildatch nicht erkannt und nicht begriffen, daß die von der schwarzen Magie ausgehende Gefahr jene überwältigen könnte, die geschaffen waren, sie zu beherrschen. Denn die wirkliche Gefahr stellte immer das Buch dar – es verwandelte alle von Grund auf, die kamen, den Zauber anzuwenden, von der Zeit des Dämonen-Lords bis zu jener der Mordgeister. Alle waren Sklaven des Ildatch gewesen, und dieser Ildatch war nicht nur eine leblose Sammlung von Seiten und Einband, in der die schwarze Magie aufgezeichnet war. Der Ildatch lebte – als Kraft des Bösen, die durch die Verlockungen des Zaubers alle, die ihre Macht suchten, unter ihre Gewalt bringen konnte.«

Allanon beugte sich näher zu ihr, und das Sonnenlicht fiel in Streifen durch die Ränder seiner dunklen Kleider, als wären sie ausgefranst. »Ich wollte von Anfang an, daß du zu dem Buch stößt. Doch ich wollte auch, daß du zuvor einige Prüfungen ablegen solltest. Bei jedem Gebrauch des Wünschliedes bist du der Verlockung der Zaubermacht ein Stück mehr erlegen. Du wußtest, daß dein fortgesetzter Gebrauch des Zaubers falsch war, warst aber trotzdem gezwungen, ihn weiter anzuwenden. Und ich war nicht da, um dir zu erklären, was geschah. Bis zu dem Zeitpunkt, als du in den Maelmord hinabstiegst, glichst du weitgehend allen, die dem Buch gedient hatten, und du glaubtest, daß es so sein müßte. Und genau das war die Absicht des Buches. Es wollte dich ganz für sich haben. Selbst die Macht der Mordgeister war unbedeutend im Vergleich zu der deinen, denn sie waren nicht wie du mit dem Zauber geboren worden. In dir hatte der Ildatch eine Waffe von größerer Macht gefunden als alle, die ihm jemals gedient hatten – selbst als der Dämonen-Lord.«

Brin starrte ihn ungläubig an. »Dann sprach er die Wahrheit, als er sagte, er hätte auf mich gewartet – daß es Bande gäbe, die uns einten.«

»Eine verdrehte Halbwahrheit«, schränkte Allanon ein. »Du warst im Geiste dem Bild sehr nahegekommen, was er dir von dir vorgehalten hat. Er wollte dich überzeugen, daß du tatsächlich das Kind der Finsternis warst, wie du es befürchtet hast.«

»Aber das Wünschlied hätte mich dazu machen können ...«

»Das Wünschlied hätte dich ... zu allem machen können.«

Sie zögerte. »Und kann es immer noch?«

»Und kann es immer noch. Immer.«

Brin beobachtete, wie die verhüllte Gestalt noch näher auf sie zukam. Einen Augenblick lang glaubte sie, er würde die Arme ausstrecken und sie an sich ziehen. Doch statt dessen hob er das magere Gesicht und schaute an ihr vorüber.

»Am Hadeshorn war mir mein Tod vorhergesagt worden. Mein Dahinscheiden aus diesem Leben stand fest. Doch mit der Vernichtung des Ildatch muß auch die schwarze Magie vergehen. Das Rad der Zeit dreht sich weiter, das Zeitalter geht seinem Ende entgegen. Mein Vater ist endlich erlöst und hat die Ruhe gefunden, die ihm so lange verwehrt war, da er nicht mehr an mich oder seinen Treueschwur gegenüber den Völkern der Vier Länder gebunden ist.«

Der Kopf in der Kapuze neigte sich wieder zu ihr herab. »Und ich gehe nun ebenfalls. Nach mir werden keine Druiden mehr kommen. Doch die Hoffnung, die sie verkörperten, ruht nun in dir.«

»Allanon ...«, flüsterte sie und schüttelte den Kopf.

»Hör mich an, Talmädchen. Das Blut, das ich auf deine Stirn tupfte, und die dabei gesprochenen Worte haben das bewirkt. Du verkörperst die Hoffnung, die ich und zuvor mein Vater verkörperten. Hab keine Angst vor dem, was das bedeutet. Dir wird deshalb kein Leid geschehen. Die letzten Reste der Magie leben nun in dir und deinem Bruder, im Blut deiner Familie fort. Dort wird sie sicher und behütet ruhen. Im kommenden Zeitalter wird sie nicht benötigt werden. Die Magie wird in dieser Epoche keinen sinnvollen Platz haben. Andere Erfahrungen werden die Völker besser und wahrhaftiger anleiten.

Aber Vorsicht! Eine Zeit wird kommen, in ferner Zukunft und nach dem Leben vieler noch ungeborener Ohmsford-Generationen, da der Zauber wieder gebraucht werden wird. Wie stets wird das Rad der Zeit weiterlaufen. Und dann wird die Hoffnung, die ich auf dich übertragen habe, vonnöten sein, und die Kinder des Hauses Shannara werden gefordert sein, sie bereitzustellen. Bewahre diese Hoffnung gut auf für diese zukünftige Welt.«

»Nein, Allanon, ich will das nicht ...«

Doch seine Hand fuhr energisch empor und gebot ihr, zu schweigen. »Es ist geschehen, Brin Ohmsford. Ich habe dich erwählt wie mein Vater einst mich – Kind meines Lebens.«

Schweigend und verzweifelt starrte sie zu ihm empor.

»Hab keine Angst«, flüsterte er.

Sie nickte ratlos. »Ich will es versuchen.«

Er begann, von ihr zurückzugleiten, und seine dunkle Gestalt verblaßte langsam, als das Sonnenlicht heller durch sie hindurchstrahlte. »Leg die Magie ab. Benutze sie nicht mehr, es besteht keine Notwendigkeit mehr dafür. Finde deinen Frieden.«

»Allanon!« rief sie.

Er schwebte zurück über den Mangold-Strom, und die Wasser strudelten sanft unter ihm. »Vergiß mich nicht«, bat er leise.

Er versank in den Fluß, durch die silbrigen Wasser hindurch, und war verschwunden. Der Mangold-Strom rauschte sogleich weiter.

Brin stand reglos am Ufer und starrte aufs Wasser hinaus. Sie hatte Tränen in den Augen. »Ich werde Euch niemals vergessen«, flüsterte sie.

Dann drehte sie sich um und ging davon.

16

So kam es, daß die Magie aus den Vier Ländern verschwand und die Geschichten von den Druiden und Paranor zu Legenden wurden. Eine Zeitlang würden noch viele behaupten, die Druiden wären als Sterbliche von Fleisch und Blut und als Beschützer der Rassen durch die Lande gezogen; eine kurze Zeit lang sollten viele beharrlich erklären, Zauberei hätte es wirklich gegeben, und sie hätte zu schrecklichen Kämpfen zwischen guter und böser Hexenkunst geführt. Doch mit den Jahren würde die Zahl derjenigen, die davon überzeugt waren, schwinden. Und irgendwann wären fast alle tot.

Am selben Morgen, da Allanon endgültig aus der Welt der Menschen geschieden war, nahm die kleine Gruppe Abschied voneinander. Inmitten von Herbstgerüchen und -farben umarmten sie sich, sagten sich Lebewohl und brachen in ihre Heimatländer auf.

»Du wirst mir fehlen, Brin Ohmsford«, gestand ihr Kimber und gab sich alle Mühe, die resolute Miene auf ihrem Koboldgesicht zu wahren. »Großvater wirst du auch fehlen, nicht wahr, Großvater?«

Cogline scharrte verlegen mit den Füßen in den Sandalen und nickte, ohne das Talmädchen anzuschauen. »Wahrscheinlich schon ein bißchen«, gab er widerwillig zu. »Allerdings nicht das ganze Geflenne und Gejammer. Das werde ich nicht vermissen. Klar, wir haben ein paar tolle Abenteuer zusammen bestanden – in der Hinsicht wirst du mir schon fehlen, Mädchen. Die Spinnengnomen, die schwarzen Wandler und das alles. Fast wie in alten Zeiten …«

Er verstummte und Brin lächelte. »Ihr werdet mir auch beide fehlen. Und Wisper. Wisper verdanke ich mein Leben ebenso sehr wie euch anderen. Wäre er nicht in den Maelmord gekommen, um mich zu suchen …«

»Er fühlte, daß er gebraucht wurde«, erklärte Kimber unumstößlich. »Er hätte deine Warnung nicht in den Wind geschlagen, wenn er das nicht gespürt hätte. Ich glaube, zwischen euch besteht ein besonderes Band – welches über das hinausgeht, was durch das Wünschlied geschaffen wurde.«

»Trotzdem will ich nicht, daß ihr in Zukunft hereinplatzt, ohne euch vorher anzukündigen«, fiel Cogline ihr plötzlich ins Wort. »Oder bevor ich euch eingeladen habe. Man stapft nicht unaufgefordert ins Haus von anderen Leuten!«

»Großvater.« Kimber seufzte.

»Wirst du mich besuchen kommen?« fragte Brin sie.

Das Mädchen lächelte und warf einen Blick zu ihrem Großvater. »Vielleicht irgendwann. Eine Weile werde ich jetzt wohl erst einmal bei Großvater und Wisper am Kamin bleiben. Ich war nun lange genug fort. Ich sehne mich nach meinem Zuhause.«

Brin trat auf sie zu und drückte sie an sich. »Ich mich auch, Kimber. Aber irgendwann werden wir uns wiedersehen.«

»Du wirst stets meine Freundin bleiben, Brin.« Tränen standen Kimber in den Augen, als sie ihren Kopf an der Schulter des Talmädchens vergrub.

»Und du die meine«, flüsterte Brin. »Auf Wiedersehen, Kimber. Ich danke dir.«

Rone verabschiedete sich ebenfalls und trat dann vor Wisper. Die riesige Moorkatze saß auf den Hinterläufen und blinzelte den Hochländer neugierig aus blauen Kulleraugen an.

»Ich habe mich in dir getäuscht, Kater«, gestand er widerwillig. Er zögerte. »Dir ist das wahrscheinlich ziemlich gleichgültig, aber mir ist es wichtig. Du hast auch mir das Leben gerettet.« Er blieb stehen, betrachtete die Moorkatze einen Augenblick lang und schaute dann verlegen zu den anderen zurück. »Ich hatte mir geschworen, ihm das zu sagen, wenn er Brin unversehrt aus der Grube brächte. Trotzdem komme ich mir wie ein Idiot vor, so vor ihm zu stehen und mit ihm zu reden wie ... um der Katze ... willen!«

Er verstummte. Wisper gähnte schläfrig und zeigte allen seine Zähne.

Zehn Meter entfernt kam Jair sich ebenfalls wie ein Idiot vor, wo er vor Spinkser stand und nach Worten für die aufgewühlten Gefühle suchte, die ihn überwältigten.

»Schau mal, Junge.« Der Gnom war barsch und ungeduldig. »Mach doch keinen solchen Wirbel darum. Sag es einfach. Auf Wiedersehen. Sag es nur.«

Aber Jair schüttelte widerspenstig den Kopf. »Ich kann nicht, Spinkser. Das reicht nicht aus. Du und ich waren irgendwie von Anfang an zusammen – von dem Augenblick an, da ich dich mit den Schlangen übertölpelt und in die Holzkiste gesperrt habe.«

»Erinnere mich bloß nicht daran!« knurrte der Gnom.

»Wir sind als letzte übrig, Spinkser«, versuchte Jair zu erklären und verschränkte wie zum Schutz die Arme vor der Brust. »Wir sind den ganzen weiten Weg zusammen gezogen, du und ich und die anderen – aber sie sind tot, und nur wir sind noch übrig.« Er schüttelte den Kopf. »Es ist so viel geschehen, und das kann ich nicht einfach mit einem einfachen ›Auf Wiedersehen‹ abtun.«

Spinkser seufzte. »Es ist ja nicht so, als ob wir uns niemals wiedersähen, Junge. Was ist denn – denkst du, ich beiße schließlich auch noch ins Gras? Dann überleg doch mal! Ich kann gut auf mich aufpassen – das hast du selbst einmal geäußert, weißt du noch? Mir wird nichts passieren. Und ich wette dreißig Nächte in diesem Höllenschlund, daß dir auch niemals etwas zustoßen wird! Dazu bist du viel zu clever!«

Jair mußte unwillkürlich grinsen. »Das ist vermutlich ein ziemliches Kompliment aus deinem Mund.« Er atmete tief ein. »Komm mit mir zurück, Spinkser. Komm mit nach Culhaven und erzähl ihnen, was geschehen ist. Sie sollen es von dir hören.«

»Nein, Junge.« Der Gnom ließ das derbe Gesicht sinken und schüttelte langsam den Kopf. »Dort gehe ich nicht wieder hin. Im unteren Anar werden Gnomen aus welchen Gründen auch immer viele Jahre lang nicht gerne gesehen werden. Nein, ich schlage wieder den Weg zum Grenzland ein – zumindest fürs erste.«

Jair nickte, und es trat verlegenes Schweigen zwischen ihnen ein. »Dann auf Wiedersehen, Spinkser. Bis zum nächsten Mal.«

Er trat vor und schlang seine Arme um den Gnomen. Spinkser zögerte und hieb ihn dann grob auf die Schulter.

»Na siehst du, Junge – war doch gar nicht so schlimm, oder?«

Aber es dauerte eine ganze Weile, ehe er sich aus der Umarmung löste.

Etwas mehr als eine Woche später kamen Brin, Jair und Rone wieder in Shady Vale an und bogen auf den gepflasterten Weg zum Vordereingang des Ohmsford-Hauses ein. Es war Spätnachmittag, und die

Sonne war bereits hinter die Berge gesunken, so daß der Wald in Schatten und Dämmerlicht gehüllt lag. Durch die Herbstluft zog der Klang von Stimmen aus den Häusern rings umher, und Blätter raschelten im hohen Gras.

Vor ihnen waren die Fenster des Häuschens schon gegen die Abenddämmerung erleuchtet.

»Brin, wie sollen wir ihnen das alles nur erklären?« fragte Jair nun wohl schon zum hundertsten Mal.

Sie traten zwischen den Zierpflaumenbäumen hervor, die inzwischen fast völlig entlaubt waren, als die Haustür aufgerissen wurde und Eretria auf sie zugestürmt kam.

»Wil, sie sind da!« rief sie über ihre Schulter zurück und lief auf ihre Kinder zu, um sie und Rone zu umarmen. Einen Augenblick später tauchte auch schon Wil Ohmsford auf, beugte sich herab, Brin und Jair zu küssen, und schüttelte Rone herzlich die Hand.

»Du siehst ein bißchen müde aus, Brin«, bemerkte er ruhig. »Habt ihr beiden denn in Leah auch ab und zu geschlafen?«

Brin und Jair wechselten einen raschen Blick, während Rone betreten lächelte und den Blick starr auf den Boden heftete. »Wie war eure Reise in den Süden, Vater?« wechselte Jair schnell das Thema.

»Glücklicherweise konnten wir einer Menge Leuten helfen.« Wil Ohmsford musterte seinen Sohn eingehend. »Die Arbeit hat uns entschieden länger aufgehalten, als wir vorhatten, sonst hätten wir euch in Leah abgeholt. Aber so sind wir erst gestern abend zurückgekehrt.«

Brin und Jair wechselten wieder einen knappen Blick, und diesmal fiel es ihrem Vater sofort auf. »Würde mir nun einer von euch beiden erklären, wer der alte Mann war, den ihr geschickt habt?«

Brin war fassungslos. »Welcher alte Mann?«

»Der alte Mann mit eurer Nachricht, Brin.«

Jair zog die Stirn kraus. »Mit welcher Nachricht?«

Eretria trat hinzu, und aus ihren dunklen Augen sprach nun ein leiser Tadel. »Ein alter Mann suchte uns in den verstreuten Dörfern südlich von Kpyra auf. Er kam von Leah. Er brachte eine Nachricht von Euch, daß ihr einige Wochen fortbliebt, und wir sollten uns keine Sorgen machen. Euer Vater und ich fanden es eigentümlich, daß ein so alter Mann Rones Vater als Kurier dienen sollte, aber ...«

»Brin!« flüsterte Jair mit großen Augen.

»Er kam mir irgendwie bekannt vor«, überlegte Wil plötzlich. »Mir kam es vor, als müßte ich ihn kennen.«

»Brin, ich habe keinen ...«, hob Jair an und verstummte dann. Alle starrten ihn an. »Wartet ... wartet hier, nur ... einen Augenblick«, stieß er hervor und stolperte über die Worte, als er sich an seinen Eltern vorbeidrängte. »Ich bin sofort zurück.«

Er schoß an ihnen vorbei ins Haus, die Halle hinab durch das vordere Zimmer und in die Küche. Er trat sofort an den Kamin, wo der in die Regalnischen mündete und zählte die dritte Nische aus. Dann nahm er den lockeren Stein aus seiner Vertiefung und griff hinein.

Seine Finger schlossen sich um die Elfensteine in ihrem vertrauten Lederbeutel.

Einen Augenblick lang blieb er verblüfft stehen. Dann nahm er die Steine und ging durchs Haus zurück zum Gartenweg, wo die anderen noch warteten. Mit einem Grinsen zog er den Beutel mit seinem Inhalt hervor und präsentierte ihn einer erstaunten Brin und Rone.

Es trat ein langer Augenblick des Schweigens ein, während die Fünf einander anstarrten. Dann hakte Brin mit einem Arm ihre Mutter, mit dem anderen ihren Vater unter.

»Mutter. Vater. Ich glaube, wir sollten besser alle nach drinnen gehen und uns eine Weile hinsetzen.« Sie lächelte. »Jair und ich haben euch etwas zu erzählen.«

SHANNARA
DER FANTASY-BESTSELLER

23828

23829

23830

23831

23832

23833

23893

23894

23895

GOLDMANN